HEYNE

Das Buch
Die Hamburger Detektivin Pia Petry hat ihren großen zweiten Auftrag übernommen: Sie soll undercover in einer Münchner Agentur unsaubere Geschäfte aufdecken. Doch noch während sie recherchiert, wird im Fotostudio der Firma ein totes Mädchen gefunden, Sandra, die Tochter des Geschäftsführers. Als die Polizei den drogensüchtigen Freund des Mädchens verhaftet, scheint der Fall schnell geklärt. Pia Petry aber glaubt nicht an die Schuld des Jungen und beginnt eigene Nachforschungen anzustellen. Dabei stößt sie auf ein fast undurchdringliches Geflecht aus Liebe und Leidenschaft, aus Besitzgier und Verrat, aus Haß und Schuld. Beinahe zu spät erkennt sie die wahren Zusammenhänge und gerät unversehens in Gefahr.

Die Autorin
Petra Würth, 1956 geboren, studierte in München Betriebswirtschaft und war zwölf Jahre lang in der Werbung tätig. Als freie Schriftstellerin lebt sie heute mit ihrem Mann und ihrem Sohn in Hamburg. 1998 erschien ihr erster Roman *Unter Strom – Pia Petrys erster Fall*.

PETRA WÜRTH

FRAU AUS GLAS

Roman

WILHELM HEYNE VERLAG
MÜNCHEN

HEYNE ALLGEMEINE REIHE
Band-Nr. 01/13487

Umwelthinweis:
Dieses Buch wurde auf
chlor- und säurefreiem Papier gedruckt.

Taschenbucherstausgabe 01/2002

Printed in Germany 2002
Fotocollage: Ed Jones
Umschlaggestaltung: Nele Schütz Design, München, unter Übernahme
des Originalumschlags von Hauptmann und Kampa Werbeagentur, CH-Zug
Satz: Leingärtner, Nabburg
Druck und Bindung: Elsnerdruck, Berlin

ISBN 3-453-19591-4

http://www.heyne.de

Für meinen Vater

KAPITEL 1

Wenn ich jetzt versage, kann ich meine Detektei an den Nagel hängen. Dann bin ich pleite, und mein Assistent ist arbeitslos. Tapfer rede ich mir ein, es ginge um nichts, es handele sich um ein ganz gewöhnliches Gespräch. Doch dieses Täuschungsmanöver verfängt nicht mal ansatzweise.

Schon die monströse Eingangskonstruktion aus Glas und Edelstahl, die viel zu wuchtig ist für die eher feinen Proportionen des alten Backsteingebäudes, schüchtert mich ein. Unsicher mustere ich mein Spiegelbild. Die Frau mit dem schulterlangen, braunen Haar, dem blassen Gesicht, dem zu kurzen Rock, der nur handbreit unter der Jacke hervorsieht.

Als ich die Eingangshalle betrete, tut die blondgelockte Empfangsdame, die am Ende des Raums hinter einem sichelförmigen Counter thront, so, als hätte sie mich nicht bemerkt. Erst als ich direkt vor ihr stehe, schenkt sie mir ein professionelles Lächeln und einen fragenden Blick.

»Mein Name ist Pia Petry«, stelle ich mich vor. »Ich habe einen Termin mit Herrn Balzer.«

»Herr Balzer ist leider noch in einem Gespräch. Es wird aber nicht mehr allzu lange dauern«, teilt mir die Blonde mit routinierter Freundlichkeit mit.

Sie deutet auf einen der schwarzen Ledersessel, die um peinlich saubere Glastische arrangiert sind, wendet sich wieder ihrer Arbeit zu und überläßt mich meinen flauen

Gefühlen. Beim Hinsetzen bin ich darauf bedacht, meine neue Jacke nicht zu zerknittern. Schließlich befinde ich mich in einer der bekanntesten und größten Personalberatungsfirmen Hamburgs. Mein Auftraggeber möchte, daß ich Projektleiterin in einer Münchner Werbeagentur werde und das Consultingunternehmen, bei dem ich gerade bin, vermittelt den Job. Nur wenn meine Bewerbung erfolgreich verläuft, kann ich erledigen, wofür mich mein Kunde zu bezahlen gedenkt.

Nervös ziehe ich an meinem Rock, kontrolliere noch einmal den Sitz meines Blusenkragens und betrachte meine blank geputzten Schuhspitzen. Wenn doch Martin Cornfeld nicht ausgerechnet diese Woche frei genommen hätte. Schon seit einer Ewigkeit werkelt mein Mitarbeiter an seiner Doktorarbeit und hat sich jetzt auch noch von seinem Prof überreden lassen, Betriebswirtschaftsseminare an der Uni abzuhalten. Durch die Blockseminare wird er jedesmal für mindestens eine Woche aus dem Verkehr gezogen, und an mir bleibt dann die ganze Arbeit hängen. Leider kann ich ihm diese kleinen akademischen Ausflüge schwerlich untersagen, ich beschäftige ihn schließlich nur halbtags und für ein geringes Gehalt.

Während ich noch in Gedanken versunken auf meine Füße starre, geht rechts neben mir eine Tür auf. Ein hochgewachsener Mann im dunkelblauen Zweireiher, mit leicht angegrauten Schläfen und einer Halbbrille auf der Nase, kommt heraus, dreht sich um und bleibt in der Türöffnung stehen. Er unterhält sich lebhaft mit jemandem in dem dahinterliegenden Raum und scheint sich bestens zu amüsieren. Immer wieder lacht er schallend, und das in einer Tonlage, die für Männer eher unüblich ist. »Nein wirklich? Zu komisch. Das hab ich ja noch nie gehört …«, ruft er begeistert.

Leider ist mir der Blick auf den Witzbold versperrt, der in der Lage ist, seriöse Personalberater so aus der Reserve zu locken. Doch dann tritt der Mann im teuren Zwirn zur Seite, um den bisher unsichtbaren Komiker an sich vorbei in die Eingangshalle zu lassen. Und da steht er. Groß, schlank, gutaussehend, mit seiner Möchte-gern-Alain-Mikli-Brille auf der Nase, im graugestreiften Anzug mit passender Weste. Die Ecken seines Hemdkragens sind abgestoßen, der Krawattenknoten sitzt schief und die Schlieren auf seinen italienischen Edeltretern zeugen von mangelnder Schuhputzroutine. Sein rötliches Haar hat er glatt nach hinten gekämmt, so daß die für einen anspruchsvollen Job eher unpassende Haarlänge dezent kaschiert wird.

Ich kann nicht behaupten, daß ich erstaunt bin. Eher ratlos, verwundert, begriffsstutzig. Ich sitze regungslos auf meinem Sessel und blicke einem Mann ins Gesicht, mit dessen Erscheinen ich überall in Hamburg gerechnet hätte, nur nicht hier. Nicht bei einer Personalberatungsfirma, bei der er ganz offensichtlich gerade einen Vorstellungstermin absolviert hat. Als er mich sieht, verändert sich sein Gesichtsausdruck schlagartig. Tja, damit hat das kleine Arschloch natürlich nicht gerechnet.

»Guten Tag, Herr Cornfeld. So sieht man sich wieder.«

Ich hoffe, meine Stimme klingt so süffisant, wie es der Situation angemessen ist. Mein Assistent steht da und starrt mich an, als hätte er eine Erscheinung. Was soll er auch sagen? Den üblichen Spruch ertappter Männer: »Schatz, das verstehst du ganz falsch. Es ist alles ganz anders als du denkst?« Natürlich ist nichts anders als ich denke. Die Situation ist eindeutig. Er geht fremd. Er hat sich hier wegen eines anderen Jobs beworben.

Mittlerweile ist auch dem Herrn im blauen Anzug bewußt geworden, daß es sich hier um ein peinliches Zusammentreffen handelt.

»Sie kennen sich? Mein Gott, das ist mir aber unangenehm …«, stottert er.

»Rein privat. Machen Sie sich keine Sorgen. Das ist nicht so schlimm«, lüge ich ihm ins Gesicht und versuche, so etwas wie ein Lachen hinzukriegen. Der arme Mann, immer noch sichtlich schockiert, versichert ein ums andere Mal, wie unangenehm ihm die ganze Angelegenheit sei. Flüchtig registriere ich, wie er Blondie giftige Blicke zuwirft. Deren einzige Reaktion ist ein Achselzucken. Nach einem ermüdenden Austausch von Entschuldigungs- und Das-macht-doch-nichts-Floskeln verabschiedet sich Cornfeld. Nicht ohne mir amüsiert zuzublinzeln. Seiner Meinung nach haben wir uns gerade beim gegenseitigen Ausloten neuer Erwerbsquellen erwischt. Er hat keine Ahnung, wie sehr er mit dieser Einschätzung daneben liegt.

Als der Berater mit Cornfeld die Treppe hinuntereilt, schon wieder kichernd – mein Assistent schöpft anscheinend aus einem unerschöpflichen Reservoir witziger Anekdoten –, kommt die Empfangsdame hinter ihrem Counter hervor. Gelangweilt winkt sie in meine Richtung, sagt etwas, das wie »Folgen Sie mir bitte« klingt und verschwindet um die Ecke. Ich muß mich beeilen, will ich sie nicht aus den Augen verlieren. Ohne sich nach mir umzusehen, läuft sie hoch erhobenen Hauptes durch einen breiten, mit Sisal ausgelegten, fensterlosen Gang und führt mich in ein Besprechungszimmer. Dort läßt sie mich mit dem Hinweis, daß Herr Balzer gleich kommen werde, alleine.

Auch dieser Raum ist sehr hell und sparsam, aber augenscheinlich teuer möbliert. Perfektion und Exklusivität sind die Götzen, denen hier geopfert wird. Wohlfühlen ist nicht beabsichtigt. Als ich mich an den Tisch setze, dessen außergewöhnlich helle Holzplatte den Raum dominiert, befällt mich das unangenehme Gefühl, immer kleiner zu werden. Kein Wunder, Prüfungssituationen habe ich schon immer gehaßt.

Die Tür schwingt auf und der Herr mit den grauen Schläfen kommt herein. Mit einer leichten Verbeugung wendet er sich an mich, eine schmale Gestalt, die in einem Stuhl aus viel Chrom und weinrotem Stoff zu verschwinden beginnt.

»Frau Petry, ich bin Otto Balzer.« Er macht eine Pause und gibt mir Gelegenheit, die Neuigkeit zu verdauen.

»Darf ich Ihnen eine Tasse Kaffee bringen? Oder ein Glas Wasser vielleicht?«

Seine Stimme ist leise und eine Spur zu sanft. Das Lächeln, das um seine Mundwinkel spielt, erreicht die kleinen Fältchen um seine Augen, nicht aber die Pupillen, die seltsam ruhig und emotionslos wirken. Ich registriere es, wie ich alles andere auch registriert habe, ohne auf der Hut zu sein.

KAPITEL 2

Während der gesamten Heimfahrt beschäftigt mich dieses Bewerbungsgespräch. Der für meine berufliche Zukunft nicht ganz unwichtige Termin ist völlig anders verlaufen, als ich es erwartet habe. Balzer ist ein echtes Schwergewicht, ein hinterfotziger Profi, der hemmungslos in jede Psycho-Trickkiste gegriffen hat. Sein freundlich-harmloses Getue ist reine Fassade, antrainierte Höflichkeit, die weder etwas mit seinem Charakter, noch mit seinen Absichten zu tun hat. Ständig hat er versucht, mich reinzulegen, mich in Widersprüche zu verwickeln, zu irritieren und aus der Fassung zu bringen. Mal hat er stundenlang von dieser Marketingagentur erzählt, mich mit Zahlen, Fakten und stinklangweiligen Erklärungen bombardiert, bis ich fast eingeschlafen bin, und dann plötzlich eine Frage gestellt, die ich nur beantworten könnte, wenn ich vorher genau aufgepaßt hätte. Was nicht immer der Fall gewesen ist. Und das eingefrorene Lächeln in seinem Gesicht hat nur zu deutlich gezeigt, was er von meiner Konzentrationsfähigkeit hält.

So bin ich durch ein Gestrüpp aus Fußangeln und Stolperdrähten geschlingert, in jedes erreichbare Fettnäpfchen getappt und habe Adrenalin für mindestens sechs Wochen verbraucht. Das peinlichste aber ist die Frage nach meinen beruflichen Schwächen gewesen. Als ich geantwortet habe, daß ich immer zuviel arbeiten und deshalb leider mein Privatleben vernachlässigen würde, hat ihn das so amüsiert, daß er vor Lachen fast vom Stuhl gefallen wäre.

Als ich die Treppe zu meiner Eppendorfer Altbauwohnung hochschleiche, hat sich der Satz »Du hast es vermasselt« als Endlosschleife in meinem Hirn festgesetzt. Ich kann an nichts anderes mehr denken. Wenn ich meine Detektei schließen muß, kann ich mich gleich als Sozialhilfeempfängerin zur Ruhe setzen. Ich bin vierzig. Da nimmt mich doch keiner mehr. Davon abgesehen, daß ich an bräsigen Vorgesetzten und einem geregelten Achtstundentag keinerlei Interesse habe.

Ganz in meine trüben Gedanken versunken, stolpere ich fast über Cornfeld, der vor meiner Wohnung auf der obersten Treppenstufe sitzt. Im dämmrigen Licht des Hausflurs habe ich ihn gar nicht wahrgenommen. Übertrieben dynamisch springt er auf und steht leicht verlegen, von einem Bein aufs andere tretend, vor mir. Er sagt nichts. Muß er auch nicht. Wir wissen beide, daß es etwas zu bereden gibt. Etwas, das keinen Aufschub duldet. Ich sperre die Wohnungstür auf und bitte ihn herein.

»Wollen Sie essen?« frage ich schlechtgelaunt.

»Wenn Sie was da haben, gerne.«

»Mirácoli können Sie haben.«

»Ist okay.« Er setzt sich an den Tisch, nimmt das Hamburger Abendblatt von dem Zeitungsstapel, der auf einem der Küchenstühle liegt, blättert darin und beginnt zu lesen.

»Martin Cornfeld, die Tatsache, daß ich koche, heißt noch lange nicht, daß es für Sie nichts zu tun gibt.«

Sofort steht er neben mir. »Was soll ich machen?«

Ich drehe mich um und sehe ihm direkt in seine grünblau-grauen Augen.

»Was sollte das heute? Diese Nummer mit dem Vorstellungsgespräch? Verdammt noch mal, warum haben Sie das gemacht?« Meine Stimme wackelt bedenklich.

»Ich weiß gar nicht, was Sie wollen? Sie hatten heute auch einen Vorstellungstermin«, antwortet er. »Da sind wir doch quitt? Oder?«

»Sind wir nicht. Sind wir ganz und gar nicht.« Ich knalle den Kochtopf mit solcher Wucht auf die Herdplatte, daß Wasser über den Topfrand schwappt. »Ich hatte kein Vorstellungsgespräch! Wir haben einen neuen Auftrag und das Gespräch heute war Teil dieses Auftrags.«

Cornfelds selbstgefälliger Gesichtsausdruck bekommt Risse.

»Wieso weiß ich nichts davon?«

»Weil ich es selbst erst seit zwei Tagen weiß und Sie die Woche mal wieder in der Uni verbringen mußten.«

Jetzt wird er blaß und kaut auf seiner Unterlippe herum.

»Wer ist der Auftraggeber?«

»Weiß ich nicht.«

»Was?«

»Ein Kurier hat am Montag abend einen Brief mit einer schriftlichen Auftragserteilung, genauen Angaben zur Vorgehensweise und zwanzigtausend Mark cash abgegeben.«

»Und wer ist der Absender?«

»Es gibt keinen. Unser neuer Klient schreibt, daß er aus persönlichen Gründen im Hintergrund bleiben wolle. Er meldet sich, wenn es notwendig ist.«

Vorsichtig schütte ich die Spaghetti in das kochende Wasser und beginne, die Tomatensoße vorzubereiten. Währenddessen deckt Cornfeld den Tisch. Zumindest versucht er das.

»Und was genau sollen wir für diese zwanzigtausend Mark machen?« fragt er, während er die Küchenschränke nach tiefen Tellern durchsucht.

Kopfschüttelnd beobachte ich ihn dabei. »Cornfeld, im dritten Schrank rechts oben. Nein, nicht da. Eins weiter. Genau. Lassen Sie die bloß nicht fallen, die sind noch von meiner Großmutter.«

Die Tomatensoße fängt an zu köcheln, und bevor ich weiterrühre, ziehe ich jetzt doch lieber meine Jacke aus.

»Also, diesem Brief war eine Stellenanzeige aus einer Fachzeitschrift für Marketing und Kommunikation beigelegt. Darin sucht eine Werbeagentur im süddeutschen Raum eine Projektleiterin. Tja, und auf diese Anzeige sollte ich mich bewerben. Falls ich den Job bekäme, stand in dem Brief, würden weitere Informationen folgen.«

Cornfeld hockt auf der Suche nach Weingläsern vor den unteren Küchenschränken.

»Cornfeld, ich bewahre meine Gläser nicht im Abfalleimer auf, sondern im Wohnzimmer.«

Ächzend erhebt er sich wieder. »Pia, diese Geschichte klingt nicht gut. Sehr ominös. Ich meine, irgendwie läuft das doch auf Wirtschaftsspionage hinaus. Das hat doch nichts mit unseren üblichen Eifersuchtsdramen zu tun.«

»Ja, seltsam ist es schon. Vor allem verstehe ich nicht, warum jemand ausgerechnet eine Agentur ausspionieren läßt.«

»Vielleicht die liebe Konkurrenz?« ruft er mir aus dem Wohnzimmer zu.

»Doktorchen, haben Sie die Gläser jetzt endlich gefunden?«

Freudestrahlend kommt er in die Küche und hält mir ein milchigweißes Weinglas unter die Nase. »Mit solchen Kalkflecken, meine Liebe, wird das ja nie was mit Ihrem Nachbarn.«

»Der Herr bewahre mich vor so was.«

Für meinen Nachbarn, Herrn Rebbelmeier, hege ich nun wirklich keinerlei erotische Gefühle. Ich nehme Cornfeld das Glas aus der Hand, halte es unter heißes Wasser und poliere es, bis es quietscht.

»Sollten wir von so einer Sache nicht lieber die Finger lassen?« fragt er, während er mit einem kleinen Löffel in meiner Tomatensoße herumstochert.

»Pfoten weg. Probiert wird nicht«, schnauze ich ihn an und schubse ihn vom Herd weg.

Ich stelle die Schüsseln mit den Nudeln und der Soße auf den Tisch und entkorke den Rotwein. Während ich sein Glas fülle, versuche ich seine Einwände zu zerstreuen.

»Natürlich ist die Geschichte dubios. Aber wir haben keine Wahl. Nicht bei unserer Finanzlage. Aufträge ablehnen ist im Moment nicht drin.«

Cornfeld, der den Rotwein genüßlich in seinem Glas kreisen läßt, gibt kleine schmatzende Geräusche von sich. Mit dem Montepulciano d'Abruzzo scheine ich seinen Geschmack getroffen zu haben.

»Wann bekommen Sie Bescheid, ob es ein zweites Bewerbungsgespräch geben wird?« fragt er, immer noch in den Anblick seines Rotweins vertieft.

»Nächste Woche. Und Sie?«

Er zuckt zusammen, stellt das Glas ab, taucht zwei große Keramiklöffel in den aus der Schüssel aufragenden Spaghettiberg und wuchtet eine viel zu große Portion auf seinen Teller.

»Auch nächste Woche«, antwortet er einsilbig.

»Was ist das für ein Job, Cornfeld?«

Ich beuge mich ganz nah zu ihm, so daß sich unsere Nasenspitzen fast berühren.

»Assistent der Geschäftsleitung«, preßt er zwischen den Zähnen hervor.

»Sie stehen wohl auf Assi-Jobs. Ich dachte immer, Sie streben nach Höherem.«

»Ich weiß gar nicht, was Sie wollen. Was erwarten Sie denn? Daß ich seelenruhig zusehe, wie Ihre Detektei pleite geht, ich arbeitslos werde und meine Miete nicht mehr zahlen kann? Das ist ein bißchen viel verlangt, finden Sie nicht …?«

»Die Ratten verlassen das sinkende Schiff«, unterbreche ich sein Gejammer. »So einfach ist das.«

»Pia, das ist unfair und das wissen Sie ganz genau.«

Am nächsten Morgen stolpere ich um acht Uhr aus meiner Wohnung, fliege über einen direkt vor meiner Tür abgestellten Umzugskarton und lande in den schwabbeligen Armen meines Nachbarn Rebbelmeier. Schlimmer kann ein Tag nicht beginnen. Sein Körpergeruch löst ungute Reflexe in meinem Magen aus. Und das nach einer Nacht, in der ich erst um drei Uhr ins Bett gekommen bin. Angewidert versuche ich mich aus dieser unfreiwilligen Umarmung zu befreien. Rebbelmeier jedoch scheint die Situation zu genießen.

»Mensch, Frau Petry, sind Sie heute aber anhänglich.«

»So bin ich immer, wenn ich kaum geschlafen habe.«

Das war der falsche Spruch. Und ich bereue ihn, noch bevor ich den Satz zu Ende gesprochen habe.

»Oh, waren wir die Nacht mal wieder aushäusig?«

Sein Ton ist so anzüglich wie sein Gesichtsausdruck boshaft. Leider ist das sein Lieblingsthema: Pia Petrys Sexualleben. Derzeit gibt es keins. Aber das werde ich ihm nicht auf die Nase binden.

»Herr Rebbelmeier«, sage ich, »was machen denn die vielen Kartons hier im Hausgang?«

Er deutet mit dem Zeigefinger nach oben. »Neue Mieter, direkt über mir.«

»Ist das 'ne Großfamilie oder was?«

Seine Miene verfinstert sich. »Eins sag ich Ihnen, wenn das Türken sind, gibt es Ärger.«

»Was haben Sie denn gegen Türken?«

»Gar nichts. Aber über mir müssen die nicht wohnen. Es gibt genug Wohnungen in Hamburg …«, er zwinkert mir zu, »… und haufenweise hübsche Container mit Elbblick.«

Da steht er im schmuddeligen Unterhemd über seiner heißgeliebten, grün-lila-pinkfarben-gestreiften Jogginghose. Der Bierbauch hängt über den Hosenbund, die Füße stecken in Badelatschen, seine paar Haare stehen in alle Richtungen und die Hamsterbacken sind von dunklen Stoppeln übersät. Die Idealbesetzung für den häßlichen Deutschen.

»Also wirklich, Herr Rebbelmeier, Sie reden wie einer der Ewiggestrigen.«

»Das laß ich mir nicht unterstellen«, giftet er sofort los. »Ich habe nichts gegen Ausländer. Solange sie mir nicht auf dem Kopf rumtrampeln. Ich bin heutig und zwar sehr viel heutiger als Sie. Das können Sie mir glauben.«

Wutschnaubend marschiert er zu seiner Wohnungstür, dreht sich noch einmal um und zischt mir »Wir werden ja sehen, wer sich als erster über die da oben beschwert« zu, bevor er die Tür hinter sich zuknallt.

KAPITEL 3

Über eine Viertelstunde bin ich in Pöseldorf unterwegs, bis ich endlich einen Parkplatz in der Magdalenenstraße finde. Selbst schuld, denke ich, warum mußte ich ausgerechnet in dieser Gegend Büroräume anmieten. Aber als ich vor drei Jahren die Anzeige im Hamburger Abendblatt gelesen habe, redete ich mir ein, mich nur informieren, nur ein Gefühl für den Wohnungsmarkt und seine Preise bekommen zu wollen. Ich machte mit dem Makler einen Besichtigungstermin aus und schon beim Warten am vereinbarten Treffpunkt registrierte ich ein Nachlassen logischer Denkprozesse. Die schmalen, mit hohen Bäumen gesäumten Straßen, die Boutiquen, Kneipen und Restaurants, die traumhaft schönen Hausfassaden verfehlten ihre Wirkung nicht, und als mich die reizenden Stuckputten von der Decke anlächelten, meine Absätze auf blank polierten Pitchpine-Dielen klapperten und ich eines der alten Holzfenster mit den verspielten Jugendstil-Beschlägen öffnete, übernahm mein Bauch das Kommando. Und ich weiß noch gut, wie ich mich langsam aber stetig im Netz der Spinne verfing.

»Schöne Gegend und so zentral«, sagte der Makler und blickte verträumt zum Fenster hinaus. Ich nickte. »Zauberhaftes Ambiente«, sagte seine Assistentin. Ich nickte. »Traumhafter Stuck«, sagte ich, und beide nickten. »Ein bißchen teuer«, sagte ich, und beide schüttelten energisch den Kopf. »Nicht bei dieser Größe, dieser Lage und der ganzen Sonderausstattung.«

Ich nickte. Auch wenn mir der letztgenannte Punkt nicht ganz einleuchtete. Die ramponierte Küche und die beigen Kacheln im Bad konnten sie nicht damit gemeint haben. Dann sagten sie noch, daß der Andrang groß und die Nachfrage nach solchen Traumobjekten überwältigend sei, ich mich also schnell entscheiden müsse. Ich nickte. Und dann unterschrieb ich. Noch in der Wohnung. Nur gut, daß ich das Cornfeld nie erzählt habe.

Aber auch wenn die Miete gigantisch ist und daraus häufig finanzielle Probleme erwachsen, so richtig bereut habe ich die Entscheidung nie. Immer wenn ich vor dem imposanten Gebäude aus der Zeit der Jahrhundertwende stehe, überkommt mich so etwas wie Stolz. Ich bin selbständig, ich habe eine schöne Wohnung, eine repräsentative Detektei, ein schickes Auto und sogar einen Angestellten. Das tröstet über vieles hinweg. Zum Beispiel darüber, daß der Mann fürs Leben einfach nicht auftauchen will und die potentielle Kinderschar langsam am Horizont verschwindet.

Bevor ich das Haus betrete, fahre ich liebevoll mit meinem Jackenärmel über das Messingschild mit der Aufschrift »Detektei P-Quadrat«, das rechts neben dem Eingang, in Höhe des Klingelbretts an der weißen Hauswand angebracht ist. P-Quadrat ist meine Erfindung. Wenn man schon Pia Petry heißt, habe ich mir gedacht, sollte man auch was draus machen. Cornfeld würde die Firma ja gerne umbenennen und zwar in »P-Quadrat und Partner«. Aber darauf wird er noch eine ganze Weile warten müssen.

Als ich ins Büro komme, stelle ich erfreut fest, daß Cornfeld schon an seinem Schreibtisch sitzt. Die letzte Nacht ist auch an ihm nicht spurlos vorübergegangen. Sein käsiges Gesicht und seine miese Laune belegen das eindrucksvoll.

»Doktorchen, wie sehen Sie denn aus?« frage ich ihn scheinheilig.

»Wie etwas, das unter der Kellertreppe verreckt ist«, antwortet er gallig.

»Jetzt übertreiben Sie mal nicht so. Schließlich waren wir gestern nacht zu zweit, und mir geht es auch nicht besonders.«

»Ja, aber Sie haben heute morgen noch keine Kontoauszüge studieren dürfen. Sowas bleibt ja immer an mir hängen.«

Ich ziehe meinen Mantel aus, hole mir eine Tasse Kaffee und lasse mich auf der hinteren Ecke seines Schreibtischs nieder.

»Jetzt seien Sie mal nicht so zickig. Man muß aus jedem Tag etwas machen. Auch wenn einem noch der Restalkohol durchs Hirn rauscht.«

»Bei mir rauscht ja wenigstens noch was, bei Ihnen bin ich mir da nicht so sicher«, kontert er patzig.

»Jetzt werden Sie aber unverschämt.«

»Pia, können Sie mir vielleicht einmal erklären, wie Sie dazu kommen, einen Schreibtisch zu bestellen, der dreitausendfünfhundert Mark kostet?« fragt er mit gefährlich leiser Stimme.

»Wieso? Mein Billig-Schreibtisch war doch von Anfang an nur als Übergangslösung gedacht. Und nach drei Jahren ist es nun wirklich langsam an der Zeit, mit diesem Provisorium Schluß zu machen. Finden Sie nicht?«

»Nein!« zischt er. »Nein, nein, nein! Nicht, liebe Frau Petry, nicht, wenn ich mit fast vierzigtausend Mark in den Miesen bin. Nicht, wenn ich nicht weiß, wo die Miete für den nächsten Monat herkommen soll; nicht, wenn ich ständig mit dem Bankmenschen telefonieren muß, um ihm mit täglich wechselnden Argumenten unsere Zahlungsschwierigkeiten plausibel zu machen …«

In diesem Moment klingelt es an der Tür. Cornfeld verstummt augenblicklich. Wir starren uns an. Die Lösung all unserer Probleme könnte vor der Tür stehen. Genau in diesem Augenblick von einer guten Fee vorbeigeschickt. Ein Kunde! Ich renne den Gang zur Wohnungstür hinunter, bleibe kurz davor stehen, atme einmal tief durch und reiße die Tür auf.

»Guten Tag! Mein Name ist Kranzler! Darf ich hereinkommen?« Ein kleiner, korpulenter Mann im grauen Anzug mit Regenschirm und Aktentasche unter dem Arm steht vor der Tür. Seine Augen blicken freundlich, sein Mund hat die Form eines Kußmäulchens, das Gesicht erinnert an das Kinderlied »Der Mond ist aufgegangen«, sein dickes Bäuchlein zeichnet sich vorwitzig unter der zu engen Jacke ab, und sogar die Hand, die er mir entgegenstreckt, scheint weich, warm und rund zu sein. Ein Familienvater, denke ich, ein besorgter Familienvater, dessen Tochter abgehauen oder dessen Schwiegersohn mit dem Enkel Richtung Arabische Emirate entfleucht ist. Ein netter, sympathischer Mensch, der Licht ins Dunkel und Geld auf mein Konto bringen wird.

»Herr Kranzler, kommen Sie doch rein.« Ich strahle ihn an und begleite ihn den Gang hinunter zu meinem Büro. Auf der linken Seite des Flurs befinden sich drei Räume, die komplett möbliert und so hergerichtet sind, daß sie benutzt aussehen. Die Türen stehen immer offen. Jeder Kunde kann sich von der Größe der Detektei und der Mitarbeiterzahl ein eindrucksvolles Bild machen. Diese Taktik wirkt auch bei unserem neuen Besucher. Kranzler bleibt vor einem der Büros stehen und späht neugierig hinein. Sofort spule ich mein übliches Werbeprogramm in eigener Sache ab.

»P-Quadrat hat fünf feste und gut ein Dutzend freie Mitarbeiter, die meist draußen im Einsatz sind. Wie Sie sich vorstellen können, sind in unserem Beruf Schreibtischtäter nicht gefragt. Wir brauchen Leute, die Probleme aktiv angehen, beinhart vor Ort recherchieren und auch schon mal vierundzwanzig oder sechsunddreißig Stunden nonstop am Mann oder an der Frau bleiben.«

Mein Besucher lächelt höflich und hört interessiert zu.

»Wir beschäftigen nur voll ausgebildete, seriöse Profis, die über eine langjährige Berufserfahrung verfügen. Hasardeure und Halbstarke, die eine schnelle Mark machen wollen, werden Sie bei uns nicht finden.«

Wenn ich so weitermache, werde ich den Quatsch irgendwann noch selbst glauben. Wir gehen an Cornfelds Zimmer vorbei, der Kranzler kurz zunickt und dann wieder beschäftigt tut. Als wir in meinem Büro angekommen sind, biete ich unserem neuen Kunden einen Stuhl an, setze mich hinter den Schreibtisch und fahre mit meiner Unternehmensdarstellung fort.

»Bei uns sind Sie sowohl für die Aufklärung von Wirtschaftsdelikten, als auch bei der Beweisbeschaffung für private Fälle an der richtigen Adresse. Wir ermitteln bei Verrat von Betriebs- und Geschäftsgeheimnissen, unlauterem Wettbewerb, Schwarzarbeit, bei Geschäften ohne Rechnung, Betrug, Unterschlagung, Diebstahl, Sabotage, Vortäuschung von Krankheiten, Patent-, Marken- und Produktpiraterie, betrügerischen Warentermingeschäften und bei Kapitalanlagebetrug« – an dieser Stelle gönne ich meistens sowohl mir, als auch meinen Zuhörern eine kurze Verschnaufpause, um dann voller Elan fortzufahren: »Natürlich helfen wir auch bei Unstimmigkeiten im Bereich Unterhaltszahlungen und Erbvorgänge, bei Problemen in Familie und Partnerschaft, bei Miet- und Pachtstreitigkeiten, Verleumdungen und Beleidigungen sowie bei Unfällen und anderen Verkehrsdelikten.«

Geschafft! Bisher hat diese Aufzählung ihre Wirkung noch nie verfehlt. Kranzler lächelt immer noch und formuliert dann eine seltsame Frage. »Sind Sie auch mit Inkasso-Angelegenheiten vertraut?«

»Natürlich«, antworte ich. »Das gehört zum täglichen Geschäft.«

»Fein, dann werden wir uns ja bestens verstehen.«

Sagt's und legt mir seine Visitenkarte auf den Tisch.

»Inkassobüro Kranzler« steht drauf.

Ich brauche einen Moment, bis ich begreife, was hier gerade passiert. Warum habe ich diesen aufgeblasenen Idioten nicht gleich gefragt, was er eigentlich will.

»Herr Cornfeld!!!« brülle ich so laut ich kann. Und er steht in einer Hundertstelsekunde in meinem Büro. Sein promptes Erscheinen irritiert mich. Egal, Hauptsache, er schafft mir diesen Wahnsinnigen vom Hals. Der fordert nämlich mal eben fünfzigtausend Mark. Das Recht zum Pfänden hat er nicht, dafür aber andere, äußerst effiziente Methoden, wie er glaubhaft versichert.

»Liebe Frau Petry, ich bin wirklich ein friedliebender Mensch und möchte die Angelegenheit gerne diskret und ohne Aufsehen aus der Welt schaffen. Aber wenn wir uns nicht einigen können, dann wendet sich mein Kunde unter Umständen an ein anderes Inkassobüro. Und die regeln das dann vielleicht nicht so seriös und rücksichtsvoll. Es gibt in meiner Branche eine Menge schwarzer Schafe, die mit, na sagen wir mal, ziemlich harten Bandagen arbeiten. Da ist dann morgens der schöne BMW verkratzt, oder die Katze liegt vergiftet vor der Tür. Es soll auch schon vorgekommen sein, daß ein Gläubiger plötzlich ein blaues Auge hatte, in seiner Wohnung eine Stinkbombe deponiert oder seine Frau in der U-Bahn belästigt wurde.«

Ich bin fassungslos und Cornfeld guckt ziemlich belämmert aus der Wäsche.

»Herr Kranzler, wollen Sie mir etwa drohen?« frage ich mit schriller Stimme.

»Aber Frau Petry, wie kommen Sie denn darauf? Ich drohe Ihnen doch nicht. Ich mache Sie nur auf eventuelle Konsequenzen aufmerksam. Dafür sollten Sie mir dankbar sein. Die Sache ist doch ganz einfach. Sie geben mir die fünfzigtausend Mark und alles ist erledigt. Keiner ärgert sich, keiner bekommt Probleme.«

Jetzt schaltet sich Cornfeld ein. »Aufgrund eines kleinen Liquiditätsengpasses können wir fünfzigtausend derzeit nicht flüssig machen. Aber zehn wären gleich machbar.«

Erstaunt sehe ich ihn an. Der rückt einfach die Hälfte unseres Geldes heraus. Und fragt mich noch nicht einmal. Und bevor ich dazwischengehen kann, hat er den Briefumschlag mit der Anzahlung geholt, Kranzler die zehntausend in die Hand gedrückt und ihn hinauskomplimentiert.

»Wie konnten Sie nur?« fahre ich ihn an. »Das war unser ganzes Geld.«

»Es war die Hälfte. Und immer noch besser, als wenn Sie morgen vergiftet auf der Türschwelle liegen, einer Ihre Wohnung verkratzt oder ich in der U-Bahn belästigt werde.«

Darüber kann ich nun wirklich nicht lachen. »Cornfeld, der hat doch nur gedroht. Das nennt man psychologische Kriegsführung. Nichts davon würde er je wahrmachen, das wäre ja kriminell. Dafür ist er viel zu gerissen, und Sie sind darauf reingefallen. Er hat genau das erreicht, was er erreichen wollte. Er hat Ihnen Angst eingejagt.«

»Wieso hat der fünfzigtausend Mark von Ihnen zu kriegen?« fragt er mich da unvermittelt.

»Ach, die habe ich mir geliehen.«

»Geliehen? Wo geliehen?« fragt er.

»Ja bei so einer Firma, so einer, die in den Zeitungen inserieren. Sie wissen schon: Brauchen Sie Geld. Unbürokratisch und schnell. Kommen Sie zu Hammerzell.«

»Ich glaub's nicht«, brüllt Cornfeld, »Sie haben sich bei einem Kredithai Geld geliehen, bei so einem Wucherer? Sind Sie wahnsinnig. Was zahlen Sie da Zinsen?«

Ich beiß mir auf die Lippe und sage lieber nichts.

»Die Summe verdoppelt sich alle drei Tage, stimmt's?«

»Nein, ganz so schlimm ist es nicht«, sage ich kleinlaut.

»Die werden Sie nicht in Ruhe lassen, Pia. Ganz bestimmt nicht. Und was dieser Kranzler da erzählt, ist auch keine Einschüchterungstaktik, das ist die Wahrheit, die brutale Wahrheit. Das machen die, da kennen die nix.«

»Ich zahl's ja zurück«, sage ich.

»Wovon denn Pia, wovon denn, verdammt noch mal?«

Als das Telefon klingelt, mache ich keine Anstalten, den Hörer abzunehmen. Leise fluchend läuft Cornfeld in sein Büro. Kurze Zeit später kommt er in mein Zimmer und legt mir kommentarlos einen Zettel auf den Schreibtisch. Nur mit Mühe kann ich »Michael hat angerufen« entziffern. Auch das noch.

KAPITEL 4

Als der Wecker um sieben Uhr klingelt, bin ich schon eine ganze Weile wach. Meine Augen haben sich allmählich an die Dunkelheit gewöhnt, und ich kann die Umrisse des Kleiderschranks, die Silhouette des schmalen Schreibtischs vor dem Fenster, die dickbauchige Kommode und den alten, mit zerschlissenem Blümchenstoff bezogenen Ohrensessel neben der Tür erkennen. Ein kleines Universum auf achtzehn Quadratmetern. Meine neue Bleibe. Durch die fast geschlossenen Gardinen sickert das spärliche Licht einer Straßenlaterne. Autos und Busse rollen knirschend über die nasse, mit Split gestreute Straße vor dem Haus. Ich fröstele und ziehe mir die schwere, etwas zu kurze Bettdecke bis zu den Schultern. In München ist es um gut fünf Grad kälter als in Hamburg. Daran muß ich mich erst noch gewöhnen. Genauso wie an den Schnee, der zu hohen Bergen aufgetürmt an den Straßenrändern liegt, an die Sprache, die ich kaum verstehe und an die etwas rüden Umgangsformen, die man hier pflegt. Der Taxifahrer, der mich gestern abend zu meiner kleinen Pension in Schwabing gefahren hat, ist ein ungehobelter Klotz gewesen, der sich mit den Worten: »Des mog i, z'erst mia des Auto mit Parfüm verstinga und nachad a no mit am Hunderta zoin« verabschiedete. Als ich mich bei der Pensionswirtin darüber beschwert habe, hat sie erwidert, das sei der berühmte bayerische Grant und netter gemeint, als es sich anhöre.

Ich bin gespannt, welcher Ton in meiner neuen Firma herrscht. Bei der Vorstellung, daß heute mein erster Arbeitstag ist, friert's mich schon wieder. Dabei weiß ich immer noch nicht, warum die sich für mich entschieden haben. Auch nachdem ich zu einem zweiten Gespräch nach München eingeladen worden war und mich über eine Stunde mit Balzer und Moritz Lautenberg, einem der Geschäftsführer der Agentur, unterhalten habe, war ich hinsichtlich meiner Erfolgsaussichten nicht sehr zuversichtlich gewesen. Zwar hat mir mein Auftraggeber eine ganze Kiste mit Fachzeitschriften geschickt und eine Aufstellung mit dem gängigsten Fachchinesisch beigelegt, aber das habe ich in so kurzer Zeit unmöglich auswendig lernen können. Lautenberg, ein großer, schmaler Typ, mit hoher Stirn, dunkelblondem dünnem Haar und ausgeprägten Geheimratsecken, gehört Gott sei Dank zu diesen Schwätzern, die sich am liebsten selbst beim Reden zuhören und freundlicherweise ihre Fragen gleich selbst beantworten. Balzer hat die Gelegenheit zur Selbstdarstellung genutzt und mir die Rolle der Stichwortgeberin zugewiesen. Als ich wieder im ICE Richtung Hamburg saß, hätte ich nicht sagen können, ob ich einen guten oder einen schlechten Eindruck hinterlassen habe. Wahrscheinlich habe ich gar keinen Eindruck hinterlassen, weil die Herren viel zu sehr mit sich selbst beschäftigt waren.

Eine Woche später kam die Zusage und Cornfeld hat steif und fest behauptet, sie hätte vor allem etwas mit meinem kurzen Rock und meinen Katzenaugen, wie er sich ausdrückte, zu tun. Allerdings verfiel er auf diese Argumentation erst, nachdem die Personalberatungsfirma ihm mitgeteilt hatte, daß er für die Position des Geschäftsführungsassistenten leider nicht in Frage käme.

Jetzt ist es schon Viertel nach sieben, und ich sollte langsam mal aufstehen. Um neun Uhr muß ich bei Lautenberg, Konrad und Partner in der Münchner Innenstadt antreten.

Ich habe Lampenfieber. Fremde Stadt, fremder Job, fremde Menschen und ich weiß immer noch nicht, was ich in dem Laden eigentlich machen soll.

Pünktlich um Viertel vor neun stehe ich vor einer herausgeputzten, ganz in schwarz gekleideten Empfangsdame, die ihr Selbstbewußtsein eindeutig aus der Zugehörigkeit zu dieser Firma speist. Kaum habe ich mich vorgestellt, wird sie hektisch.

»Ach, Sie sind die neue Projektleiterin.«

Aufgeregt klimpert sie mit ihren Wimpern und streckt mir ihr manikürtes Händchen hin.

»Müllerschön, guten Tag.«

So blöd wie sie tut, ist sie bestimmt nicht.

»Ich weiß gar nicht, wen ich holen soll«, flötet sie, »es ist nämlich gerade Konferenz und im Moment keiner greifbar.«

Sie geht die Liste mit den Telefonnummern der Mitarbeiter durch und trommelt nervös mit ihren langen, violett lackierten Fingernägeln auf die Schreibtischunterlage. »Ach, ich weiß, was wir machen. Wir holen am besten Herrn Schreiber. Der kann Ihnen bestimmt weiterhelfen.«

Während sie telefoniert, sehe ich mich um. So also sieht der Eingangsbereich einer erfolgreichen Werbeagentur aus. Große verglaste Frontseite, hohe helle Wände, dekoriert mit überdimensionalen Bildern, die die Vorliebe der Chefs für moderne Kunst dokumentieren sollen, glänzender Marmorboden, auf dem eine knallrote Samtcouch und ein mit Blattgold überzogener, dünnbeiniger Beistelltisch stehen. Eine meiner Freundinnen hat mal gesagt, daß Image und Ambiente einer Firma im umgekehrt proportionalen Verhältnis zum Betriebsklima stehen. Ich kann nur hoffen, daß sie sich geirrt hat oder daß dieser Laden die berühmte Ausnahme von der Regel ist.

Die Müllerschön hat ihr Telefonat beendet und kommt auf High Heels um ihre Schaltzentrale herum auf mich zugestöckelt.

»Frau Petry, Sie gehen jetzt bitte erst einmal zu Herrn Schreiber. Der sitzt im dritten Stock. Wenn Sie aus dem Aufzug kommen, müssen Sie sich rechts halten. Es ist dann die vierte Tür links.«

Es ist natürlich die vierte Tür rechts. Und ich bewundere zunächst ein leeres Büro, bevor ich gegenüber reinmarschiere, um nach dem abwesenden Kollegen zu fragen. Erst nach ein paar Minuten ist klar, daß ich im Büro des Mannes stehe, den ich suche.

»Sie sind die neue Projektleiterin«, sagt er mit leicht anzüglichem Unterton und deutet auf einen Stuhl, der vor seinem Schreibtisch steht.

»Ja, sieht so aus«, antworte ich schnippisch, setze mich und bemühe mich um ein möglichst selbstbewußtes Auftreten. Kein leichtes Unterfangen angesichts der Tatsache, daß Attraktivität in diesem Laden Einstellungsvoraussetzung zu sein scheint. Bisher sind mir hier nur gutaussehende Menschen über den Weg gelaufen, und Schreiber ist da keine Ausnahme. Mit seinen kurzen, dunklen Haaren, den gletscherseeblauen Augen und diesen winzigen Grübchen, die sich rechts und links auf seinen Wangen bilden, sobald er lächelt, verkörpert er den Typ Mann, dem man auch noch mit vierzig den Lausbuben abnimmt. Er trägt ein weißes Hemd, schwarze Designerjeans, Cowboystiefel und außer einem auffälligen Siegelring am kleinen Finger der rechten Hand keinerlei Schmuck, auch keine Uhr.

»Wie ich gehört habe, sind fast alle Mitarbeiter in der Konferenz?« nehme ich den Gesprächsfaden wieder auf.

»Genau.«

»Und warum sind Sie dann in Ihrem Büro?«

Er lacht. »Ich bin so etwas wie ein gefallener Engel. Ich habe gekündigt.«

Das verschlägt mir erst einmal die Sprache. Und angesichts meines ungläubigen Gesichtsausdrucks muß er schon wieder lachen. Was ihm ausgesprochen gut steht.

»Ach, und da wurden Sie nicht unter Quarantäne gestellt? Da dürfen Sie hier einfach so frei rumlaufen und neue Kollegen begrüßen?«

»Na ja, ich arbeite seit fünf Jahren in diesem Laden. Da hat sich schon so etwas wie ein Vertrauensverhältnis herausgebildet. Wir trennen uns ja nicht im Bösen ...«

»Warum haben Sie denn überhaupt gekündigt?«

Wieder scheint ihn meine Frage zu amüsieren.

»Erwarten Sie darauf wirklich eine ehrliche Antwort?«

»Klar!«

»Nun, ich mache mich selbständig.«

»Warum?«

»Sie können aber penetrant sein.«

Fast hätte ich gesagt, das gehöre zu meinem Job.

»Schauen Sie«, fährt er fort, »in unserer Branche wird eine Umsatzrendite von bis zu fünfundzwanzig Prozent erwirtschaftet. Das schaffen sie nur, wenn sie ihre Leute bis zum Gehtnichtmehr auspressen. Die großen, bekannten Agenturen profitieren davon, daß jeder dort arbeiten, beziehungsweise mal da gearbeitet haben will. So etwas macht sich im Lebenslauf ganz gut. Und das nutzen diese Firmen gnadenlos aus. Sie stellen mit Vorliebe junge Leute ein, die gerade ihre Ausbildung beendet haben. Zahlen lächerlich niedrige Gehälter und lassen die Youngsters dann zwanzig Stunden am Tag, sieben Tage die Woche schuften. Klar, wenn die was können, machen sie natürlich auch Karriere, kriegen ein größeres Büro, einen Firmenwagen und interessantere Kunden. Wer das Mammutprogramm aber nicht packt, wird ausgelutscht und ausgewechselt. Das geht ganz schnell.«

»Und wo sortieren Sie sich da ein? Bei den Losern oder bei den Winnern?«

»Tja, man macht das ein paar Jahre mit, ist auch leidlich erfolgreich, realisiert aber dann irgendwann, daß man schon vierzig und immer noch kein Geschäftsführer ist. Und in einer Agentur wie der hier gibt es nun mal nur zwei Chefs, und die denken gar nicht daran, auszusteigen, um in der Toskana Aquarelle zu malen oder in Portugal Zitronen anzubauen. Die finden Big Business, dicke Gehälter und bildschöne Assistentinnen einfach reizvoller, als das alternative Wie-finde-ich-zu-mir-selbst-Programm auf Mallorca ...«

»Um sich selbständig zu machen«, unterbreche ich ihn, »braucht man aber eine Menge Geld oder attraktive Kunden. Haben Ihre Chefs denn keine Angst, daß mit Ihnen auch der eine oder andere Auftraggeber von Bord geht?«

Jetzt lächelt er nicht mehr. Anscheinend bin ich mit dieser Frage zu weit gegangen.

»Da machen Sie sich mal keine Sorgen«, antwortet er spitz, erhebt sich von seinem Stuhl und steckt ein Päckchen Zigaretten samt Feuerzeug in seine Jackentasche. Ich stehe jetzt auch auf und bemerke auf einem aufgeschlagenen Aktenordner, der auf seinem Schreibtisch liegt, eine krakelig-bunte Kinderzeichnung. Als er meinen Blick registriert, klappt er den Ordner zu.

»So, Frau Petry, dann wollen wir uns mal Ihr neues Büro ansehen.«

»Ach, machen Sie sich keine Mühe«, sage ich, »zur Not nehme ich einfach Ihres.«

Sein Büro gefällt mir. Der circa zwanzig Quadratmeter große Raum hat an zwei Seiten Fenster, eine Sitzecke mit zwei schwarzen Ledersofas, einen runden Besprechungstisch mit fünf pastellfarbenen Stühlen sowie einen großen Schreibtisch aus hellem Holz und Edelstahl. Schreiber beobachtet amüsiert meine begehrlichen Blicke.

»Da muß ich Sie leider enttäuschen. So ein Zimmer muß man sich in langen Jahren schlimmsten Sklaventums und unermüdlichen Intrigierens hart erarbeiten. Anfänger haben da gar keine Chance. Die fangen ganz unten an, quasi in der Besenkammer.«

Wie recht er damit hat, sehe ich Minuten später. Mein Büro, wenn man für dieses Zimmerchen das Wort Büro überhaupt verwenden kann, hat maximal zehn Quadratmeter und ein winziges, schmales Fenster direkt unterhalb der Decke, so daß man auf einen Stuhl steigen muß, um zu sehen, ob es regnet oder schneit. Der Schreibtisch ist frontal an die Wand geklatscht, der Stuhl wackelt und die gegenüberliegende Seite ziert ein mannshohes, mit dunklen, verstaubten Aktenordnern vollgestopftes Metallregal. Zum Durchatmen muß man vor die Tür gehen, sonst ist die gesamte Luft in wenigen Minuten verbraucht. Schreiber verkneift sich mühsam das Lachen. »Nehmen Sie es nicht persönlich. Wir haben alle hier angefangen.«

Er wird von einem lauten Piepsen und anschließendem Geknatter unterbrochen. Auf einem kleinen Tisch neben dem Regal steht ein Faxgerät, das gerade mehrere Seiten ausspuckt. Fragend sehe ich ihn an.

»Versuchen Sie nur nicht, das Ding loszuwerden. Da haben sich schon ganz andere die Zähne ausgebissen. Übrigens hat das auch etwas Kommunikatives«, sagt er breit grinsend. »Ist doch schön, wenn alle fünf Minuten ein Kollege reingerannt kommt, um nach seinem Fax zu sehen.«

»Wunderbar!«

»Jetzt gucken Sie nicht so entsetzt, hier verbringen Sie ja nur Ihre Probezeit. Betrachten Sie es doch als so etwas wie einen Initiationsritus. Da muß eben jeder durch.«

»Na wenigstens habe ich ein ordentliches Telefon, das sieht ja richtig professionell aus.«

»Das brauchen Sie auch, damit Nadine Müllerschön, unsere Empfangsdame, die zentrale Telefonleitung hier rauflegen kann. Das macht sie zum Beispiel, wenn sie Mittagspause hat, für die Chefs was erledigen muß oder einfach nur, wenn sie gerade Lust hat, Sie ein bißchen zu ärgern.«

»Das meinen Sie nicht ernst?«

»Oh doch. Todernst sogar.«

KAPITEL 5

Fünfzig Leute arbeiten bei Lautenberg, Konrad und Partner. Fünfzig Namen, fünfzig Zuständigkeiten, fünfzig Gesichter, die man sich merken und nach Möglichkeit in kürzester Zeit abrufbereit gespeichert haben soll. Und das bei meinem miserablen Gedächtnis. Zuerst hat mich Lautenberg durch sämtliche Abteilungen geschleift, mich jedem Mitarbeiter vorgestellt und mir detailliert die High-Tech-Ausstattung einer jeden Abteilung erläutert. Ich wurde mit Creative-Direktoren, Art-Direktoren, Junior-Art-Direktoren, Etat-Direktoren, Senior- und Junior-Consultants, Grafikern, Textern, Reinzeichnern, Produktionern und ich weiß nicht, mit wem noch bekannt gemacht. Titel sind anscheinend ganz was Wichtiges in dieser Branche und runde Besprechungstische auch. Soviel weiß ich schon: Wer einen solchen Tisch in seinem Büro stehen hat, hat es geschafft. Der betreut interessante Kunden und fährt einen Porsche als Firmenwagen.

Ganz besonders stolz sind sie aber auf ihr Fotostudio im Souterrain. Das verfügt über beachtliche hundertzwanzig Quadratmeter und ist mit dem neuesten Equipment ausgestattet. Sogar Claudia Schiffer war schon mal da.

Nach dem Vorstellungsmarathon hat Lautenberg mir den Schreibtisch mit Broschüren, Flyern, Anzeigenkampagnen, Dreh- und Handbüchern vollgepackt und mir viel Spaß beim Lesen gewünscht. Den Rest des Tages habe ich die Firmenphilosophie in Form von hauseigenen Druckerzeugnissen verinnerlichen dürfen. »Damit Sie sich ein Bild von der Herangehensweise und den Problemlösungstechniken des Hauses machen können«, hat mir mein neuer Chef als Erklärung mit auf den Weg gegeben. Um zehn Uhr abends bin ich dann über einer Broschüre zu dem rasend spannenden Thema Zeiterfassungssysteme selig entschlummert.

Als das Faxgerät plötzlich laut piepsend seine Arbeit aufnimmt, werde ich wach. Es ist kurz vor Mitternacht. Jetzt reicht's aber. Ich schlüpfe in meinen Trenchcoat, schnappe mir meine Tasche und mache mich auf den Weg. Der Flur ist lang und dunkel, in keinem der anderen Büros brennt noch Licht. Anscheinend bin ich die letzte, die das Haus verläßt. Flüchtig kommt die Erinnerung an kindliche Ängste zurück, als jeder Mantel, der nachts an der Garderobe hing, ein Einbrecher war, jeder Schatten der schwarze Mann, jedes ungewohnte Geräusch die Ankündigung drohenden Unheils. Das ist überwunden, liegt längst hinter mir. Ein leeres Bürohaus hat keine Schrecken, rede ich mir ein. Doch kaum stehe ich vor dem Aufzug, geht meine Phantasie mit mir durch. So ein Lift kann auch mitten in der Nacht steckenbleiben. Ich ziehe es vor, die Treppe ins Foyer hinunterzulaufen.

Als ich in der Lobby stehe, im Glauben, den unangenehmen Teil des Weges nun hinter mich gebracht zu haben, dringen seltsame Geräusche an mein Ohr. Da ist jemand. Eindeutig. Ein Schatten macht sich an Frau Müllerschöns Empfangs-Tresen zu schaffen. Wenn das jemand wäre, der hier arbeitet, hätte er das Licht angemacht. Hat er aber nicht. Mir wird ganz kalt vor Aufregung. Warum passiert immer mir so was? Ich bin müde, ich will heim, ich habe keine Lust auf mitternächtliche Räuber- und Gendarm-Spielchen. Plötzlich beginnt der Schatten zu sprechen, vielmehr zu fluchen. Und das mit einer eindeutig weiblichen und, wie mir scheint, ziemlich jungen Stimme. Kurzentschlossen betätige ich den Lichtschalter und stehe im grellen Schein von Dutzenden von Halogenspots einem etwa siebzehnjährigen Mädchen gegenüber, das mich mit schreckgeweiteten Augen anstarrt. Es hat eine große Schere in der Hand, mit der es anscheinend einer Geldkassette erfolglos zu Leibe gerückt ist. Diese Schere verändert jetzt langsam ihre Position und ist auf einmal mit der Spitze auf meinen obersten Blusenknopf gerichtet.

»Wer bist du?« flüstere ich mit sanfter Stimme.

»Hauen Sie ab.«

»Kann ich dir irgendwie helfen?«

»Hauen Sie ab, habe ich gesagt.«

Ihr verschlossenes, mürrisches Gesicht ist eigentlich ganz hübsch. Sie hat große dunkle Augen, einen schön geschnittenen Mund, lange blonde Haare. Allerdings sieht sie ein bißchen vernachlässigt aus, schlampig, ungewaschen. Aber das hat in dem Alter nicht viel zu sagen.

»Jetzt komm schon, ich will dir doch nur helfen.«

Ihr Blick ist starr auf den Boden gerichtet. Mit der freundlichen Tour komme ich nicht weiter.

»Sag mal, wie stellst du dir das vor? Muß ich erst die Bullen holen, um rauszukriegen, wer du bist?«

Die Drohung zeigt umgehend Wirkung. Kaum hört sie das Wort »Bullen«, fährt sie erschrocken zusammen.

»Ich heiße Sandra«, sagt sie so leise, daß ich sie kaum verstehe.

»Sandra und weiter …?«

»Lautenberg.«

»Die Tochter von …?«

Sie nickt. Das erklärt, wie sie hier reingekommen ist und läßt den Anruf bei der Polizei wenig ratsam erscheinen.

»Und, was machst du hier?«

»Ich brauche Geld.«

»Warum gehst du nicht zu deinem Vater?«

Sie verzieht angewidert das Gesicht.

»Und deine Mutter?«

»Ach die«, sagt sie nur, legt die Schere aus der Hand und zupft nervös an einem Schreibblock herum. Jetzt habe ich die Wahl. Ich kann sie mir zur Feindin oder zur Freundin machen. Die Entscheidung fällt mir nicht schwer, schließlich ist sie die Tocher vom Chef und Verbündete kann ich sicher noch brauchen.

»Was hältst du von einem kleinen Darlehen?«

Sie versucht sich an einem schüchternen Lächeln.

»Hört sich gut an«, antwortet sie leise.

»Wieviel? Mach mir einen Vorschlag.«

»Vierhundert?«

Ich schlucke. »So viel? Wozu brauchst du so viel Geld?«

Darauf antwortet sie nicht. Das hat mich nicht zu interessieren.

»Ich habe keine vierhundert Mark dabei«, sage ich. Und das ist noch nicht einmal gelogen.

»Dreihundert?«

Ihre großen braunen Augen sehen mich bittend an.

»Zweihundert!«

Sie zuckt mit den Schultern. »Na ja.«

Mit angespannter Miene, so als habe sie Angst, ich könnte es mir noch einmal anders überlegen, beobachtet sie, wie ich in meiner Handtasche erst nach dem Portemonnaie und dann nach den Geldscheinen krame. Als ich ihr zwei Hunderter gebe, stopft sie das Geld, ohne auch nur hinzusehen, in die Hosentasche ihrer Jeans.

»Was meinst du, krieg ich die wieder?« frage ich unsicher.

»Klar doch.« Sie schultert einen großen, schwarzen Lederrucksack, geht an mir vorbei und bleibt einen Moment an der Tür stehen. Sie überlegt. Dann zieht sie einen kleinen, grünen Stein aus ihrer Manteltasche und drückt ihn mir in die Hand.

»Hier«, sagt sie, »den gebe ich Ihnen als Pfand, einen Skarabäus. Den habe ich geschenkt bekommen, da können Sie sicher sein, daß ich ihn wieder auslöse.«

»Ist der von deinem Freund?«

Sie zuckt nur mit den Schultern.

Als wir draußen vor der Tür stehen, lade ich sie auf eine Cola beziehungsweise auf eine Pizza ein. Doch jetzt hat sie es eilig, fährt sich fahrig mit der Hand über die Stirn, sieht einmal kurz hoch, mir direkt ins Gesicht, und dann nur noch auf die vereisten Steinstufen, die zum Parkplatz hinunterführen.

»Danke, nein. Ich muß noch was erledigen.«

Sich am Geländer festhaltend, geht sie vorsichtig die rutschigen Stufen hinunter, und kaum hat sie festen Boden unter den Füßen, läuft sie über den grauen Asphaltplatz davon. Schweigend beobachte ich, wie sie Schritt für Schritt im dichten Schneetreiben verschwindet. Genauso wie meine zweihundert Mark, geht es mir durch den Kopf. Und sofort schäme ich mich diesen Gedankens. Was soll's. In vier Wochen ist Weihnachten. Einen besseren Zeitpunkt hätte ich mir für meine gute Tat gar nicht aussuchen können.

KAPITEL 6

Jemand hämmert gegen die Tür. Keine nette Art, mich aus dem Bett zu holen. Meine Pensionswirtin, Frau Ametsbichler, eine rotgesichtige, beleibte Person, hat sich wie eine Rachegöttin im Türrahmen aufgebaut.

»Entschuldigen S', i wollt ned stören«, sagt sie in einem Ton, der sie Lügen straft und hält mir ein dunkelgrünes, schnurloses Telefon unter die Nase. »Ein Herr Cornfeld würd' Sie gern sprechen.«

»Um die Zeit?« frage ich benommen.

Sie zuckt die Achseln, legt den Apparat auf meine Bettdecke und läßt die Tür krachend hinter sich ins Schloß fallen.

»Hallo«, flüstere ich heiser. Und kann nicht glauben, daß Cornfeld es wagt, mich um diese Tageszeit anzurufen. Doch er ist es, und noch dazu ist er von einer geradezu nervigen Aufgeräumtheit.

»Hallo Pia! Wie geht's denn so?«

»Ich bin müde, Herr Cornfeld. Verdammt müde. Ich liege noch im Bett.«

»Keine Angst, ich störe Sie auch nicht lange. Aber ich habe eine paar Punkte, die ich unbedingt mit Ihnen durchsprechen muß.«

Bevor ich ihn auf später vertrösten kann, legt er los. Soviel Energie und geballtem Tatendrang bin ich nicht gewachsen. Ergeben setze ich mich im Bett auf.

Cornfelds erster Punkt betrifft meine Freundin Katja. Sie

hat angerufen und war stinksauer, als sie hörte, daß ich in München sei und mich nicht bei ihr gemeldet habe.

»Das ist ja rasend spannend, Doktorchen. Dafür muß man morgens Leute aus dem Bett klingeln.«

Genervt lege ich mich wieder hin, rolle mich auf die Seite und vergrabe mein Gesicht im Kopfkissen. Während ich in einen wohligen Dämmerzustand abzudriften beginne, registriere ich Cornfelds Stimme nur noch mit halbem Ohr. Da fällt plötzlich ein Name. Und augenblicklich hat er meine volle Aufmerksamkeit.

»Was haben Sie gesagt? Was war mit Rebbelmeier?«

»Hören Sie mir überhaupt zu, Frau Petry?« fragt er bissig.

»Aber sicher doch. Leider waren Sie akustisch gerade nicht zu verstehen. Die Verbindung ist nicht so besonders«, lüge ich ihn an.

»Der hat sich bei mir gemeldet.«

»Wer?«

»Verdammt, Pia! Jetzt reicht's aber. Wachen Sie endlich auf«, blökt er mir ins Ohr.

»Ist ja schon gut. Rebbelmeier hat sich bei Ihnen gemeldet. Ich hab's begriffen.«

»Warum haben Sie dem erzählt, daß Sie in München sind und wo Sie da wohnen?« fragt er.

»Der kümmert sich um meine Wohnung und gießt die Blumen. Und falls irgendetwas los ist, muß er doch wissen, wo er mich erreichen kann. Oder nicht?«

»Er hätte sich doch bei mir melden können.«

»Hat er doch.«

»Ja, nachdem er Sie in München nicht erwischt hat.«

»Das ist doch jetzt egal. Was hat er denn gewollt?«

»Zweierlei.«

»Zweierlei?«

»Ja, als erstes hat er mir erzählt, daß im Haus eine neue Mieterin eingezogen ist ...«

»Aha«, sage ich, »also doch keine türkische Großfamilie.«

»Wie bitte?« fragt Cornfeld.

»Egal«, sage ich. »Was ist jetzt mit der neuen Mieterin.«

»Eine ganz sympathische Person sei das, hat Rebbelmeier gesagt. Und alles, was er von ihr erzählte, klang ehrlich gesagt ziemlich verdächtig.«

»Wie meinen Sie das?«

»Na ja, so als wäre er an der Frau interessiert, als wäre er in die verknallt.«

»Das ist doch prima. Dann läßt er mich in Zukunft ja vielleicht in Ruhe.«

»Danach sieht es im Moment ehrlich gesagt nicht aus.«

»Wieso?« frage ich alarmiert.

»Er braucht Ihre Hilfe, hat er erzählt, und wird Sie deswegen noch einmal anrufen. Zumindest hat er damit gedroht.«

»Toll«, sage ich genervt. »Das hat mir gerade noch gefehlt.«

»Und dann ist noch etwas passiert ...«

»Ja?«

»Ihr Onkel war da. Hat bei Rebbelmeier geklingelt und sich nach Ihnen erkundigt.«

»Was? Was für ein Onkel?«

»Ihr Onkel muß wahnsinnig nett gewesen sein. Rebbelmeier hat ihn in seine Wohnung gebeten, und die beiden haben dann so richtig einen drauf gemacht. Das war wohl der Anfang einer wunderbaren Männerfreundschaft ...«

»Das verstehe ich nicht. Was für ein Onkel soll das gewesen sein. Wie heißt der, wie sieht der aus?«

»Tja, Schmidt heißt er.«

»Ich habe keinen Onkel, der Schmidt heißt.«

»Das dachte ich mir schon. So wie Rebbelmeier ihn beschrieben hat, heißt der Herr nicht Schmidt, sondern Kranzler.«

»Der Inkasso-Heini?«

»Genau.«

»Oh nein. Und der weiß jetzt …«

»Richtig! Der weiß jetzt genau, wo er Sie finden kann. Nur gut, daß Ihr BMW in Hamburg in der Tiefgarage steht.«

»Ha, ha, sehr komisch. War das alles, oder haben Sie noch mehr so erfreuliche Neuigkeiten?«

»Ich habe eine Nachricht bekommen, von unserem Auftraggeber, per E-Mail. Er nennt sich jetzt Mister X. Sehr originell. Aber immerhin hat er endlich die Katze aus dem Sack gelassen. Und zwar geht es um eine Marketingkampagne mit dem Slogan ›Der Gewalt keine Chance‹. Sagt Ihnen das was?«

»Nein.«

»Sie sollen zusehen, daß Sie die Projektleitung dafür bekommen.«

»Und warum?«

»Hier steht, daß diese Kampagne mit öffentlichen Geldern finanziert wird und daß er glaubt, die Agentur veruntreue einen Teil der Steuergelder, zweige zum Beispiel Geld für andere Geschichten ab, stelle überhöhte Rechnungen aus, beziehungsweise gebe Rabatte nicht weiter. Genau weiß er das natürlich auch nicht. Das sollen Sie eben rauskriegen.«

»Klingt ja nach einem absoluten Traumjob. Hat er wenigstens einen Vorschlag gemacht, wie ich das seiner Meinung nach bewerkstelligen soll?«

»Ja, hat er. Sie sollen die Reinzeichnung für die Plakate manipulieren, um den jetzigen Projektleiter bloßzustellen. Dann würde die Kampagne schon bei Ihnen landen, schreibt er.«

»Ich soll in die Vorlage, nach der gedruckt wird, einen Fehler einbauen und dadurch den Verantwortlichen in Schwierigkeiten bringen. Habe ich das richtig verstanden?«

»Ja, genau so.«

»Cornfeld, das ist doch eine Schwachsinnsidee! Selbst wenn ganz Deutschland mit fehlerhaften Plakaten zugepflastert ist, bleibt doch völlig offen, wer neuer Projektleiter wird.«

»Das scheint unser Auftraggeber anders zu sehen«, antwortet Cornfeld lapidar.

»Mein Gott ...«

»Cornfeld als Anrede reicht völlig, Frau Petry. Wir wollen es doch nicht übertreiben.«

Jetzt muß ich lachen.

»Sie sind unmöglich ...«

»Ich habe hier noch etwas«, unterbricht er mich. »Raten Sie mal, was als letzter Punkt auf meiner Liste steht.«

Der Sarkasmus in seiner Stimme ist unverkennbar, daher fällt mir die Antwort nicht sonderlich schwer.

»Michael hat angerufen.«

»Gut. Wie haben Sie das nur wieder erraten?«

Nachdem ich aufgelegt habe, liege ich ziemlich bedröppelt in meinem Bett. Toller Auftrag! Ich frage mich, was sich dieser sogenannte Mister X eigentlich denkt. Daß ich überhaupt keine Prinzipien habe? Daß ich einen Kollegen linke, obwohl er mir überhaupt nichts getan hat? Natürlich erwartet er das. Wer zahlt, schafft an. Und natürlich geht es nicht um meine persönlichen Moralvorstellungen, wahrscheinlich geht es noch nicht einmal um die Vergeudung von Steuergeldern, sondern um ganz etwas anderes. Dieses Gefühl, benutzt und instrumentalisiert zu werden, macht mir angst. Und dabei weiß ich noch nicht einmal, welches Spiel gespielt wird und welche Rolle mir dabei zugedacht worden ist. Ich lasse mich zum Spielball von Interessen machen, die ich nicht kenne und nicht einschätzen kann. Was, wenn ich auf der falschen, der dunklen Seite gelandet bin? Was, wenn ich in eine Falle tappe?

Es klopft. Die Ametsbichler steckt ihren Kopf durch die Tür.

»San S' fertig?«

Ich nicke. Ohne sich von der Stelle zu bewegen, streckt sie die Hand nach ihrem Telefon aus. Ich muß aus dem Bett klettern, um es ihr in die Hand drücken zu können. Griesgrämig läßt sie es in der Tasche ihrer Kittelschürze verschwinden, dreht sich um und zieht wortlos die Tür hinter sich zu. Kurz darauf klopft es erneut, und wieder steht sie im Zimmer, nur, daß sie jetzt lächelt. Ein Lächeln, das mir gar nicht gefällt.

»Müßten Sie ned scho lang in da Arbeid sei?« fragt sie scheinheilig.

»Wieso? Wieviel Uhr ist es denn?«

»Viertel nach Neune!« antwortet sie und ihre Stimme hat einen kleinen, fiesen Unterton.

Um Viertel vor zehn rase ich durch die Empfangshalle an der Müllerschön vorbei, die mir »Herr Konrad hat schon nach Ihnen gefragt« hinterherruft. Ich renne aufs Klo, male meine Lippen an und versprühe eine Menge Parfüm. Als ich das Vorzimmer der Geschäftsführer betrete, ist die Chefsekretärin, Frau Heiler, gerade dabei, ihre Topfpflanzen zu gießen. Sie sieht kurz auf, zieht die linke Augenbraue steil in die Höhe und stellt die Gießkanne hart auf dem Fensterbrett ab.

»Frau Petry«, sagt sie streng, »Sie sind zu spät.«

Verlegen stehe ich vor ihr und versuche gar nicht erst, mir eine Ausrede einfallen zu lassen.

»Herr Konrad ist mit den anderen Projektleitern im kleinen Konfi. Man wartet auf Sie.«

Das war's. Mehr Aufmerksamkeit wird mir nicht zuteil. Sie greift nach der kleinen, grünen Gießkanne und konzentriert sich wieder auf ihre Blumen.

Auf Anhieb finde ich ihn nicht, den kleinen Konferenzsaal. Zweimal muß ich fragen, bis ich endlich vor einer wuchtigen Holztür stehe und die verchromte Klinke behutsam herunterdrücke. Wenn ich gedacht habe, ich könnte mich schnell hereinschummeln, mich unauffällig dazusetzen, ohne großes Aufsehen zu erregen oder gar laufende Gespräche zu unterbrechen, habe ich mich getäuscht. Bei meinem Eintritt wird es mucksmäuschenstill, und acht Augenpaare sind mißbilligend auf mich gerichtet.

»Ihr zweiter Tag, und Sie kommen schon zu spät«, werde ich von einem älteren Herrn am Kopfende des Tisches zurechtgewiesen.

»Entschuldigung, mein Wecker hat nicht geklingelt. Der hat Probleme mit dem Münchner Fön«, versuche ich die Situation zu entkrampfen. Niemand verzieht eine Miene. Für Jokes ist das weder der richtige Zeitpunkt noch der richtige Rahmen.

»Nehmen Sie Platz.«

Der im Befehlston geäußerten Aufforderung, die von einer Handbewegung begleitet wird, mit der man normalerweise Fliegen verscheucht, will ich sofort nachkommen und gehe mit schnellen kurzen Schritten zu dem großen ovalen Tisch, an dem sechs Männer und zwei Frauen sitzen. Eine der Frauen schiebt mir einen seitlich an der Wand stehenden Stuhl zu. Eine nette Geste, denke ich erfreut. Doch leider ist der Stuhl so niedrig, daß ich beim Hinsetzen fast mit dem Kinn auf der Tischkante aufschlage. Sofort beschleicht mich das Gefühl, daß sich die lieben Kollegen darüber amüsieren.

Der ungnädige Wortführer am Tischende entpuppt sich als Werner Konrad, der zweite Geschäftsführer. Keine sonderlich sympathische Erscheinung. Zumindest nicht auf den ersten Blick. In Temperament und Aussehen erinnert er an eine mumifizierte Leiche. Er sitzt kerzengerade, ist auf eine sehr korrekte Art elegant gekleidet und strahlt die Autorität eines alten Patriarchen aus.

»Frau Petry«, sagt er hoheitsvoll zu mir, »wir machen alle vierzehn Tage eine Projektleiterkonferenz, um den

Stand der jeweiligen Arbeiten, anstehende Aufträge, Terminierungen, fällige Abrechnungen und so weiter zu besprechen. Bei uns ist es üblich, daß neue Mitarbeiter erst einmal mit einem schon erfahrenen Projektleiter zusammenarbeiten …«

Acht Augenpaare sind jetzt auf die weiß laminierte Tischplatte gerichtet, Kaffeebecher werden zum Mund geführt, Füller malen Kreise und Männchen auf nacktes Papier, Füße wippen rhythmisch in der Luft. Ich sitze da, konzentriert und freundlich und versuche ein Gesicht zu machen, dem man die Empörung über diese Ankündigung nicht ansieht.

»Wenn Sie sich in dieser Zeit bewähren und in die Aufgabenstellungen hineingewachsen sind, werden Ihnen auch eigene Projekte anvertraut. Herr Lautenberg und ich haben beschlossen, daß Sie erst einmal bei einem von Frau Bergers Projekten einsteigen werden.«

Er nickt einer großgewachsenen, teuer und geschmackvoll gekleideten Frau, mit kurzem, rötlich gefärbtem Haar aufmunternd zu. Und ich habe Probleme, meinen Ärger unter Verschluß zu halten. Ausgerechnet, denke ich, ausgerechnet die. Mit einem Ausdruck freundlicher Überheblichkeit lächelt sie mich an. Die Frau, die mir den viel zu niedrigen Stuhl zugeschoben hat, die mich jetzt aus grauen Augen kühl, fast abschätzig mustert und mir unverhohlen signalisiert, daß sie längst das Kriegsbeil ausgegraben hat.

Wenigstens das Mittagessen verläuft harmonisch. Ich gehe mit Schreiber in ein kleines französisches Bistro, das, nicht weit von der Agentur entfernt, in einer Seitenstraße liegt. Auf der Speisekarte stehen fünfzehn verschiedene Sorten Baguette, drei unterschiedlich belegte Pizzabrote, eine Minestrone und mehrere Salate. Das Personal trägt bodenlange, weiße Schürzen über schwarzen Hosen und vereinzelt ziemlich kurzen Röcken. Die Tischdecken und Servietten sind blau-weiß-rot kariert, und der Geschäftsführer sagt schon einmal mon ami oder ma chère zu seinen Gästen. Um diese Zeit ist der Laden rappelvoll.

»Unsere Kantine«, sagt Schreiber mit einer weitausholenden Handbewegung, als wir uns zwischen vollbesetzten Tischen durchdrängeln und er dem einen oder anderen Kollegen zuwinkt, der neugierig zu uns herübersieht. Dazu gehört auch die Berger, die mit zwei jungen Männern an einem Tisch in der Nähe des Eingangs sitzt.

Nachdem Schreiber endlich einen Tisch gefunden und wir uns gesetzt haben, frage ich ihn nach ihr aus. Das Thema scheint ihm zu liegen.

»Kristin«, sagt er und schiebt sich ein Stück Brot zwischen die Zähne, »Kristin ist ein Fall für sich. Sie hat ihr Abitur auf dem zweiten Bildungsweg und ihr BWL-Diplom per Fernstudium gemacht. Schuftet sechzehn Stunden am Tag und ist so ehrgeizig, daß sie einen potentiellen Konkurrenten massakrieren würde, wenn er ihr ernsthaft in die Quere käme. Von den Mädels ist sie eindeutig das ›tough cookie‹.«

Wir werden von einer jungen Kellnerin unterbrochen, die die Bestellung aufnehmen möchte. Ich entscheide mich für einen Chefsalat und Schreiber wählt ein Baguette mit Tomaten, Käse, Pilzen und Knoblauchsauce.

»Und die männlichen Projektleiter, haben die in dem Laden gar nichts zu melden?« frage ich, nachdem die Bedienung wieder verschwunden ist.

»Die können Sie vernachlässigen. Das sind gemäßigte, durchschnittlich karrieregeile Schreibtischhengste, die im Büroalltag ein normal entwickeltes Intrigenverhalten an den Tag legen. Nerviger sind da schon unsere Chefs. Konrad ist ein stockkonservativer, humorloser Knochen, Lautenberg ein unangenehmer Choleriker und Meyer ...«

»Wer ist Meyer?«

»Der Partner. Die Jungs haben doch einen Partner. Torsten Meyer, Fotograf und Creative-Direktor. Zur Zeit mal wieder sechs Wochen in Südafrika unterwegs, steigt dort den Mädels nach und nennt das dann Entwicklungshilfe. Das ist der faulste Hund, der mir je über den Weg gelaufen ist. Zieht pro Jahr locker seine fünfhunderttausend aus dem Laden. Wurde aber noch nie beim Arbeiten gesichtet. Ich habe keine Ahnung, welche Leiche der mit den beiden anderen im Keller liegen hat.«

Die Kellnerin bringt unsere Getränke und wirft Schreiber einen langen Blick zu. Erfreulicherweise reagiert er nicht darauf.

»Das sind ja nette Zustände.«

»Klar, jeder hat eigene Interessen und fürchtet, einer der lieben Kollegen könnte ihm dazwischenfunken. Der Wind, der bei uns weht, ist rauh und eisig. Viele saufen, um nicht zu erfrieren.«

Und als wolle er seine Aussage unterstreichen, trinkt er sein halbvolles Glas auf einen Zug leer.

»Welche speziellen Interessen hat denn die Berger?«

»Die hat das wichtigste Projekt überhaupt. Eine Social-Marketing-Kampagne, die sich gegen familiäre Gewalt richtet. So nach der Devise: Seid doch bitte nett zu euren Kindern und hört auf, sie zu verprügeln und zu mißbrauchen.«

Ich schlucke. Die zweite schlechte Nachricht für den heutigen Tag! Diese hyperehrgeizige Furie sitzt also auf dem Etat, den ich auf Wunsch von Mister X übernehmen soll. Wenn da auch nur der allerkleinste Verdacht aufkommt, ich könnte eine feindlichen Übernahme planen, hat die mich in Null-Komma-Nix zu Schaschlik verarbeitet. Ich stopfe mir Salatblätter, Schinkenstreifen und Eierscheiben in den Mund, kaue hektisch und blicke starr. Schreiber sieht mich neugierig an: »Ist was?«

»Nein, nein. Ich habe nur nachgedacht«, sage ich immer noch kauend. »Kann man mit so einer Kampagne denn tatsächlich etwas bewirken?«

»Keine Ahnung. Die Regierung tut so, als sei Werbung ein probates Mittel, um soziales Verhalten zu beeinflussen. Sozusagen eine Umerziehung per Großplakat.«

Akkurat schiebt er mit seiner Gabel die Pilze, die zusammen mit dem Käse, den Tomatenstückchen und der Knoblauchsoße aus den beiden Brothälften quellen, zu einem kleinen Haufen am Tellerrand zusammen.

»Vielleicht ist das Ganze aber auch nur so eine Art dekorative Sozial-Kosmetik für eine stockkonservative Politik, die gern christliche Werte hochhält, von Nächstenliebe allerdings noch nicht viel gehört hat ...«

»Und warum ist dieses Projekt so spannend?« unterbreche ich ihn.

»Ganz einfach. Die Berger hat einen Etat von zig Millionen. Kann Anzeigenkampagnen, Plakate, Fernseh-, Rundfunk- und Kinospots produzieren und irgendwelche Wohltätigkeitsgalas sponsern. Das heißt, sie reist viel, trifft eine Menge interessanter Leute, duzt sich mit einem Haufen Promis, kann sich im Schatten der High Society tummeln und sich ein bißchen wichtig fühlen.«

Es ist schon erstaunlich, daß Schreiber so hemmungslos über die Kollegen herzieht. Schließlich bin ich neu in der Firma, und wir kennen uns kaum.

»Der Grund, warum ich Ihnen das alles erzähle«, sagt er und blinzelt mir zu, so als wisse er, daß ich mich das auch schon gefragt habe, »ist, daß diese Mischpoke im Schnitt jeden zweiten neu eingestellten Projektleiter in der Probezeit über die Klinge springen läßt. Und ich habe mir diese Art von Schlachtfest einfach zu oft angesehen. Also: Wenn ich irgendwelche versteckten Messer aufblitzen sehe, gebe ich Ihnen einen Tip.«

Er lächelt mir freundlich zu. Vor lauter Begeisterung und Dankbarkeit lade ich ihn spontan für Freitag ins Kino ein. Er nimmt an, wechselt das Thema und bringt mich umgehend aus der Fassung.

»Bei welcher Agentur waren Sie denn zuletzt, und was genau haben Sie da gemacht?«

Schon schmeckt mir das Essen nicht mehr.

KAPITEL 7

Nach der Mittagspause beehrt mich Kristin Berger mit einem Besuch. Sie rauscht in mein Büro und beginnt zu reden, noch bevor sie die Türschwelle überschritten hat. Alles an dieser Frau ist groß. Ihr Körper, ihre Hände, ihre Füße, ihre Klappe. Freundlich lächelt sie mich an und strahlt sogar so etwas wie Wärme und Zuneigung aus. Ich bin verunsichert. Womöglich habe ich Feinde gewittert, wo gar keine sind. Meine Kollegin gibt sich redselig, stellt ein paar private Fragen, erzählt Unbedeutendes aus ihrem Leben.

Dann kommt sie auf den Grund ihres Besuchs. Und kaum wird es beruflich, verstehe ich nichts mehr. Sie bildet lange und höchst komplizierte Sätze, ohne daß ein relevanter Inhalt erkennbar wäre. Wenigstens bleibt er mir verschlossen. Gerade habe ich angefangen, mich in ihrer Gegenwart wohlzufühlen, da beschleicht mich ein Gefühl der Bedrohung. Ich brauche eine Viertelstunde, bis ich begreife, daß ich ein sogenanntes Produktblatt für eine Hauskommunikationsanlage erarbeiten soll.

Mit den Worten: »Da Sie schon als Projektleiterin gearbeitet haben, wissen Sie ja, wie so was geht«, händigt sie mir lächelnd ein Hundert-Seiten-Pamphlet aus. »Gehen Sie kurz auf die Zielgruppe, die Produktspezifikationen, den USP, die Vertriebswege, die Marktbedingungen, zu erwartende Verkaufserlöse und so weiter ein. Das Übliche eben. Eine kurze Konkurrenzanalyse könnte auch nicht schaden.«

Hilflos starre ich auf das Papiermonster in meinen Händen und wage nicht zu widersprechen. Schließlich habe ich mich hier als Profi verkauft.

»Frau Petry, das muß absolut perfekt werden. Der Kunde ist intellektuell nicht in der Lage, irgendwelche Mängel oder Lücken in unseren Unterlagen zu kompensieren. Er würde sie wahrscheinlich noch nicht einmal bemerken und sich damit zum Gespött in der eigenen Firma machen. Verstehen Sie? Wir haben unseren Kunden gegenüber auch so eine Art Fürsorgepflicht. Wir unterstützen ihn, gleichen seine Schwächen aus, sichern ihm also seinen Job und bekommen im Gegenzug dafür Aufträge von ihm. Eine symbiotische Verbindung sozusagen.«

Ich schlucke, und sie blickt auf mich herab, was bei ihrer Körpergröße nicht sonderlich schwierig ist.

»Bis wann brauchen Sie dieses Produktblatt?« frage ich mit fester Stimme.

Ihr Lächeln vertieft sich. »Ich denke, wenn wir es morgen früh um zehn dem Kunden faxen, hat er noch genügend Zeit, sich auf die Präsentation vorzubereiten.«

Zwei Kannen Kaffee trinke ich in dieser Nacht. Mit zittrigen Fingern gehe ich stundenlang die Unterlagen durch und kämpfe gegen schlimmste Panikattacken an. Daß das Kürzel USP für »unique selling proposition« steht, bringe ich in Erfahrung. Und auch, daß damit das »gewisse Etwas« gemeint ist, das ein Produkt vorteilhaft von der Konkurrenz abhebt. Allerdings bleibt mir schleierhaft, wie dieses sogenannte Produktblatt aufgebaut und strukturiert sein soll, denn zufällig hat Kristin Berger gerade kein altes Exemplar zur Hand, das mir als Beispiel dienen könnte. Aber mit ein bißchen Logik und ein paar geschliffenen Formulierungen kommt dann doch noch ein ganz passables Ergebnis zustande, eines, das ich um Mitternacht in Form von acht eng beschriebenen Din-A4-Seiten auf Kristin Bergers Schreibtisch lege.

Am nächsten Morgen sitze ich pünktlich um fünf vor neun Uhr an meinem Schreibtisch. Beseelt von einer Ruhe und Gelassenheit, die deutliche Anzeichen massiven Schlafmangels sind. Kaum habe ich meinen PC eingeschaltet und mir eine Tasse Kaffee geholt, klingelt das Telefon. Ich soll zu Lautenberg kommen. Und zwar sofort. Die Stimme der Heiler ist frostig, ihre Sätze sind kurz, sie legt auf, bevor ich den Mund aufmachen kann. Irritiert, aber nicht beunruhigt mache ich mich auf den Weg, leise vor mich hinpfeifend, ganz in dem Glauben, die Heiler sei nur ein wenig im Stress und weder der Ton noch die Kürze des Gesprächs hätten etwas zu bedeuten.

Der Blick, mit dem Lautenberg mich mustert, als ich sein Büro betrete, verheißt nichts Gutes. Spätestens jetzt bröckelt die Illusion von der heilen Arbeitswelt, und alarmiert denke ich über mögliche Verfehlungen nach.

»Frau Petry, nehmen Sie Platz.«

Sein Ton ist so kalt wie die Luft im Zimmer, und mir fällt Schreibers Spruch vom eisigen Betriebsklima wieder ein.

»Wir haben etwas zu besprechen.«

Er öffnet eine Schublade seines Schreibtischs und zieht mehrere Seiten hervor, die er, wie mir scheint, im Zeitlupentempo auf seine ansonsten völlig leere Arbeitsplatte legt. Es sind meine Unterlagen, dieses Produktblatt, an dem ich die halbe Nacht gearbeitet habe. Aber es entspricht nicht mehr ganz dem Zustand, in dem ich es auf Kristin Bergers Tisch zurückgelassen habe. Die schwarzen Buchstaben auf dem weißem Papier haben eine farbige Ergänzung erhalten. Rot! Viel zu viel Rot. Da sind ganze

Textpassagen durchgestrichen, Kommentare seitlich angefügt, Zeilen, Wörter, Zahlen durchgestrichen und korrigiert.

Lautenberg reicht mir die Seiten kommentarlos über den Schreibtisch. Seine zusammengepreßten Lippen sprechen Bände.

»Es tut mir sehr leid, aber ...«, weiter komme ich nicht. Mit schneidender Stimme unterbricht er mich.

»Frau Petry, das hier«, und dabei deutet er auf die vor ihm liegenden Papiere, »ist eine absolute Katastrophe. Frau Berger mußte heute morgen in kürzester Zeit alles komplett überarbeiten, um dem Kunden die Unterlagen pünktlich faxen zu können.«

Er ist auf hundertachtzig, das ist deutlich an seinem kantig vortretenden Kinn und den roten Flecken an seinem Hals zu sehen.

»Ich habe Sie eingestellt«, zischt er mich an, »ich habe Sie gegen den ausdrücklichen Willen von Herrn Konrad hier im Haus durchgesetzt. Und jetzt liefern Sie einen solchen Schrott ab.«

»Aber Frau Berger ...«

»Lassen Sie die Berger da raus«, brüllt er, »das ist eine langjährige und äußerst effiziente Mitarbeiterin und nicht Thema dieses Gesprächs. Sie haben diesen Schlamassel zu verantworten, Sie ganz allein. Was haben Sie sich eigentlich dabei gedacht?«

»Ich wollte doch nur ...«

»Sie sind in der Probezeit, Frau Petry und wenn so etwas noch einmal vorkommt, schmeiß ich Sie raus. So wahr ich hier sitze. Haben wir uns verstanden?«

Ich nicke und bringe keinen Ton hervor. Das hätte auch wenig Sinn. So wie er in Fahrt ist, läßt er mich eh nicht zu Wort kommen.

»Sie können gehen«, sagt er und beginnt, Papiere auf seinem Schreibtisch zu sortieren.

Als ich das Büro verlasse und die Tür gerade ins Schloß fällt, höre ich lautes Geschepper hinter mir. Wenn ich das Geräusch richtig interpretiere, hat Lautenberg gerade gegen den Papierkorb getreten.

Die Heiler sitzt an ihrem Schreibtisch und sieht mich mitleidig an. »Nehmen Sie das nicht so ernst. Das ist ein alter Choleriker. Der beruhigt sich schon wieder. An Ihrer Stelle würde ich zu Konrad gehen«, sagt sie leise, »erzählen Sie ihm die ganze Geschichte. Der kennt die Berger, der weiß dann schon, was er davon zu halten hat.«

KAPITEL 8

Wenn ich nicht so deprimiert wäre und die falschen Schuhe an den Füßen hätte, fände ich diesen kalten, klaren Winterabend richtig schön. So aber wächst mein Frust. Immer mal wieder verliert einer meiner Pumps die Bodenhaftung, so daß ich in Schräglage gerate. Nur durch heftiges Rudern mit den Armen und inniges Umarmen diverser Bäume und Laternenpfähle kann ich drohende Stürze verhindern.

Endlich taucht vor mir eine Telefonzelle auf. Ich muß Cornfeld anrufen und mir ein paar Streicheleinheiten abholen. Auch wenn das nicht unbedingt ins Chef-Mitarbeiter-Hierarchiegefüge paßt. Taktische Überlegungen spielen bei den Tiefschlägen der letzten Tage keine Rolle mehr.

»Detektei P-Quadrat, Cornfeld, guten Tag.«

Gott sei Dank, er ist noch im Büro.

»Hallo«, sage ich, »ich komme heim. Ich mag nicht mehr.«

»Pia, was ist los?«

»Sie können sich überhaupt nicht vorstellen, was das für ein Sauladen ist. Die haben mich doch tatsächlich ...«

Langatmig und getragen von einer Woge unendlichen Selbstmitleids, erzähle ich ihm die ganze Geschichte. Doch Cornfeld reagiert ganz anders, als erwartet.

»Pia, was ist das für ein komisches Geräusch da?«

»Geräusch?«

»Ja, das hört sich so an, als ob jemand schniefen würde.«

»Kein Mensch schnieft«, behaupte ich, während mir das Wasser aus den Augen und der Nase läuft.

»Ich glaube, Sie täuschen sich. Da heult jemand. Ganz sicher.«

Jetzt werde ich sauer. Was geht ihn das an.

»Niemand heult«, brülle ich in den Telefonhörer. »Niemand, niemand, haben Sie mich verstanden?«

»Gut so. Das hört sich schon besser an. Dieses wehleidige Gejammer will ich nicht mehr von Ihnen hören. Wut ist ein viel probateres Mittel, um mit solchen Schweinereien fertig zu werden. Sie sind ein bißchen aus der Übung, was soll's. Intrigieren will gelernt sein. Und Sie werden es lernen. Schneller, als es der Kuh lieb sein kann.«

»Ich fühl mich aber so mies.«

Jetzt läuft Cornfeld zur Hochform auf. »Das will ich nicht mehr von Ihnen hören. Sie sind wütend, verdammt noch mal. Wütend. Die Alte hat Sie gelinkt, und das werden Sie ihr gefälligst heimzahlen. Ist das klar?« brüllt er mir ins Ohr.

»Ja«, antworte ich verdattert. »Ich bin wütend.«

»Das will ich viel lauter und viel wütender hören.«

»Ich bin wütend«, versuche ich es mit fester Stimme.

»Lauter!«

»Ich bin wütend!« schreie ich jetzt.

»Verdammt, ich verstehe Sie nicht, was haben Sie gesagt?«

»Ich bin wütend!« kreische ich, bis meine Stimme fast kippt. Ein älterer Mann bleibt neben der Telefonzelle stehen, sieht mich an und schüttelt mißbilligend den Kopf. Das ist genau der Kick, auf den ich gewartet habe. Ein Zuschauer. Wunderbar, jetzt fängt die Sache an, Spaß zu machen.

»Ich bin wütend! Ich bin so verdammt wütend!! Ich bin so gottverdammt wütend!!!«

Der Mann zieht entsetzt den Kopf ein und macht, daß er weiterkommt. Eine Irre in der Telefonzelle. Wer weiß, was die als nächstes anstellt.

Jetzt ist das Eis gebrochen, und ich komme so richtig in Fahrt. »Ich bin wütend, ich bin wütend, ich bin ja so wütend…«, brülle ich mit wachsender Begeisterung. Doch Cornfeld wird es langsam zuviel.

»Es ist gut. Aufhören. Pia, aufhören, es reicht jetzt.«

Außer Atem muß ich mich an der Halterung für die Telefonbücher festhalten.

»Na, Cornfeld, zufrieden?« frage ich ihn, nach Luft japsend.

»Ja«, sagt er, »für den Anfang war's gar nicht mal so schlecht.

KAPITEL 9

Der Schnee fällt dicht und schnell. Das wenige Meter von mir entfernte, fünfstöckige Bürohaus kann ich nur noch als schemenhafte Kontur erkennen. Wenn das so weitergeht, schneie ich hier langsam ein und morgen guckt nur noch der schwarze Bommel meiner Pudelmütze aus einer riesigen Schneewehe heraus. Aber ich bin selbst dran schuld. Als Cornfeld und ich unseren Schlachtplan entwickelt haben, war mir nicht klar, daß ich ihn so schnell wie möglich würde umsetzen müssen. So schnell wie möglich heißt in unserem Fall: noch heute nacht.

»Das duldet keinen Aufschub. Jede Zeitverzögerung gefährdet unseren Auftrag«, hat Cornfeld gesagt. »Sie sind viel zu brav, Sie müssen endlich mal einen Schweinekurs machen und der Berger zeigen, was 'ne Harke ist. Sonst hat die Sie schachmatt gesetzt, bevor Sie luftholen können.«

Auf meine Ausflüchte und Einwände ist er gar nicht erst eingegangen.

»Ihnen müssen Fangzähne wachsen, Sie müssen ein Blutbad anrichten. Von der Alten darf nicht mehr als ein kleines Häufchen Asche übrigbleiben …«, hat er mich angefeuert.

Bevor ich ein Blutbad anrichte, bin ich wahrscheinlich längst erfroren. Mit der Realisierung meiner Pläne sieht es zur Zeit nämlich gar nicht gut aus. Durch die schmalen, vergitterten Fenster des Souterrains dringt Licht. Da ist jemand im Fotostudio. Vielleicht ein Fotograf, der ein Model zu einem horizontalen Casting überredet hat. Da ich keine Lust habe, mitten in der Nacht an fremden Schreibtischen erwischt zu werden, lungere ich jetzt schon eine Ewigkeit vor der Agentur herum und warte darauf, daß die Herrschaften endlich nach Hause gehen.

Meine Zehen sind sicher schon erfroren. Ich spüre sie überhaupt nicht mehr. Was, wenn nur jemand vergessen hat, die Deckenleuchte im Studio auszuschalten? Dann kann ich hier herumstehen, bis ich schwarz werde. Es hilft nichts. Ich muß da jetzt rein.

Das Aufsperren der Tür kostet Überwindung. Nur ja kein Geräusch verursachen, nur ja keine Aufmerksamkeit erregen. Minutenlang bleibe ich im Foyer stehen. Rührt sich da was? War da nicht ein Schatten? Nein, es bleibt still. Ich schleiche die Treppe zum Fotostudio herunter und lege mein Ohr an die Tür. Nichts. Alles ruhig.

Als ich mich Kristin Bergers Büro nähere, irritiert mich der bläuliche Lichtschimmer, der unter der geschlossenen Tür durchscheint. Kurze Zeit lähmt mich der Gedanke, sie könnte eine Nachtschicht eingelegt haben. Da aber auch aus ihrem Büro kein Laut dringt, betrete ich vorsichtig das Zimmer. Der größte Teil des Raums verschwimmt in grau-schwarzer Finsternis, nur der Schreibtisch wird durch das Licht des flimmernden Bildschirms gespenstisch erhellt. Offenbar hat die Berger vergessen, ihren PC auszuschalten.

Ich gehe zum Schreibtisch und lasse mich auf ihrem mit weißem Leder bezogenen Bürostuhl nieder. Bunte, geometrische Figuren, Dreiecke, Kreise, Rechtecke, kommen von rechts ins Bild, wandern langsam nach links und verschwinden dann von der PC-Oberfläche. Ich bewege die Maus, der Bildschirmschoner verschwindet, und vor mir baut sich die Doppelseite einer Broschüre auf. Die Berger hat das Grafikprogramm aufgerufen und sich den Layoutentwurf eines erst kürzlich eingestellten Junior-Art-

Direktors angesehen. Was ganz normal wäre, würde diese Broschüre zu einem ihrer Projekte gehören. Na ja, denke ich, was eine richtige Intrigantin ist, die schnüffelt ihren Kollegen wahrscheinlich noch bis aufs Klo hinterher.

Bei der Suche nach den Reinzeichnungsdateien kommt mir Kristin Bergers Ordnungsliebe zugute. Problemlos finde ich den Ordner »Gewalt«, der eine Liste mit Anzeigen, Broschüren, Flyern und Plakaten enthält. Als ich das Plakat mit dem aktuellen Datum anklicke, lande ich einen Volltreffer. Headline, großes Foto, Fließtext. Kurze Zeit spiele ich mit dem Gedanken, das Foto rauszuschmeißen. Dann verwerfe ich die Idee, der Fehler wäre zu auffällig und würde wahrscheinlich schnell bemerkt. Was bleibt? Der Text und der Slogan. Und dann weiß ich, was zu tun ist. Es ist so simpel wie genial. Ich lösche das »k«. Statt »Der Gewalt keine Chance« steht dort jetzt »Der Gewalt eine Chance«. Das überlesen die – garantiert. Bei der Vorstellung, daß deutschlandweit Hunderte, vielleicht sogar Tausende von Plakaten mit diesem netten kleinen Druckfehler geklebt werden, wird mir ganz warm ums Herz. Wenn das klappt, gibt es jede Menge Häme und böses Blut. In Kristin Bergers Haut möchte ich dann wirklich nicht stecken.

Selbstzufrieden betrachte ich noch einmal mein Werk. Dann beende ich das Programm und schalte den PC aus. Das Zimmer ist jetzt rabenschwarz. Behutsam taste ich mich zur Tür, drücke die Klinke herunter und ziehe daran. Nichts rührt sich. Ich versuche es noch mal. Gleiches Ergebnis. Offensichtlich ist Krafteinsatz gefragt. Ich reiße jetzt heftig an der heruntergedrückten Klinke. Nichts passiert. Die Tür bleibt wie sie ist – geschlossen. Man hat mich eingesperrt. Verdammt. Das ist nicht komisch. Das ist absolut nicht komisch. Nichts gegen einen kleinen Gag, ich bin wirklich kein Spielverderber und immer für einen Joke zu haben. Aber das geht zu weit. Kurz flackert so etwas wie Panik in mir auf, ein Gefühl, das ich sofort unterdrücke.

Ein hysterischer Anfall ist das letzte, was ich jetzt gebrauchen kann.

Mittlerweile haben sich meine Augen an die Finsternis gewöhnt, und ich suche den Raum nach einer Fluchtmöglichkeit ab. Eine zweite Tür kann ich nicht entdecken, aber das Fenster könnte die Lösung sein. Als ich es öffne, höre ich auf dem Parkplatz direkt unter mir ein Geräusch. Es ist so dunkel, daß ich außer unscharfen Silhouetten kaum etwas sehen kann. Dann nehme ich eine Bewegung wahr. Da macht sich jemand am geöffneten Kofferraum eines der Autos zu schaffen. Doch noch während ich versuche, meinem Kehlkopf so etwas wie einen Laut zu entlocken, begreife ich, daß ich gerade dabei bin, einen schwerwiegenden Fehler zu begehen. Wenn ich mich jetzt bemerkbar mache, wird der da unten wissen wollen, was ich um diese Uhrzeit im Büro einer Kollegin zu suchen hatte. Als der Kofferraumdeckel geschlossen wird, höre ich einen kurzen unterdrückten Aufschrei. Da hat sich jemand weh getan. Ich beuge mich noch weiter aus dem Fenster und kann endlich einen Schatten erkennen, der sich aus dem Umfeld des Wagens löst und in Richtung Ausfahrt geht. Kurz bevor er die Straße erreicht, bleibt er stehen, dreht sich um und sieht direkt in meine Richtung. Erschrocken ducke ich mich weg und haue mir dabei den Kopf am Fensterrahmen an.

Die restliche Nacht verbringe ich in Kristin Bergers Büro. Da sich ihr Zimmer im dritten Stock befindet und es weder Balkone, noch Simse, noch stabile Kletterpflanzen gibt, ziehe ich den Weg über das Fenster gar nicht erst in Erwägung. Als sie morgens um acht Uhr in ihr Zimmer stürmt, habe ich mich im Schrank versteckt und bete, daß sie nicht gleich als erstes ihren Mantel aufhängen und mich in Embryostellung am Boden hockend vorfinden wird. Keine Ahnung, wie ich ihr meine Anwesenheit in diesem Schrank erklären sollte. Die gute Frau ist dann aber so freundlich, ihren Mantel auf das schwarze Ledersofa zu werfen und als alter Süchtling erstmal in die Kaffeeküche zu rennen. Zeit genug, um mich unbemerkt zu verdrücken.

Völlig übermüdet sitze ich um Viertel nach acht in meinem Büro, und sehe mit meinen schwarzen Jeans, dem Wollpulli und den Moonboots aus, als wollte ich zum Après-Ski. Davon abgesehen, verbessert die Tatsache, daß ich heute morgen weder geduscht noch die Zähne geputzt habe, meine Stimmung auch nicht gerade. Als Schreiber hereinkommt, bleibt er mit offenem Mund vor meinem Schreibtisch stehen und starrt auf meine blau-grün-lila schimmernde Beule über dem rechten Auge.

»Sind Sie heute Nacht aus dem Bett gefallen, oder was?«

»Nein, gegen die Tür gerannt. Oder würde Ihnen auf den Besen getreten besser gefallen?«

»Beides nicht schlecht. Aber jetzt mal ehrlich, was haben Sie angestellt?«

»Gegen die Tür gerannt. Sagte ich doch schon.«

Mein ruppiger Tonfall wirkt. Er verkneift sich weitere Fragen, setzt sich rücklings auf meinen Besucherstuhl und wechselt das Thema.

»Haben Sie Frau Müllerschön heute schon gesehen?«

»Nein.«

»Da haben Sie aber was verpaßt. Die ist heute morgen in einem superkurzen Lederrock und mit hochhackigen Lackstiefeln in die Agentur gekommen. Jetzt sieht sie wirklich aus wie eine von diesen aufblasbaren Gummipuppen. Kennen Sie die? Wenn man die Luft rausläßt, fliegen sie an einem vorbei.«

Das ist nun wirklich frauenfeindlich. Doch statt ihn deswegen zurechtzuweisen, muß ich laut lachen. Die Vorstellung, wie die Müllerschön, unter Entwicklung furzähnlicher Geräusche, an mir vorbeisaust, ist einfach zu komisch.

»So gefallen Sie mir schon viel besser«, sagt Schreiber und zwinkert mir zu.

Langsam verdunstet meine schlechte Laune. »Lieber Kollege, könnten Sie mir zufällig mit einer neuen Zahnbürste und ein bißchen Zahnpasta aushelfen?«

»Soll das heißen, Sie waren heute nacht gar nicht zu Hause?«

Ich verdrehe die Augen und schneide ihm eine Grimasse.

»It's not your business. Also, was ist jetzt?«

»Zahnpasta habe ich. Eine neue Zahnbürste leider nicht. Aber gleich ums Eck ist eine Apotheke. Wenn Sie nett zu denen sind, verkaufen die Ihnen vielleicht eine.«

Auf dem Weg zur Apotheke erstehe ich beim Metzger eine belegte Semmel. So ganz ohne Frühstück möchte ich den Tag nicht angehen lassen. Bestens gelaunt und immer noch kauend, komme ich in die Agentur zurück. Als die große, gläserne Eingangstür hinter mir ins Schloß fällt, stürmt die Müllerschön die Treppe vom Fotostudio hoch. Sie kommt direkt auf mich zu. Ich bin so damit beschäftigt, ihr Outfit unauffällig unter die Lupe zu nehmen, daß ich im ersten Moment ihren Gesichtsausdruck gar nicht wahrnehme. Und als ich ihre tellergroßen Augen und den weit aufgerissenen Mund endlich registriere, ist es zu spät. Sie steht neben mir und übergibt sich. Dann rennt sie weiter, quer durch die Halle und verschwindet in der Gästetoilette.

Entgeistert starre ich auf das, was sie da mitten im Foyer auf dem makellosen Marmorboden hinterlassen hat. Was bringt die Frau dazu, in einer solchen Umgebung ihr Frühstück wieder auszuspucken? Ist das etwa das Ergebnis einer nächtlichen Zechtour? Hat sie sich den Magen verdorben? Oder ist ihr da unten eine dicke, fette Kanalratte über den Weg gelaufen? Ich gehe zum Aufgang des Fotostudios und werfe einen Blick hinunter. Da ist nichts.

Schwarze Nacht. Keine Auffälligkeiten. Nichts, was einem das Essen die Speiseröhre hochtreiben müßte. Hin- und hergerissen zwischen Ekel und Neugier steige ich die Stufen zum Studio hinunter. Die Tür am Ende der Treppe ist geschlossen, so daß ich das letzte Stück in völliger Dunkelheit zurücklegen muß. Der Boden ist ziemlich schmierig, und ich muß mich am Geländer festhalten, um die restlichen Stufen nicht auf dem Hintern sitzend zurückzulegen. Unten angekommen, stoße ich die schwere Metalltür auf.

Das Fotostudio ist hell erleuchtet, die Wände sind weiß gestrichen, der Boden mit weißen Kacheln gefliest. Rot ist eine schöne Farbe. Aber in diesem Moment ist sie mir zutiefst zuwider. Ich stehe in einer roten Pfütze. Alles in dem Raum scheint rot zu sein. So, als hätte jemand einen Eimer rote Farbe auf die Fliesen geschüttet. Mir wird schwindelig und schlecht. Meine Beine beginnen zu zittern und mein Magen startet zu einer Achterbahnfahrt. Das nackte Mädchen, das mit verrenkten Gliedern, übersät mit einer Unzahl von Stichverletzungen inmitten einer dunkelroten Blutlache liegt, scheint mich direkt anzusehen. Dem starren Blick aus weitaufgerissenen, braunen Augen halte ich nicht lange stand. Ich gebe auf, renne mit wahrscheinlich exakt dem gleichen Gesichtsausdruck wie zuvor die Müllerschön die Treppe hoch, kämpfe gegen einen unkontrolliert revoltierenden Magen und versuche mit der Hand vorm Mund, das Schlimmste zu verhindern. Im Gegensatz zu meiner Kollegin schaffe ich es bis zur Toilette.

KAPITEL 10

Den Rest des Tages fühle ich mich, als bewegte ich mich durch Watte, als müßte ich gegen einen gallertartigen Brei ankämpfen, der jede Form von Bewegung zur körperlichen Tortur und meine gesamte Umgebung zu einer irrealen Alptraumkulisse macht. Alles, was an dem Morgen abläuft, nehme ich wie durch einen Filter wahr. Die Kripobeamten, die geschlossen ins Fotostudio stürmen, und dann, mit käsigem Gesicht und schleppendem Gang, die Treppe wieder hochkommen. Das Blitzlichtgewitter, das durch das Treppenhaus bis ins Foyer zu sehen ist. Die Metallkiste, in der die Leiche abtransportiert wird und die den Trägern auf der Treppe fast aus den Händen rutscht. Die ganze Zeit über komme ich mir vor, als stünde ich neben mir, als wäre ich ein zufällig anwesender Zaungast, der die Dreharbeiten zu einem Krimi beobachtet. Alles hat nichts mit mir zu tun, wabert schemenhaft an mir vorbei. Irgendwann ist dann auch den Polizisten aufgefallen, daß die Müllerschön und ich wie zwei Zombies durch die Gegend geistern.

»Sie sollten sich untersuchen lassen. Wissen Sie, man findet ja nicht alle Tage eine Leiche. So ein Schock ist nicht ganz ungefährlich«, versucht eine junge Beamtin uns den Arztbesuch schmackhaft zu machen.

Natürlich lehnen wir beide den Vorschlag als völlig übertrieben und absolut unnötig ab. Doch dann kippt die Müllerschön um. Direkt vor ihrem Counter. Einfach so. Mit einem dumpfen Geräusch schlägt sie der Länge nach auf die Steinfliesen. Als die Beamten sie vorsichtig hochheben, läuft Blut aus ihrer Nase. Das ist der Moment, in dem meine Umgebung anfängt, Karussell zu fahren. Doch bevor ich mich unserer Empfangsdame anschließen kann, stürzt ein geistesgegenwärtiger Kripobeamter auf mich zu, packt mich am Arm und verhindert, daß auch ich noch zu Boden gehe. Nach diesem kleinen Zwischenfall habe ich nichts mehr gegen einen Krankenhausbesuch einzuwenden.

Wieder einmal stehe ich mit rotgefrorener Nase, klammen Fingern und eiskalten Füßen vor einem Telefonhäuschen, hüpfe von einem Bein auf das andere und darf zwei kichernden Teenagern beim Telefonieren zusehen. Immer wieder reißen sich die beiden knapp fünfzehnjährigen Hühner wechselseitig das Telefon aus der Hand, um irgendetwas höchst Wichtiges und wahnsinnig Komisches in den Hörer zu kichern. Von meinem angesäuerten Gesichtsausdruck lassen sich die beiden nicht beeindrukken. Schließlich hat das Leben so viel Interessanteres zu bieten als die schlechte Laune einer griesgrämigen Alten, die ausgerechnet jetzt telefonieren will. Mein Kreislauf macht schon wieder schlapp, und ich entscheide mich kurzerhand für die Mitleidsnummer. Als ich die Tür des Telefonhäuschens aufdrücke, sehen mich zwei Paar mit blauem Kajal umrandete Jungmädchenaugen angriffslustig an.

»Tut mir leid, daß ich euch störe. Aber mir geht es gesundheitlich nicht so gut, und ich muß dringend telefonieren. Könntet ihr mich vielleicht vorlassen? Es dauert auch nicht lange.«

Begeistert sind die Mädels nicht, doch sie räumen das Telefonhäuschen und bleiben abwartend davor stehen. Ich werfe meine beiden letzten Markstücke in den Münzapparat und bete zu Gott, daß Cornfeld nicht wieder eines seiner privaten Dauergespräche führt. Nach zwei Klingelzeichen ist er dran.

»Detektei P-Quadrat, Cornfeld, guten Tag.«

»Hallo, hier Petry.«

»Na, junge Frau, wie geht's?«

»Beschissen.«

»Oh nein, nicht schon wieder. Können Sie nicht mal eine andere Platte auflegen?«

»Oh, entschuldigen Sie, daß ich Sie gestört habe. Ich wollte Ihnen auch nur ganz kurz mitteilen, daß ich heute morgen die blutüberströmte Leiche eines siebzehnjährigen Mädchens gefunden und daraufhin mein Frühstück in der Toilette deponiert habe. Daß die Müllerschön umgekippt ist und mittlerweile mit einer Gehirnerschütterung und einer gebrochenen Nase im Krankenhaus liegt. Ich hoffe, Ihre Zeit mit meinen depressiven Schilderungen nicht allzu sehr strapaziert zu haben und wünsche Ihnen noch einen lustigen Abend.«

Dann lege ich auf. Das hat er jetzt davon, dieser Idiot. Frustriert mache ich mich auf den Heimweg und hoffe, daß ihm sein schlechtes Gewissen die ganze Nacht keine Ruhe lassen wird.

Das Erste, was ich am nächsten Morgen durch schwarz verklebte Wimpern verschwommen sehe, ist das vergilbte Paisley-Muster der Tapete vor mir an der Wand. Wieso habe ich mich nicht abgeschminkt? Mein Kopf dröhnt, und mit Schrecken bemerke ich, daß ich vollständig bekleidet auf dem Bett liege. Zu dem Dröhnen in meinem Kopf gesellt sich ein zischendes und seltsam rasselndes Geräusch. So als hätte jemand vergessen, den defekten Wasserkessel vom Herd zu nehmen. Vorsichtig verlagere ich mein Körpergewicht und versuche mich an einer seitlichen Neunzig-Grad-Drehung. Die Spiralfedern in der Uraltmatratze unter mir geben häßliche Quietschlaute von sich und die eigenartigen Töne brechen schlagartig ab.

»Na Prinzessin, schon aufgewacht?«

Entsetzt fahre ich herum. »Cornfeld!« schreie ich erschrocken, als ich den Schatten, der auf einem Stuhl direkt neben meinem Bett sitzt, erkenne.

»Sind Sie wahnsinnig geworden? Was machen Sie denn hier?«

Mühsam richtet er sich auf, reckt sich ausführlich, gähnt und beginnt seinen Nacken zu massieren. »Eigentlich hatte ich mir das etwas anders vorgestellt.«

»Was hatten Sie sich anders vorgestellt?«

Er grinst breit. »Neben Ihnen aufzuwachen, hatte ich mir anders vorgestellt.«

»Ach, das hatten Sie sich schon einmal vorgestellt?«

»Klar. Da wußte ich aber noch nicht, daß Sie mit voller Kriegsbemalung, sämtlichen Klamotten und einer Rotweinflasche zu Bett gehen.«

Spöttisch grinsend hält er eine entkorkte und eindeutig leere Weinflasche hoch. »Lag vor Ihrem Bett.«

»Ihre Schuld«, sage ich schnippisch. »So etwas passiert immer dann, wenn ich mich vernachlässigt fühle.«

Ich schwinge meine Beine über die Bettkante und bemühe mich, in die Vertikale zu gelangen. Beim zweiten Versuch schaffe ich es, muß mich aber auf Cornfelds Schulter abstützen, um nicht wieder umzufallen. Leicht benommen gehe ich zur Tür, touchiere kurz den Rahmen, stolpere über die Schwelle und wanke über den Flur zum Bad. Am Waschbecken komme ich zum Stehen und kann im schalen Licht einer einsamen Neonröhre mein verschmiertes Gesicht in Augenschein nehmen. Ein Anblick, der mutlos macht. Resigniert streife ich den Pullover über den Kopf, öffne den Gürtel und lasse meine Hose auf die Knöchel fallen. Während ich sie achtlos mit dem Fuß zur Seite schiebe, fahre ich mit beiden Händen durch mein strähniges Haar. Das müßte auch mal wieder gewaschen werden. Als ich etwas von der Reinigungsmilch zwischen meinen Handinnenflächen verreibe, registriere ich aus den Augenwinkeln, daß Cornfeld hereinkommt. Sofort richte ich mich auf und widerstehe dem Drang, nach meinem Pullover, der über dem Wannenrand liegt, zu greifen. Unsere Blicke treffen sich im Spiegel. Er sieht müde und gleichzeitig verdammt sexy aus. Das gefällt mir gar nicht. Schließlich ist er mein Assistent und viel zu jung, um gesund für mich zu sein. Und ich habe nicht vor, den Rest meines Lebens von einem Schönheitschirurgen zum anderen und von einem Fitness-Studio ins nächste zu rennen. Ich gedenke nicht, meine Freizeit für Friseur-, Solarium- und Kosmetiktermine zu verplempern, jeden Morgen vor dem Spiegel die Schneewittchen-Nummer abzuziehen, um dann womöglich als verkniffene Hyäne zu enden, die die Zähne fletscht, sobald sie jugendliche Konkurrenz wittert. Das ist mir zu anstrengend.

Mittlerweile steht Cornfeld dicht hinter mir.

»Sie haben ja Gänsehaut«, flüstert er mir ins Ohr und jagt mir den nächsten Schauer über den Rücken. Am liebsten würde ich mich umdrehen, ihm diese blöde Brille von der Nase nehmen, meine Hände in seinen Haaren vergraben, sein Gesicht zu mir herunterziehen, ihn küssen, ihn richtig küssen, ihn stundenlang küssen, ihn immer wieder küssen … Aber genau das werde ich nicht tun.

»Ja, auch Gänse haben Haut«, antworte ich statt dessen.

Er verzieht keine Miene. Sein Gesicht hat immer noch diesen unerträglich erotischen »Ich-will-dich-hier-und-auf-der-Stelle-vögeln«-Ausdruck. Und wenn ich nicht aufpasse, wird er genau das tun.

»Könnten Sie mich bitte einen Moment allein lassen, ich möchte mich gerne etwas restaurieren.«

»Sind Sie sicher?«

»Ja, allerdings«, sage ich etwas zu laut und starre ins Waschbecken. Er geht zur Tür, bleibt kurz stehen und kommt wieder zu mir zurück. Ich kann sein Eau-de-Toilette riechen, sein T-Shirt an meiner nackten Schulter spüren. Ganz behutsam fährt er mit seiner Fingerkuppe am äußeren Rand meines Halses entlang. Hilflos starre ich in den Spiegel.

»Die verschmierte Wimperntusche steht Ihnen«, sagt er leise. »Und dieser Geruch nach Schlaf und Wein – das hat was. Was unglaublich Lasziv-Vulgäres.«

Lasziv hätte ich mir ja noch gefallen lassen, aber vulgär geht zu weit.

»So besoffen kann ich gar nicht sein, um auf die Idee zu kommen, mit Ihnen ins Bett zu gehen«, rutscht es mir raus. Im Abtörnen war ich schon immer Weltklasse. Cornfeld sieht einen Moment lang so entsetzt und verletzt aus, daß mir mein Spruch schon wieder leid tut. Aber Zurücknehmen kann ich ihn nicht mehr. Und was ich erreichen wollte, habe ich erreicht. Er verläßt das Badezimmer, ohne ein Wort zu sagen, und knallt die Tür hinter sich zu. Eine Sekunde lang überlege ich, ob ich absperren soll, aber das ist wohl nicht mehr nötig.

Während meiner Mittagspause treffe ich Cornfeld in dem französischen Bistro. Wir tun so, als hätte die morgendliche Szene im Badezimmer nie stattgefunden. Wir waren beide müde und überreizt, da kann es schon einmal zu kleineren emotionalen Verirrungen kommen. Zumindest rede ich mir das ein. Cornfeld scheint das ähnlich zu sehen und gibt sich betont munter. Seine oberflächlich amüsanten Erzählungen von der Hamburger Uni und seinen Freunden zeigen, daß er mir nichts nachträgt, und sind eine angenehme Abwechslung zu dem Ton, der in meiner neuen Firma herrscht. Das Betriebsklima hat sich nach dem Mord endgültig auf Gefrierfachniveau eingependelt. Wut und Entsetzen sind einer depressiven Erstarrung gewichen. Die Leute laufen wie lebende Roboter durch die

Gegend. Sie erledigen mechanisch, was erledigt werden muß. In Wirklichkeit aber belauern sie sich, beobachten sich und spähen sich gegenseitig aus. Stellen die Alibis ihrer Kollegen in Frage, begleichen alte Rechnungen und wärmen vergessene Geschichten wieder auf. Unter der Oberfläche brodelt es gewaltig, und da bin ich als Außenseiter nicht gerade in der besten Position.

»Hat man die Leiche schon identifiziert?« reißt Cornfeld mich aus meinen Gedanken.

Eine Kellnerin kommt an den Tisch und stellt einen kleinen, weißen Teller mit einem Baguette und ein großes Glas Cola vor Cornfeld ab. »Bon appétit« nuschelt sie und verschwindet wieder.

Doktorchen hebt mit seiner Gabel die obere Brothälfte an und kontrolliert, ob auch ja die Putenbrust mit Ananas, der Käse, der Eisbergsalat und die Remouladensauce vollständig vorhanden sind. Dann sieht er mich fragend an.

»Was ist?«, frage ich.

»Die Leiche«, wiederholt er, »hat man sie schon identifiziert?«.

»Identifiziert? Wieso? Wer das Mädchen ist, war doch von Anfang an klar«, antworte ich unwirsch.

»Was? Das haben Sie mir nicht gesagt.«

»Oh, das muß ich wohl vergessen haben.«

Er verzieht das Gesicht. »Also, was jetzt? Wer ist sie?«

»Sandra Lautenberg, die siebzehnjährige Tochter von einem der Geschäftsführer.«

Cornfeld kratzt sich nachdenklich am Ohr. »Gibt es Verdächtige?«

Ich schüttele den Kopf.

»Na ja, solche Verbrechen finden ja meist im engsten Familien- und Bekanntenkreis statt. Der große Unbekannte, der wie ein Springteufel aus dem Nichts auftaucht, das Opfer hinterrücks meuchelt und wieder im Dunkel verschwindet, ist statistisch gesehen die absolute Ausnahme. Die Family ist meistens die Brutstätte des Bösen«, doziert er emotionslos. »Wann kommt Ihr Essen eigentlich?« will er dann unvermittelt wissen.

Die Frage habe ich mir auch schon gestellt. Als ich die Bedienung auf meinen knurrenden Magen und den noch fehlenden Salat aufmerksam mache, sagt sie: »Entschuldigen Sie bitte, aber bei uns geht es heute drunter und drüber. Eine meiner Kolleginnen hat heute morgen gekündigt. Und jetzt stehen wir natürlich alle ein bißchen auf dem Schlauch. Aber ich kümmere mich sofort darum.«

Schon ist sie wieder verschwunden und wuselt durch die vollbesetzten Stuhlreihen Richtung Küche. Ich klaue Doktorchen ein Stück Ananas vom Teller und übe mich in Geduld.

»Was ist eigentlich mit Ihrer Freundin, dieser Berger? Hat die Geschichte mit der Reinzeichnung geklappt?«

»Ich hoffe. Die Daten habe ich direkt an ihrem PC geändert. Wenn das nicht mehr kontrolliert wird, und die Vorlage für die Plakate so an die Druckerei rausgeht, hat sie ein Problem.«

Nachdenklich beobachte ich Cornfeld, der voller Genuß große Baguettestücke in sich hineinstopft.

»In der Nacht, als ich in der Firma war, um die Reinzeichnung zu ändern, ist das Mädchen ermordet worden.«

Cornfeld rutscht ein mit Remouladensauce verschmiertes Salatblatt von der Gabel und landet in einer kleinen Colapfütze neben seinem Teller.

»Was? Sie waren im Haus, während es passiert ist?«

»Ja! Im Büro von der Berger. Und da haben sie mich eingesperrt.«

Cornfeld hat aufgehört zu essen und starrt mich an.

»Eingesperrt?« wiederholt er, als wolle er sichergehen, mich auch richtig verstanden zu haben.

Ich nicke. »Ich bin nicht mehr aus dem verdammten Büro rausgekommen. Und als ich das Fenster aufgemacht habe, war da jemand auf dem Parkplatz ...«

»Haben Sie ihn erkannt?« unterbricht er mich.

»Nein, aber der Typ hat so einen komischen Laut von sich gegeben, so als hätte er sich weh getan.«

Die Bedienung bringt mein Essen und entschuldigt sich noch einmal dafür, daß ich so lange habe warten müssen. Als sie weg ist, spreche ich aus, was mir schon die ganze Zeit auf der Seele liegt.

»Die haben mich eingesperrt, damit ich ihnen nicht in die Quere komme. Verstehen Sie? Während ich da oben gehockt und geglaubt habe, daß sich jemand einen bösartigen Lausbuben-Streich mit mir erlaubt, wurde Sandra vielleicht gerade umgebracht ...«

Ich fange mitten im Lokal an zu heulen. Cornfeld ist das peinlich. Unsicher sieht er sich um. Aber keiner der anderen Gäste scheint sich für mich zu interessieren. Er greift über den Tisch und versucht seine Hand auf meine zu legen. Ich ziehe sie weg.

»Tut mir leid. Ich hab Sie mit diesem ganzen Schlamassel alleine gelassen. Dafür wollte ich mich heute morgen schon entschuldigen ...«

»Als ich realisiert habe, daß es Sandra ist, die da liegt«, sage ich und suche in meiner Handtasche nach Tempotaschentüchern, »ist mir natürlich eingefallen, wie ich in dieser Nacht an der Tür, dieser Eingangstür zum Fotostudio gestanden habe, wenige Meter von ihr entfernt, und daß sie in dem Augenblick vielleicht noch gelebt hat, ich ihr möglicherweise hätte helfen können ...«

Cornfeld sieht betreten auf seinen Teller, als mir schon wieder Tränen über das Gesicht laufen.

»Entschuldigen Sie, ich hab heute ein bißchen nah am Wasser gebaut.«

»Ist doch ganz normal. Ich meine ..., das muß man auch erst einmal verdauen. Jetzt ist es mir noch unangenehmer, daß ich so blöd am Telefon reagiert habe«, sagt er mit belegter Stimme.

»Ach, vergessen Sie's. Sie wußten ja nicht, was los ist.«

»Kannten Sie das Mädchen?«

»Ja, ich hab sie vor ein paar Tagen nachts in der Agentur erwischt, als sie versucht hat, die Portokasse aufzubrechen.«

Cornfeld vergräbt seine Zähne tief im warmen Brot, und als er redet, redet er mit vollem Mund. Ich erahne mehr was er sagt, als es zu verstehen.

»Ich denke, sie war die Tochter vom Geschäftsführer ...«

»Ja sicher. Aber der scheint ein Geizkragen zu sein. Übrigens – da ist noch was.«

Doktorchen kaut noch immer und sieht mich fragend an.

»Die Polizei geht davon aus, daß eingebrochen worden ist. Die Glasscheibe in der Tür des Seiteneingangs, der eigentlich nie benutzt wird, war eingeschlagen. Als ich in die Agentur kam, war die aber noch völlig in Ordnung.«

»Also hat der Mörder das nachträglich gemacht«, sagt Cornfeld.

Ich nicke und beobachte ihn gespannt. Er richtet sich auf, legt Messer und Gabel zur Seite und sieht mir direkt ins Gesicht.

»Das heißt, wir haben es mit einem Insider zu tun. Richtig?«

»Richtig!«

»Dadurch wird die Sache interessanter, aber nicht einfacher«, sagt er. »Beunruhigt Sie das?«

Ich schüttele den Kopf.

»Ist eigentlich was geklaut worden?«

»Zwei Fotoapparate.«

Cornfeld schiebt den leergegessenen Teller von sich weg auf die Mitte des Tisches und lehnt sich zurück.

»Haben Sie das mit dem Mädchen jemandem erzählt?«

»Nein.«

Mißbilligend zerknüllt er eine weiße Papierserviette zwischen seinen Fingern.

»Sie mit Ihren unausgegorenen Muttergefühlen. Manchmal ist es besser, wenn man nicht nur auf seinen Bauch, sondern ausnahmsweise auch einmal auf seinen Kopf hört, Pia.«

»Ja Papa. Du hast so recht mit deinen Worten...«, unterbreche ich seine Standpauke.

»Was ist eigentlich mit Ihrem Alibi? Was haben Sie der Polizei erzählt?«

»Daß ich in der Pension in meinem Bett gelegen habe, friedlich schlafend, wie sich das so für fleißige Mitarbeiter gehört, die nachts ihre Arbeitskraft regenerieren.«

»Haben die das überprüft?«

»Keine Ahnung.«

Als wir das Bistro verlassen, bleibt Cornfeld in der Eingangstür stehen und reibt gedankenverloren mit dem Zeigefinger über seinen Nasenrücken. Dann sieht er mich an: »Ich habe etwas vergessen und muß noch mal rein. Also tschüß dann und noch einen schönen Nachmittag«, sagt er und verschwindet im Lokal. Das Ganze geht so schnell, daß ich ihn gar nicht mehr fragen kann, wann er heute abend nach Hamburg zurückfahren will.

KAPITEL 11

Völlig abgekämpft sitze ich auf einem dieser unbequemen Metallstühle in der U-Bahn-Station am Marienplatz. Es ist sieben Uhr abends, saukalt und, wenn die U-Bahn einfährt, auch ganz schön windig. Vermummte Menschen hasten vorbei, mühen sich mit vollen Tüten und schweren Taschen und scheinen alle das gleiche Ziel zu haben: ihr Zuhause. Ich aber wüßte nicht, was ich da sollte. Mit Genuß kaue ich auf einer Butterbreze herum und sehe den ein- und ausfahrenden Zügen zu. Gerade als ich ein richtig großes Brezenstück abgebissen habe und mit vollen Backen und mühsam geschlossenem Mund vor mich hin mampfe, bemerke ich einen jungen Mann, der den Bahnsteig heruntergeschlendert kommt. Groß, schlank, dunkelhaarig, in Blue-Jeans, einem flauschigen, karierten Baumwollhemd und einer schwarzen Lederjacke. Er sieht kurz zu mir rüber, stutzt, sieht noch einmal in meine Richtung und verlangsamt seinen Schritt. Schlagartig wird mir warm und bewußt, daß ich wie ein zusammengefallenes Soufflé auf diesem Stuhl hänge. Die kleinen Nachlässigkeiten der letzten Tage erscheinen plötzlich in einem anderen Licht. Hätte ich gestern abend doch nur meine Haare gewaschen, heute morgen nicht auf meine Ohrringe verzichtet, nicht die Schuhe mit den schiefgetretenen Absätzen angezogen. Da dachte ich ja auch noch, es wäre egal. Vorsichtig schiebe ich meinen Hintern an die Rückenlehne und bringe den Oberkörper in eine aufrechte Position. Der

Typ ist jetzt noch ungefähr zehn Meter von mir entfernt und hat schon zweimal zu mir hergesehen. Wenn sich unsere Blicke treffen, seh ich sofort weg. Weiß der Teufel warum, aber flirten konnte ich noch nie. Dafür habe ich einfach nicht die Nerven.

Die U-Bahn fährt ein, und der junge Mann macht Anstalten, einzusteigen. Leider fährt der Zug nach Garching/Hochbrück. Das ist die falsche Richtung. Unschlüssig bleibe ich sitzen, den kümmerlichen Rest meiner Breze in der Hand. Die Durchsage »Bitte zurückbleiben, Türen schließen automatisch«, dröhnt über den Bahnsteig. Sind diese Ansagen so laut oder kommt mir das nur so vor? Ich könnte mitfahren, geht es mir durch den Kopf. Ich könnte ein Stück, immerhin drei Stationen bis zur Münchner Freiheit mitfahren und dort in die U 3 »Olympiazentrum« umsteigen. Kurz entschlossen werfe ich das, was von meiner Butterbreze übriggeblieben ist, in den nächsten Abfalleimer, laufe über den Bahnsteig und quetsche mich durch die sich schon schließenden Türen ins Zugabteil. Atemlos greife ich nach einer der Haltestangen. Der Mann meiner Träume steht schräg gegenüber, lässig gegen eine halbhohe Trennwand gelehnt. Als die Bahn mit einem Ruck anfährt, versuche ich ihn einer unauffälligen Musterung zu unterziehen. Aber kaum schaue ich in seine Richtung, sieht er mich an, und ich bekomme sofort einen roten Kopf. Das Spielchen wiederholen wir ein paarmal, bis der Zug an der Münchner Freiheit hält. Ich muß raus. Sekundenbruchteile überlege ich, ob ich warten soll, erst mal abchecken, wie er sich verhält. Aber dann steige ich doch aus, in der Hoffnung, daß er das vielleicht auch tut. Er tut es nicht.

Als ich die Pension betrete, bin ich in Gedanken immer noch mit dem Typ aus der U-Bahn beschäftigt. Das hätte der Anfang einer wunderbaren Liebesgeschichte werden können. Der Beginn einer leidenschaftlichen Beziehung, der Start in ein neues aufregendes Leben. Nun ja, es hat nicht sollen sein.

Gerade als ich die Treppe hochsteigen will und schon mit einem Fuß auf der untersten Stufe stehe, kommt die wutentbrannte Ametsbichler wie ein Kugelblitz auf mich zugeschossen und fuchtelt aufgebracht mit ihrem Zeigefinger vor meiner Nase herum.

»Frau Petry!«

»Ja?«

»Des is a hochseriöse Pension und koa Puff ned.«

»Wie bitte?«

»I kann diese Männerbesuche die ganze Nacht lang ned dulden. Sie ham des Zimmer gemietet, und Sie zahlen für eine Person. I mecht, daß Sie dem jungen Mo sagn, daß er gern a Zimmer bei mir ham ko, aber er wird die Nacht ned wieder kostenlos in dem Ihrigen schlafen.«

Mein Gott, müssen denn heute alle auf meinen Nerven rumtrampeln.

»Herr Cornfeld ist längst nach Hamburg abgereist und wird weder Sie, noch mich weiter belästigen«, antworte ich so kühl wie möglich.

»Dann ist der Mo in Ihrem Zimmer wahrscheinlich a Geist, oder?«

»Der Mann in meinem Zimmer? Sie meinen, da ist jemand in meinem Zimmer?« frage ich erstaunt.

»Ach tun S' doch ned a so. Sie wissn doch ganz genau, was los is. Sagen S' ihm, wenn er ned bis um zehn Uhr verschwunden is, gibt's Ärger. Und zwar richtign.«

Theatralisch wirft sie den Kopf in den Nacken, rauscht an mir vorbei und entschwindet die Treppe nach unten.

Vorgewarnt öffne ich die Tür. Warum ist die nicht abgesperrt? Und überhaupt, wo ist eigentlich mein Schlüssel? Als ich eintrete, sieht Cornfeld, der auf meinem Bett sitzt und liest, von seinem Buch auf.

»Was machen Sie hier? Wie kommen Sie hier rein? Wieso sind Sie nicht längst wieder in Hamburg?«

»Soll ich die Fragen alle auf einmal beantworten?«

»Nein, eine nach der anderen.«

»Na gut. Frage eins – ich lese ein Buch: ›Der Untergeher‹ von Thomas Bernhard, falls es Sie interessiert. Frage zwei – ich habe mir heute mittag im Restaurant den Schlüssel aus Ihrem Mantel genommen, weil ich dachte, daß ich ihn vielleicht noch brauchen könnte. Frage drei – ich habe nicht vor, so schnell wieder nach Hamburg zu verschwinden. München gefällt mir. Außerdem habe ich einen Job.«

Jetzt muß ich mich setzen. Ich glaub's einfach nicht.

»Was haben Sie da gerade gesagt? Sie wollen hier bleiben, Sie haben einen Job? Sind Sie nicht ganz bei Trost!«

Cornfeld klappt sein Buch zu, macht es sich im Schneidersitz auf meinem Bett bequem und läßt sich Zeit mit der Antwort.

»Wenn ich Sie heute mittag richtig verstanden habe, Frau Petry, dann kommt der Mörder wahrscheinlich aus dem Umfeld der Agentur. Richtig?«

»Richtig!«

»Wenn dem so ist, ist eine Privatschnüfflerin mit dem Hang zu Bauchentscheidungen und Panikattacken in so einem Laden nicht ganz ungefährdet. Wir haben keine Ahnung, ob unser Auftrag beziehungsweise unser Auftraggeber etwas mit diesem Mord zu tun hat. Und so lange wir das nicht wissen, gehen Sie ein unverhältnismäßig großes Risiko ein. Deshalb bleibe ich hier und passe auf Sie auf.«

Selbstgefällig strahlt er mich an.

»Wie stellen Sie sich das vor, das geht nicht …«

»Natürlich geht das. Ich werde morgen um Punkt zehn Uhr einen Job als Kellner in diesem Bistro, in dem wir heute zu Mittag gegessen haben, antreten. Damit verdiene ich ein paar Mark und bin immer in Ihrer Nähe. Außerdem habe ich uns endlich Handys besorgt. So können Sie mich jederzeit erreichen.«

»Und was ist mit Hamburg? Wer kümmert sich um die Detektei?«

Auf die Frage ist er vorbereitet.

»Unsere Auftragslage ist im Moment ja nicht so berauschend. Ich denke mal, wenn einer von uns hin und wieder nach Hamburg fährt, die Post durchsieht, Rechnungen bezahlt und den ganzen Kleinkram erledigt, könnten wir den Laden auch ein paar Wochen mit dem Anrufbeantworter alleine lassen.«

»Das haben Sie sich ja alles toll ausgedacht.«

»Klar!« sagt er und reibt sich zufrieden die Hände.

Um Punkt zehn Uhr hämmert meine Wirtin gegen die Tür, stürmt ins Zimmer und scheucht Doktorchen wie einen kleinen, unartigen Jungen den Gang hinunter. Zwischen alten Wolldecken, ausrangierten Möbeln, aufgestapelten, staubigen Vorhängen, Eimern und einem umfangreichen Sortiment ordentlich aufgestellter Putzmittel hat sie eine schmale, nicht sonderlich einladend wirkende Liege aufgestellt und als Bett für ihn hergerichtet. An den Stiegen einer alten Holzleiter, die schräg gegenüber an der Wand lehnt, hängen feuchte Putzlappen. Der Anblick der löchrigen Lumpen und der eklig muffige Geruch, der von ihnen aufsteigt, würden mich sofort in die Flucht schlagen. Cornfeld aber scheint das nicht zu stören. Gelassen setzt er sich auf seine wackelige Schlafstätte und versucht, mit wippenden Bewegungen deren Stabilität und den Härtegrad der Matratze zu testen. Keine gute Idee. Denn plötzlich klappen der vordere und der hintere Teil der Liege nach oben und klemmen Cornfeld wie ein Würstchen zwischen zwei Brothälften ein. Über seinen Gesichtsausdruck kreischen Ametsbichler und ich, bis uns die Tränen über die

Backen laufen. Erst als wir uns einigermaßen beruhigt haben, sind wir in der Lage, den armen Kerl aus seiner mißlichen Lage zu befreien.

Endlich bin ich in meinem Zimmer und ausnahmsweise mal allein. Die letzten Tage waren so anstrengend, daß ich zu nichts mehr gekommen bin. Ich muß meine Kleidung für den nächsten Tag rauslegen, schmutzige Wäsche sortieren, Schuhe putzen und vor allem muß ich Katja anrufen. Eine gute Gelegenheit, mein neues Handy auszuprobieren. Ich habe Glück. Katja ist zu Hause, und wir vereinbaren, Freitagabend zusammen ins Kino zu gehen. Nachdem ich aufgelegt habe, fällt mir siedend heiß ein, daß ich am Freitag ja schon eine Verabredung habe, und zwar mit Schreiber. Die Idee, einem von beiden abzusagen, verwerfe ich gleich wieder. Das ist mir zu peinlich, zu peinlich und zu anstrengend. Ich beschließe, daß wir zu dritt ins Kino gehen werden.

Als ich meine Pumps nebeneinander aufstelle, stoße ich auf die blutverschmierten Schuhe, die ich in der Mordnacht getragen habe. Mit spitzen Fingern halte ich sie hoch und entscheide, ohne lange zu überlegen, daß ich die ganz bestimmt nicht putzen werde. Die kommen in den Abfalleimer. Alles, was mich an dieses Verbrechen erinnert, wird vernichtet. In meinem Kopf läuft der bewährte Verdrängungsprozeß ab, der belastende Erinnerungen rigoros ausblendet. Nur nicht an den Anblick des toten Mädchens denken, sich nur keinen Selbstzweifeln, Ängsten und Depressionen stellen müssen.

Als ich die Schuhe in den Mülleimer werfe, bemerke ich, daß ein quadratisches Stück Papier an der rechten Schuhsohle klebt. Neugierig entferne ich es. Unter lauwarmem Wasser löst sich die Dreckkruste und ein Teil einer Filmverpackung kommt zu Tage. Mit Mühe kann ich den Markennamen entziffern. Tolle Entdeckung. Daß in einem

Fotostudio Unmengen von Filmen verbraucht werden, ist ja nun wirklich nichts Neues. Ich lasse das schmutzige Stückchen Papier im Waschbecken liegen und mache mich wieder ans Wäschesortieren.

Um Mitternacht steht Cornfeld im Zimmer. Mit käsigem Gesicht und einem Big-Shirt, das gerade mal bis zu seinen Knien reicht, sieht er aus wie ein kleiner Junge, der sich im Dunkeln fürchtet.

»Ich kann nicht schlafen«, jammert er.

Das hat mir gerade noch gefehlt. »In meinem Bett ist kein Platz, Cornfeld.«

Er verzieht das Gesicht. »Ich weiß, ich weiß. Ich wollte Sie auch nur um ein Glas Wasser bitten. Dann geh ich wieder.«

»Nur zu.«

Er geht zum Waschbecken, entfernt meine Zahnbürste und die Zahnpasta aus dem Becher auf der Glasablage und hält ihn unter den Wasserhahn. Auf einmal hat er diesen verdreckten Schnipsel in der Hand.

»Pia, was ist das?« fragt er.

»Schmeißen Sie den ruhig in den Abfalleimer, Doktorchen. Das ist leider kein tolles Beweisstück«, lamentiere ich, während ich meine Schuhe mit einer alten Unterhose auf Hochglanz wienere.

»Was für ein Beweisstück?« fragt er.

»Das habe ich eben gefunden. Es hat unter einem der Schuhe geklebt, die ich trug, als ich in dem Fotostudio war. Sie wissen schon.«

Cornfeld kommt zu mir, geht neben mir in die Hocke und hält mir das Stück Papier unter die Nase.

»Pia, fotografieren Sie?«

»Manchmal.«

»Haben Sie jemals so einen Film benutzt?«

»Keine Ahnung«, anscheinend möchte mir der junge Mann etwas sagen. Dabei geht er generell nie den direkten Weg, sondern liebt dramaturgische Effekte.

»Cornfeld, was ist los? Was brüten Sie da gerade aus?«

Er sieht mich nachdenklich von der Seite an.

»Pia, das ist eine Filmmarke, die kein Profi je anrühren würde. Das hier«, er hält mir die Verpackung schon wieder vors Gesicht, »das hier ist etwas für Amateure. Für Amateure, die kein Geld haben.«

KAPITEL 12

Keiner hat mich gewarnt. Keiner hat mir auch nur einen Tip oder einen kleinen Hinweis gegeben. Wahrscheinlich haben meine lieben Kollegen kichernd hinter ihren Schreibtischen gesessen und sich königlich bei der Vorstellung amüsiert, was für eine Lawine da gerade auf mich zugerollt kommt. Sogar Schreiber hat mich im Stich gelassen. Er hat hinterher nur gesagt, daß es Erfahrungen gebe, die man eben selbst machen müsse.

So traf mich die Katastrophe, die morgens um acht Uhr dreißig in Form eines etwa einssiebzig großen, männlichen Energiebündels in mein Büro schwappte, vollkommen unvorbereitet.

»Torsten Meyer mein Name. Ich bin hier Creative-Direktor«, stellte er sich vor. Ganz in Schwarz gekleidet, mit spiegelblanker Vollglatze, einer schmalen, runden Metallbrille auf der mächtigen Adlernase und wachen, wasserblauen Augen machte er zunächst einen ganz sympathischen Eindruck. Eine Fehleinschätzung, wie sich schnell herausstellen sollte. Mit den Worten »Kommen Sie mal mit. Sie müssen mir helfen«, stürmte er aus dem Zimmer. Ich rannte hinterher, hatte aber Probleme, mit ihm Schritt zu halten. Als die Berger uns auf dem Gang entgegenkam, grinste sie mich schadenfroh an. Noch nie hatte sie mich mit einem so ehrlichen Lächeln bedacht. Eins war klar, irgendetwas lief hier schief.

Da der Aufzug im Keller feststeckte und keine Anstalten machte, sich in den zweiten Stock zu erheben, liefen Meyer und ich die Treppe runter. Er, ganz durchtrainierter Sportsmann, nahm immer wieder mehrere Stufen auf einmal. Als ich das auch versuchte, stolperte ich über meine eigenen Füße und wäre fast gestürzt.

»Treiben Sie Sport, Frau Petry?«

»Zur Zeit nicht.«

»Sollten Sie aber. Das ist wichtig. Ich bin Hochleistungssportler. Handball, Hockey, Golf.«

»Oh, ich spiele auch ein bißchen Golf.«

»Handicap?«

»Noch keins.«

»Dann erzählen Sie mir nichts vom Golfspielen.«

Als wir auf dem Parkplatz hinter dem Haus ankamen, öffnete Meyer die Heckklappe eines schwarzen Jeep Cherokee. Auf der Ladefläche lagen in wildem Durcheinander zwei Golfbags, ein Golfwagen, Handbälle, Hockeyschläger, eine Sporttasche und ein Paar Boxhandschuhe. Irgendwo aus diesem Chaos zog er dann einen total verstaubten Videorecorder hervor, drückte ihn mir in die Hände und stapelte ein Dutzend Videokassetten oben drauf. Dann kletterte er in sein Auto, rief mir bei laufendem Motor noch ein paar Anweisungen durch das geöffnete Fenster zu, fuhr vom Parkplatz und ließ mich in einer stinkenden Abgaswolke zurück. Da wünschte ich ihn zum ersten Mal zum Teufel.

Mit den Kunden, die Meyer dann vom Bahnhof abgeholt hat, sind wir zum Mittagessen ins Bistro gegangen. Die beiden sind Chefin und Assistent und verhalten sich auch so. Speziell Frau Severing nutzt jede Gelegenheit, um zu demonstrieren, wer hier wem in den Hintern treten darf. Ständig markiert sie die toughe Karriere-Frau, die uns selten und ihren Mitarbeiter nie zu Wort kommen läßt. Schafft der arme Kerl es trotzdem mal einen Satz zu beginnen, unterbricht sie ihn sofort. Sie ist Mitte fünfzig, klein und rundlich, sieht in ihren Klamotten aus wie eine Wurst, die gleich aus der Pelle platzt, frönt einem verhängnisvollen Hang zu Rüschen und pastelligen Stickereien und benutzt viel zuviel Make-up. Jan Graboltz ist zehn Jahre jünger, mindestens fünfzehn Zentimeter größer, wirkt aber einen halben Meter kleiner. Seine Haare sind straßenköterblond, seine Klamotten spießig bis langweilig und irgendwie eine Nummer zu groß. Die Schultern zieht er ständig bis zu den Ohren, so, als müsse er fürchten, unerwartet attackiert zu werden. Daß diese Ängste berechtigt sind, demonstriert die Severing kurze Zeit später.

»Graboltz, haben wir die Layouts von diesen Testimonial-Anzeigen dabei.«

»Ich glaube, daß …«

»Mich interessiert nicht, was Sie glauben. Sehen Sie gefälligst nach«, fährt sie ihren Assistenten an. Der bekommt rote Ohren und wühlt hektisch in seinen Papieren.

»Nein, ich glaube, wir haben sie nicht mitgenommen …«

»Wir?« wird er von seiner Chefin unterbrochen. »Sagten Sie wir? Ist es etwa mein Job, die Unterlagen zusammenzustellen?«

»Aber Sie haben nichts von den Testimonials gesagt …«, stottert er hilflos.

»Mein Gott!« Die Severing verdreht die Augen, steckt ihre Zigarette auf eine alte, sehr schöne Zigarettenspitze, nimmt einen tiefen Zug und bläst ihm den Rauch direkt ins Gesicht. »Tun Sie mir bitte einen Gefallen, gucken Sie mal wo der Kellner steckt, ich habe Hunger.«

Kaum ist er außer Hörweite, lächelt sie mich mit einem unglaublich blasierten Gesichtsausdruck an und sagt: »Ist schon Scheiße, wenn man doof ist.«

Soviel Rotzigkeit verschlägt mir die Sprache. Meyer hingegen greift das Thema begeistert auf und versteigt sich zu der Bemerkung, daß man sich seine Mitarbeiter ja nicht immer aussuchen könne und vielen Leuten nicht klar sei, daß sie auch etwas tun müßten für ihr Geld. Was für ein mieser, kleiner Schleimer. Nachzutreten, wenn einer schon am Boden liegt, zeugt nicht gerade von Charaktergröße. Aber dann brät die Severing auch ihm eins über.

»Meyer, hab ich Ihnen eigentlich schon gesagt, daß mich ihr Gesicht an ein ungemachtes Bett erinnert? Sie sehen heute so verknautscht aus. Was haben Sie eigentlich die ganze Nacht getrieben?«

Jetzt ist er es, der mit hochrotem Kopf da sitzt.

»Och, ich war auf einem Stones-Konzert«, antwortet er und fährt sich verlegen mit der Hand über seine speckige Glatze. »Und da ich Backstage-Karten hatte, habe ich mich ein bißchen hinter der Bühne umgesehen und bin mit dem Keith Richards ins Gespräch gekommen. Ein echt cooler Typ. Wir haben uns super verstanden und sind dann noch die halbe Nacht durch Münchens Szene-Schuppen gezogen. Da ist es dann natürlich ziemlich spät geworden.«

Während die Severing die Stirn runzelt, als könne sie das eigentlich gar nicht so ganz glauben, ist Graboltz, der mittlerweile wieder am Tisch sitzt, hin und weg.

»Haben Sie denn auch Mick Jagger gesehen?« fragt er ganz aufgeregt. Bekommt aber erst einmal keine Antwort, weil Cornfeld am Tisch steht und unsere Bestellung aufnehmen möchte. Er macht seine Sache wirklich gut. Allerdings vermeide ich, ihn direkt anzusehen, weil ich sonst womöglich einen Lachkrampf bekommen würde. Als er gegangen ist, äußert Frau Severing massive Zweifel an Meyers Stones-Story.

»Sie verkackeiern uns hier doch, Meyer. Backstage-Karten, Sauftour mit Keith Richards, daß ich nicht lache. Wer soll Ihnen das denn glauben?«

Mit einer großspurigen Geste blättert Meyer die Backstage-Karten auf den Tisch und sieht uns triumphierend an. Da steht es, dick und fett: Backstage, Torsten Meyer, Rolling Stones, Europa-Tour und das Datum. Die Severing gibt sich geschlagen und tut so, als müsse sie die Speisekarte noch einmal studieren.

Nach dem Mittagessen will Meyer einige Kinospots vorführen, für die die Agentur ADC-Auszeichnungen erhalten hat. Schließlich gehört Klappern zum Handwerk, und so, wie ich ihn verstanden habe, sitzt die Severing gerade auf einem herrenlosen Drei-Millionen-Etat. Doch die macht uns erst einmal einen Strich durch die Rechnung. Mit den Worten, sie müsse mal kurz telefonieren, zieht sie sich in Meyers Büro zurück. Wir bleiben däumchendrehend im kleinen Konfi zurück und quälen uns mit mühsamen Konversationsversuchen. Graboltz ist das Ganze wahnsinnig peinlich, Meyer kocht vor Wut. Die Stimmung wird immer angespannter, so daß ich mich unter dem Vorwand, bei Frau Heiler noch ein bißchen Kaffee nachordern zu wollen, verdrücke.

In deren Büro gefällt es mir eindeutig besser. Mit dem Kaffee lasse ich mir Zeit und nutze die Gelegenheit, ein bißchen mit ihr zu ratschen. Ich kann nicht behaupten, daß sie mir sympathisch sei, aber sie ist die Hüterin des Allerheiligsten. Mächtig, wichtig, eitel und nicht ganz ungefährlich. Ich habe ziemlich schnell begriffen, daß sie nicht nur Chefsekretärin, sondern vor allem Diva ist, über deren Launen und Boshaftigkeiten man hinwegsehen muß, will man ihnen nicht zum Opfer fallen. Allerdings gehe ich nicht so weit wie Schreiber, der sie einmal wöchentlich mit einer roten Rose beehrt, nie ihr Zimmer betritt, ohne ein Kompliment über ihre Frisur oder ihre Kleidung fallen zu lassen und keine Gelegenheit ausläßt, Türen vor ihr aufzureißen oder Stühle für sie zurechtzurücken. Ich bin da wesentlich zurückhaltender. Wenn ich Zeit habe, plaudere ich mit ihr, manchmal auch über Privates.

Als ich ihr von Meyers Stones-Geschichte erzähle, lacht sie laut und sagt, das wäre alles erstunken und erlogen.

»Der Typ lügt, wenn er den Mund aufmacht. Er ist ein kleiner Mann, und das ist sein großes Problem. Von allem, was er erzählt, können Sie schon mal von Haus aus fünfzig Prozent abziehen. Manchmal sogar hundert. Bei diesem Rolling-Stones-Konzert kann er gar nicht gewesen sein, das war nämlich zwei Tage vor dem Mord. Und Meyer ist erst einen Tag nach dieser furchtbaren Geschichte aus Afrika zurückgekommen. Sie sehen, alles reine Erfindung. Aber eins muß man ihm lassen, er hat eine blühende Phantasie …«

Die Tür geht auf und die Heiler kann ihren Satz nicht mehr beenden. Eine große, blonde, etwa fünfunddreißigjährige Frau betritt mit einem kleinen Jungen an der Hand das Zimmer. Sie trägt einen langen, schwarzen Wollmantel, schwarze Stiefel und eine dunkle Sonnenbrille. Trotz der Brille, ihrem bläßlichen Teint und der geröteten Nase, ist nicht zu übersehen, daß sie schön ist. Ohne uns zu beachten, geht sie grußlos mit dem Kind an uns vorbei und verschwindet in Lautenbergs Büro.

»Wer war das denn?«

»Josy Lautenberg.«

»Die sieht ja toll aus«, sage ich mit ehrlicher Bewunderung.

»Ja, sie hat früher gemodelt. Hat sogar eine Zeitlang in Mailand gelebt. Allerdings verpaßt sie auch keine Gelegenheit, das zu erwähnen …«

»Und wer ist das Kind?«

»Max, ihr Sohn.«

»Sie hat noch einen Sohn?«

Die Heiler nickt.

»Das macht es wahrscheinlich leichter für sie«, sage ich nachdenklich.

»Was?« fragt die Heiler barsch.

»Daß sie noch ein Kind hat, hilft ihr womöglich, Sandras Tod besser zu verkraften«, versuche ich meine Äußerung zu erklären.

»Ach Quatsch. Der Max interessiert die doch gar nicht.«

Ihr Ton ist barsch, ihr Gesicht hart und abweisend.

»Sie mögen sie nicht so besonders, oder?«

»Josy?« Sie sieht mich so ablehnend an, daß ich befürchte, sie werde unser Gespräch gleich beenden.

»Verstehen Sie mich nicht falsch«, sagt sie, »ich habe nichts gegen Josy. Nichts gegen sie persönlich. Auch wenn das immer in der Agentur behauptet wird ...«

Den letzten Satz überhöre ich geflissentlich. Das Gerücht, daß sie mal was mit Lautenberg hatte, und zwar exakt bis zu dem Tag, an dem er Josy kennenlernte, ist mir auch schon zu Ohren gekommen.

»... aber Josy ist ein schwieriger Mensch. Ein sehr schwieriger Mensch. Das war sie schon, bevor Sandra starb. Aber seit dem Mord ist sie – ja wie soll ich sagen – unerträglich.«

»Wie äußert sich das denn?« frage ich vorsichtig.

»Sie spinnt. Anders kann ich das nicht ausdrücken. Sie ruft hier zehnmal am Tag an und will ihren Mann sprechen. Es war früher schon so, daß sie ständig anrief, wegen jeder Kleinigkeit nachfragte. Aber jetzt, jetzt ist es wirklich unerträglich.«

»Sie steht unter Schock«, versuche ich Josys Verhalten zu erklären. Doch die Heiler wischt den Satz mit einer genervten Handbewegung beiseite.

»Frau Petry, die ruft hier an, weil sie das Verdeck von ihrem Cabrio nicht aufkriegt und besteht darauf, daß ich ihren Mann aus einer wichtigen Sitzung hole, damit er dieses überaus wichtige Problem löse. Und wissen Sie was, der macht das dann auch. Ach ja, und gestern rief sie heulend an, weil ihr Fingernagel abgebrochen ist. Das finden Sie normal?«

»Sie hat ihr Kind verloren ...«

»Ihren Verstand«, unterbricht mich die Heiler, »ihren Verstand hat sie verloren. Die braucht eine Therapie, wenn Sie mich fragen. Sonst kommt die nie über Sandras Tod hinweg.«

Als ich mit dem Kaffee in den Konferenzraum zurückkehre, ist die Severing immer noch nicht wieder aufgetaucht. Graboltz versucht sich gerade an einer Erklärung, mit der er die Sache eher noch schlimmer macht.

»Wissen Sie, bei uns in der Firma werden die Telefonate genau überprüft, und bei größeren Summen müssen wir erklären, mit wem und warum wir so lange telefoniert haben. Das ist natürlich sehr lästig.«

Meyers Gesichtsausdruck wird immer grimmiger. Noch haben wir die drei Millionen nicht, und wer weiß, wen diese Wahnsinnige gerade anruft. Eine Urlaubsbekanntschaft in Sydney vielleicht? Doch da geht die Tür auf, die Severing betritt das Zimmer, setzt sich seelenruhig auf ihren Platz, verstaut den Timer in ihrer Handtasche und sieht auf die Uhr.

»Kinders, jetzt müssen wir uns aber beeilen, jetzt wird es aber wirklich Zeit.«

Der Videorecorder gibt Meyer dann den Rest. Als er die Kassette mit den Kinospots einlegt und auf Start drückt, ertönt ein seltsames Surren, das in ein ungutes Dröhnen übergeht und sich zu einem schrillen Pfeifton steigert. Beim Versuch, die Kassette wieder aus dem Gerät zu ziehen, verheddert sich der Film und alles was Meyer noch zu Tage fördert, ist schwarz-glänzender Band-Müll. Ein peinlicher Auftritt, der der Severing Munition für kleine, blöde Bemerkungen liefert.

»Herr Meyer, vielleicht sollten Sie einmal einen Kurs besuchen: Wie bediene ich einen Videorecorder? Interessant wäre auch: Wie bereite ich eine Kundenpräsentation vor? Oder noch besser: Wie blamiere ich mich am besten? Herr Graboltz ist da übrigens Fachmann …«

Froh, Meyer und den Kunden für ein paar Stunden entkommen zu sein, lehne ich müde an dem warmen Heizkörper und beobachte das Wasser, das röchelnd aus einem altmodisch geschwungenen Hahn kommt, dessen ehemals glänzende Oberfläche stumpf und voller Kalkflecken ist. Da mein Zimmer nur über ein Waschbecken und keine eigene Naßzelle verfügt, muß ich eins von zwei Bädern auf dem Flur benutzen. Das ist unpraktisch, hat mich aber bisher nicht von regelmäßigen Vollbädern abgehalten. Wenigstens ist die Wanne erst kürzlich durch eine neue ersetzt worden. Ich kippe eine großzügig bemessene Portion Badezusatz in die sich vergrößernde Wasserpfütze, hole mir ein Glas Rotwein aus meinem Zimmer und schäle mich mit klammen Fingern aus mehreren Lagen feuchter Winterklamotten. Als ich in die Wanne steige, erreicht der Wasserpegel gerade mal meine Waden. Dafür sind jetzt wenigstens meine Füße warm, wenn der Rest auch noch leise vor sich hin bibbert. Mit dem Rotwein bewaffnet stehe ich minutenlang vollkommen bewegungslos da, beobachte, wie das gurgelnde Wasser in die Wanne strömt und sich langsam an meinen Beinen hocharbeitet. Die aufsteigende Hitze tut gut. Ich lasse mich ins Wasser sinken und genieße die Wärme, die meinen Körper wie ein weiches Bettuch umhüllt. Dicke, weiße Schaumberge treiben auf dem Wasser und kitzeln mich an der Nase, der Wein prickelt in meinem Bauch und die Aufregungen des Tages lösen sich in Wohlgefallen auf. Ich lehne den Kopf gegen den Wannenrand, puste in den lila glitzernden Schaum und lasse noch mehr heißes Wasser einlaufen. So könnte ich Stunden verbringen. Aber allzu lange werde ich diesen wunderbaren Zustand nicht genießen können. Meyer und ich sind zum Abendessen verabredet. Mit dem Dumm-Dumm-Geschoß, wie unser skurriles Kundenduo im Firmenjargon heißt. Ich habe eine knappe Stunde, um mich für den Abendtermin zurechtzumachen, und die Hälfte der Zeit ist schon verstrichen. Schicksalsergeben schiebe ich die Schaumwolken mit beiden Händen beiseite und steige aus der Wanne.

Bevor ich das Bad verlasse, muß ich erst einmal durch das Schlüsselloch kontrollieren, ob jemand draußen auf dem Gang herumläuft. Schließlich habe ich keine Lust, ungeschminkt, mit nassen Haaren und im Bademantel, einem der anderen Pensionsgäste über den Weg zu laufen. Also gehe ich in die Knie und spähe in den Flur. Komisch, es ist stockduster. Auf einmal bewegt sich etwas, und ich sehe direkt in die Pupille eines Auges. Erschrocken mache ich einen Satz nach hinten, verliere das Gleichgewicht und lande auf meinem Hintern. Als ich wieder hochkomme und endlich die Tür aufreiße, sehe ich gerade noch einen kleinen, dicken Mann mit Hut und Schirm unterm Arm, der den Gang hinunterläuft.

Eine junge, etwas verhuscht aussehende Kellnerin mit dünnem, zu einem mickrigen Knoten gewurschteltem Blondhaar und großen blauen Augen führt Meyer und mich zu einem runden Tisch im hinteren Teil des italienischen Restaurants. Die Einrichtung mit massiven Holzmöbeln, bunten Seidenblumen und geblümten Tischdecken ist von ausgesuchter Spießigkeit. Das ist kein Lokal, das ich freiwillig aufsuchen würde.

Raumgreifend läßt sich Meyer am Kopfende des Tisches nieder und bestellt erst einmal eine Flasche Prosecco. Mit seinem Armani-Anzug und der dezent gestreiften Krawatte könnte er glatt als seriöser Geschäftsmann durchgehen, wenn da nicht dieser durchdringende Geruch nach Eau de Toilette wäre. Als er meinen abschätzigen Blick bemerkt, mit dem ich das Lokal mustere, meint er mir etwas erklären zu müssen.

»Der Kunde darf nie das Gefühl haben, daß Sie zu viel Geld mit ihm verdienen«, doziert er, während ein nachsichtiges Lächeln seine Oberlippe kräuselt. Anscheinend spielen wir gerade die Nummer: Der Mann von Welt erklärt einem kleinen Mädchen die Dinge des Lebens. »Sie müssen erfolgreich und kompetent auftreten, aber nicht protzig. Davon kriegen die Kunden schlechte Laune.«

Von Alkohol hingegen bekommt man gute Laune und nach dem zweiten Glas dreht Meyer zusehends auf. Er fragt mich jovial, wie ich mich denn in München so eingelebt habe, wo ich wohne, wie ich morgens in die Agentur komme, ob ich mit meinem Gehalt zufrieden sei. Die Fragen sind okay, finde ich, und ich erzähle ihm, was er hören will. Nach dem dritten Glas sprengt seine Neugier dann aber den Rahmen üblicher Konventionen. Er will wissen, welche Farbe meine Unterwäsche hat. Vor Schreck stelle ich mein Glas wieder ab. Der Härtetest kommt, als er sich erkundigt, ob ich im Bett die Initiative ergreife oder das meinem Partner überlasse.

»Irgendwie sehen Sie so aus, als würden Sie auch nur auf dem Rücken liegen und auf ein Erdbeben warten«, sagt er. Am liebsten würde ich antworten, daß ihn das überhaupt nichts angehe und daß er mit seinen Fragen den Eindruck erwecke, als sei er einer dieser armseligen Verbalerotiker, die schon seit zehn Jahren keinen Sex mehr hatten. Aber ich werde mich hüten. Schließlich muß ich an meinen Auftrag denken. Bevor Meyer mich mit weiteren indiskreten Fragen belästigen kann und ich womöglich die Beherrschung verliere, geht die Tür auf, und die Severing kommt hereingewatschelt. Für dieses Ambiente ist sie mit ihrem langen Kaschmirmantel und dem weinroten Samtkleid eindeutig overdressed. Die schwarzen Haare hat sie zu einer kunstvollen Hochsteckfrisur aufgetürmt. An ihren Armgelenken klimpern Dutzende von dünnen, goldenen Armreifen, den Hals schmückt eine alte Uhrkette, an den

Ohren baumeln aufwendig gearbeitete und für ihr kleines Gesicht viel zu große Ohrringe. Sie erinnert ein bißchen an die Weihnachtsdekoration in den Schaufenstern vom Kaufhaus Beck. Dahinter kommt das Aschenputtel. Graboltz trägt unter einem beigen Trenchcoat ein grün, gelb, orange kariertes Vertretersakko und eine mausgraue Hose. Irgendwie schafft er es, vierundzwanzig Stunden am Tag wie ein begossener Pudel auszusehen.

Gott sei Dank stürzt Meyer sich jetzt auf die Severing, und ich bin aus der Schußlinie. Devot hilft er ihr aus dem Mantel und macht ihr Komplimente, die so übertrieben und aufgesetzt sind, daß die Frau eigentlich sauer sein müßte.

»Konnten Sie sich ein bißchen im Hotel erholen?« fragt er schleimig, als die beiden endlich am Tisch sitzen.

»Nein«, antwortet die Severing. »Wir mußten uns ja Ihr Video ansehen.«

»Hat das denn geklappt?«

»Herr Graboltz hatte Probleme mit dem Recorder. Wahrscheinlich war der auch kaputt.«

»Nein, das stimmt nicht. Ich bin nur aus Versehen in diesem Pornokanal gelandet«, widerspricht Graboltz heftig.

Die Severing fängt an zu lachen. »Das müssen Sie sich mal vorstellen. Auf einmal haben Sie da laut stöhnende, kopulierende Paare auf der Mattscheibe. Das war wirklich zu komisch.«

»Und wie sind Sie da wieder rausgekommen?« fragt Meyer.

»Gar nicht«, antwortet Graboltz. »Frau Severing wollte den Film zu Ende sehen.«

Zum ersten Mal mache ich so etwas wie Ironie in seiner Stimme aus. Aber die Severing läßt das natürlich nicht auf sich sitzen.

»Was erzählen Sie denn da? Sie sind da nicht mehr rausgekommen. Und als es Ihnen dann endlich gelungen ist, war der Film zu Ende.«

»Haben Sie denn jetzt unser Video sehen können?« unterbricht Meyer, in der Hoffnung, das Streitgespräch damit zu beenden.

»Ja, natürlich, hicks ...«

»Und, hat es Ihnen gefallen?«

»Nicht schlecht, hicks ...«

»Haben Sie einen Schluckauf, Frau Severing?«

»Nein, ich tu nur so.«

Meyer nimmt eins der Messer vom Tisch und reicht es ihr. »Klemmen Sie das zwischen die Zähne, das hilft.«

Mit gerunzelter Stirn starrt sie ihn an. »Nehmen Sie mich jetzt auf den Arm, oder was?«

»Nein, wirklich, das hilft. Versuchen Sie's.«

Und tatsächlich nimmt sie das Messer quer in den Mund und sieht aus, als wolle sie die nächste Barkasse entern. Gott sei Dank sind kaum Leute im Restaurant. Nur die Kellner gucken ein bißchen indigniert. Aber das stört weder die Severing noch Meyer. Graboltz' ungerührte Miene hingegen ist schwer einzuschätzen. Entweder ist sie das Ergebnis einer exzellenten Selbstbeherrschung oder sie zeugt von einer stoischen Gelassenheit, die nur noch mit der Abgeklärtheit eines Irrenwärters vergleichbar ist.

Ich bin heilfroh, als die Kellnerin kommt und die Bestellung aufnimmt. Graboltz ißt abends generell nur eine Kleinigkeit, wie er uns erzählt und beläßt es bei einem Salat Nicoise. Nach so viel Bescheidenheit möchte ich nicht für gierig gehalten werden und ordere eine Portion Pasta. Meyer überredet die Severing, sich eine Dorade mit ihm zu teilen. Als Vorspeise möchte er ein Carpaccio und sie nimmt eine Kerbelrahmsuppe.

Als Meyer einen Bordeaux bestellt, wird die blonde Bedienung pampig. Mit weit aufgerissenen Augen, die ihrem Gesicht etwas naiv Staunendes verleihen, wahrscheinlich aber nur das Ergebnis ihrer Kurzsichtigkeit sind, besteht sie auf Weißwein. Dabei legt sie eine Sturheit an den Tag, die erstaunlich bis unverschämt ist.

Meyer reagiert irritiert, bleibt aber höflich. »Ich weiß, daß man keinen Bordeaux zum Fisch trinkt. Aber ich trinke keinen Weißwein. Verstehen Sie? Ich trinke nie Weißwein, sondern immer nur Rotwein. Und ich möchte auch heute abend Rotwein.«

Sein Ton ist bestimmt, aber nicht unfreundlich. Wenn er aber geglaubt hat, das Thema sei damit vom Tisch, hat er sich geirrt.

»Sie beleidigen den Koch mit dieser Wahl. Sie schmecken den Fisch und die Feinheiten der Soße gar nicht mehr, wenn Sie einen Bordeaux dazu trinken. Ich muß Ihnen da ganz dringend abraten«, insistiert die junge Dame.

Meyers Stimme wird jetzt laut, sein Gesicht läuft dunkelrot an, seine Augen sprühen vor Empörung.

»Ich diskutiere nicht mit Ihnen. Sie bringen uns, was wir bestellt haben und damit basta.«

»Wie Sie meinen.« Beleidigt steckt sie ihren Block in ihre weiße Schürze und rauscht davon.

Der peinliche Zwischenfall hat nicht gerade zur Verbesserung der Stimmung beigetragen, und Meyer gibt sich alle Mühe, ihn zu überspielen. Bis das Essen kommt, mimt er den Entertainer und erfreut uns mit Geschichten und Anekdötchen aus seinem erfolgreichen Sportlerleben. Sein Handicap beim Golf ist einstellig, er wäre fast Hockeyprofi geworden, wenn ihm nicht eine Verletzung dazwischengekommen wäre, und als Jugendlicher hat er es fast bis in die Handball-Bundesliga geschafft. Seine Erzählungen sind eine ununterbrochene Aneinanderreihung von Superlativen. Während er immer größer zu werden scheint, mit Händen und Füßen redet und auf seinem Stuhl hin- und herzappelt wie ein Sechsjähriger, der dringend aufs Klo muß, versinke ich fast im Boden vor Verlegenheit. Wird das hier aufgezeichnet? Gibt es irgendwo eine versteckte

Kamera? Jeder Kabarettist könnte aus diesen Erzählungen problemlos ein zweistündiges Abendprogramm zusammenstellen. Aber unsere Kunden hören ihm interessiert zu und scheinen seinen Monolog amüsant und unterhaltend zu finden. Sie nicken, kichern, werfen mal ein »Na so was« oder »Das ist ja unglaublich« oder »Wie interessant« ein und hängen begeistert an seinen Lippen. Na ja, jeder kriegt die Storys, die er verdient.

Ich bin schon halb verhungert, als die Kellnerin endlich mit einem voll beladenen Tablett an unseren Tisch kommt. Noch bevor alle Teller auf ihrem Platz stehen, hat die Severing den ersten Bissen im Mund. Daß Meyer sich mit dem Essen Zeit läßt, hat weniger mit Höflichkeit als mit mangelnder Erfahrung zu tun. Das Filettieren der Dorade entpuppt sich als Problem. Zum ersten Mal an diesem Abend hält er den Mund und kämpft einen aussichtslosen Kampf, an dessen Ende sich eine Menge Fischfleisch und eine Menge Gräten zu einer lebensgefährlichen Masse vereinen, die zu essen der pure Selbsterhaltungstrieb verbietet.

Nach dem Essen hat die Severing erneut Probleme mit ihrem Schluckauf. Die Nummer mit dem Messer lehnt sie jetzt allerdings ab und versucht es mit dreimal Schlucken ohne zu atmen. Dabei tut sie so, als ersticke sie fast. Meyer glaubt, daß sie sich erschrecken oder ärgern müsse, um aus diesem ständigen Gehickse herauszukommen. Womit man sie ärgern oder erschrecken könne, will Graboltz uns allerdings nicht verraten. Nachdem alle Versuche fehlschlagen, kommt Meyer auf die Idee, einen Witz zu erzählen. Er meint, wenn er sie zum Lachen bringe, müsse der Schluckauf eigentlich aufhören.

»Also, passen Sie auf: Kommt ein Schwarzer zum Orthopäden. ›Herr Doktor‹, sagt er, ›ich habe immer solche Rückenschmerzen.‹ Der Arzt mustert ihn einen Moment und sagt dann: ›Machen Sie doch einmal eine Brücke.‹ Der

Mann macht eine Brücke. Der Arzt sieht sich das an und meint ›Ja okay, jetzt machen Sie bitte zwei Meter weiter rechts noch einmal eine Brücke.‹ Wieder macht der Mann eine Brücke. ›Das war nicht schlecht, vielleicht machen Sie jetzt noch einmal eine Brücke da vorne am Fenster.‹ Der Schwarze ist ein bißchen verunsichert, weil er nicht weiß, was das soll. Aber dann macht er noch einmal eine Brücke. Als der Arzt ihm dann immer noch keine Diagnose sagen will, wird er langsam ärgerlich. ›Jetzt reicht es mir aber, was bitte soll das?‹ ›Ach, Sie müssen schon entschuldigen‹, antwortet ihm da der Arzt, ›aber ich bekomme nachher einen schwarzen Tisch geliefert und weiß nicht, wo ich ihn hinstellen soll.‹«

Der einzige, der das komisch findet, ist Meyer. Er haut sich begeistert auf die Knie und lacht sich fast schlapp. Um die Mundwinkel der Severing zuckt es gefährlich, Graboltz starrt auf seinen leer gegessenen Teller. Keiner sagt etwas. Die Stimmung ist so komplett gekippt, daß sogar Meyer langsam registriert, daß der Witz in die Hose gegangen ist.

»Na wenigstens ist ihr Schluckauf jetzt weg«, versucht er die Sache zu beschönigen. Die Severing mustert ihn nur kühl. Gelangweilt blickt sie sich in dem Restaurant um, als ließe sich hier die Inspirationsquelle für ein neues, weniger verfängliches Gesprächsthema finden. Dann deutet sie nach oben und teilt Meyer mit, daß ihr das Licht eigentlich ein bißchen zu grell sei. Der springt wie von der Tarantel gestochen hoch und dreht mit knallrotem Kopf die glühendheiße Birne aus der Lampe. Dabei verrutscht sein rechter Hemdärmel und es kommt ein faustgroßer Bluterguß auf seinem Oberarm zum Vorschein.

KAPITEL 13

Die Lichtkegel der Scheinwerfer wischen über dunklen Asphalt. Feiner Nieselregen hat die Stadt in eine dunstige Waschküche verwandelt. Ein junger Mann mit kahlrasiertem Schädel und grüner Bomberjacke läuft eilig die Straße entlang, den Kopf schutzsuchend zwischen die Schultern gezogen. Ich lasse mich in die schwarzen Lederpolster des Taxis sinken und genieße die Fahrt durch die düstere Nacht, in einer mir in weiten Teilen völlig unbekannten Stadt. Neugierig sehe ich in erleuchtete Fenster, registriere durch geschlossene Gardinen den einen oder anderen Schatten, das unruhige, bläuliche Licht flimmernder Fernsehgeräte.

Wir halten in der Fendstraße. Ich bezahle und steige aus. Einen Augenblick bleibe ich stehen, lege den Kopf in den Nacken, sehe in den Nachthimmel, genieße einen kurzen Augenblick der Ruhe. Dann wird das Taxi hinter mir gestartet und der Wagen setzt sich in Bewegung. Die Rücklichter werden kleiner und verschwinden, als das Auto in die Leopoldstraße abbiegt. Erst im Taxi war ich auf die Idee gekommen, daß ich diesen Abend mit einer Flasche Rotwein beschließen könnte. Der Fahrer gab mir einen Tip. Und jetzt stehe ich vor einer Gaststätte namens »Weinbauer«. Zehn Meter vom Eingang entfernt hängt an dem rotbraunen Haus ein schönes, antikes Nasenschild, auf dem in verschnörkelter Schrift »Gassenschenke« steht. Bis nachts um halbeins kann man hier einkaufen, hatte mir der Taxifahrer erzählt.

Als ich die schwere Holztür aufziehe und mit dem rechten Fuß ins Leere trete, weil die von mir vermutete zweite Stufe gar nicht vorhanden ist, bin ich mir nicht mehr sicher, ob mein Alkoholpegel nicht längst das verträgliche Maß überschritten hat, und ich auf den Erwerb einer Flasche Wein lieber verzichten sollte.

Um halb zwölf bin ich wieder in meiner Pension. Im Dunkeln schleiche ich die Treppe hoch und gebe mir jede Mühe, leise zu sein. Der Ametsbichler möchte ich um diese Zeit nicht begegnen. Als ich an Cornfelds Abstellkammer vorbeikomme und sehe, daß noch Licht brennt, klopfe ich und marschiere, ohne auf seine Reaktion zu warten, hinein. Er liegt auf dem Bett und liest.

»Hallo Doktorchen, ich dachte mir, ich leiste Ihnen noch ein bißchen Gesellschaft.«

»Treten Sie ein. Machen Sie es sich bequem. Seien Sie mein Gast«, antwortet er lakonisch. »Die Intimsphäre anderer Menschen hat Sie ja noch nie interessiert, Sie Gazelle, oder wie hieß noch mal das Tier mit dem langen Rüssel?«

Ich strecke ihm die Zunge raus und halte ihm meinen rechten Mittelfinger unter die Nase.

»Was hätten Sie denn gemacht, wenn ich zufälligerweise eine junge Dame zu Besuch gehabt hätte?« fragt er quengelig.

»Jetzt quaken Sie hier nicht rum, und machen Sie mir gefälligst Platz, ich will mich setzen.«

Widerwillig rückt er zur Seite, so daß ich eine Hälfte seiner komfortablen Schlafstätte in Beschlag nehmen kann. »Doktorchen, seien Sie froh, daß Sie keinen Damenbesuch haben«, sage ich, »den hätte ich nämlich spätestens jetzt hochkant rausgeschmissen. Davon abgesehen, daß eine Dame sich wohl kaum dieses Bett in diesem Kämmerchen mit Ihnen teilen würde. Es sei denn, Sie bezahlen Sie. Und dafür haben wir nun überhaupt kein Geld.«

Ich stelle meine Handtasche auf den Boden und versuche, sie unauffällig mit dem Fuß unter die Liege zu schieben. Zu spät. Doktorchen hat die Rotweinflasche längst entdeckt und sie schneller aus meiner Tasche gezogen, als ich reagieren kann.

Kopfschüttelnd betrachtet er das Etikett. »Mal davon abgesehen, daß die gesamte weibliche Belegschaft des Bistros jederzeit und vollkommen freiwillig, um nicht zu sagen voller Begeisterung, die Nacht hier mit mir verbringen würde, frage ich mich gerade, ob ihre Rotweinsauferei anfängt, pathologische Ausmaße anzunehmen.«

Ich versuche, ihm die Flasche aus der Hand zu winden, was mir aber nicht gelingt.

»Und dann auch noch Lambrusco, sind Sie denn von allen guten Geistern verlassen? Das ist doch nun wirklich das letzte gepanschte Dreckszeug.«

Was soll ich dazu sagen? Daß ich heute morgen aufgewacht bin und der erste Gedanke um mein ekelhaft fortgeschrittenes Alter kreiste? Ich werde nächstes Jahr einundvierzig, fühle mich aber, als wäre ich immer noch ein Teenager. Wie damals, als ich meinen ersten Liebeskummer in Lambrusco ersäuft, mit dem ersten Knaben auf meiner ersten Party geknutscht, meinen ersten Joint gepafft, zum ersten Mal Daddys Auto an die Garagenwand gesetzt habe. Damals war ich jung, und alles war möglich. Und Lambrusco war immer dabei, Lambrusco und Spaghetti mit Tomatensoße.

»Lambrusco ist Kult. Aber das verstehen Sie nicht. Dafür sind Sie zu jung.«

»Was ist los? Sind Sie deprimiert?« fragt er.

»Nein, fassungslos. Ich habe das bescheuertste Abendessen meines Lebens hinter mir. Nur Bekloppte und Gehirnamputierte. Sogar die Bedienung hatte einen Sprung in der Schüssel. Wenn man das erzählt, glaubt's einem keiner. Die haben eine Slapsticknummer nach der anderen abgezogen, so, als hätten sie das alles vorher einstudiert und abgesprochen. Nur ich hatte keine Ahnung und habe wahrscheinlich ständig mein Stichwort verpaßt. Können Sie mal die Flasche aufmachen? Wenn ich das mache, geht es garantiert schief.«

Cornfeld läßt sich nicht lange bitten, zückt sein Schweizer Messer und klappt den Korkenzieher heraus.

»Aber Sie haben sich den Rotwein doch nicht nur wegen dieses Abendessens gekauft, oder? Da steckt doch mehr dahinter?« fragt er, während er den Korken mit einem leisen Plop aus der Flasche zieht. Manchmal habe ich das Gefühl, daß er Stimmungsschwankungen erspürt, wie andere Wetterveränderungen riechen oder das Gras wachsen hören. Lange bevor der Betroffene es selbst registriert.

»Na ja, die Sache mit Sandra läßt mir keine Ruhe«, antworte ich ausweichend.

»Wieso?«

Eigentlich will ich nicht darüber reden, aber Cornfeld kennt kein Erbarmen. »Wieso?« wiederholt er seine Frage.

»Ich habe gedacht, daß ich das so einfach wegschieben kann, daß ich mal wieder verdränge, nicht daran denke, der übliche Schonwaschgang. Aus Schwarz mach Weiß. Na ja, und jetzt wache ich zwei- bis dreimal in der Nacht schweißgebadet auf, weil ich Alpträume habe. Alpträume und Angst.«

Cornfeld nimmt einen tiefen Zug aus der Rotweinflasche und drückt sie mir in die Hand. »Trinken Sie, das hilft.« Er sieht sich noch einmal das Etikett an: »Gar nicht so übel.« Dann beugt er sich zu mir und tippt mir aufmunternd mit dem Zeigefinger auf den Unterarm. »Das mit den Alpträumen wird sich schon geben«, sagt er. »Immerhin haben die Bullen das Schwein geschnappt, das Sandra ermordet hat.«

»Was? Woher wissen Sie das?«

»Kam in den Nachrichten. Hören Sie keine Nachrichten?«

»Ich gehöre zur werktätigen Bevölkerung. Da gibt es Tage, an denen schafft man das nicht. Also, jetzt sagen Sie schon, wer's war?«

»Sandras Freund, ein Junkie. Der hat anscheinend Nacktfotos von ihr in diesem Fotostudio gemacht und wollte die Bilder an die Titten-Presse verkaufen.«

»Dann war er es, der den Billig-Film benutzt hat?« unterbreche ich ihn.

Cornfeld nickt. »Die Polizei nimmt an, daß die beiden Krach gekriegt haben. Der Junge ist ausgerastet und hat sie umgebracht. Im Drogenrausch, heißt es. Der Kerl hatte einen Haufen Downers und Uppers und Koks und H und Alkohol und was weiß ich noch alles intus. In dem Zustand kann man schon mal die Nerven verlieren.«

Ja, denke ich, das macht Sinn. Ein durchgeknallter Fixer, der hemmungslos auf seine Freundin einsticht. Der nicht verkraftet, daß die Frau, die ihm das Geld für seine Drogen beschafft hat, auf einmal nicht mehr mitspielen will. Da merke ich, daß dieser Gedanke einen bitteren Nachgeschmack hat. Mir fallen die zweihundert Mark wieder ein, die ich Sandra geliehen habe. Was, wenn sie ihm das Geld gegeben hat, wenn er sich von meinen zweihundert Mark so zugedröhnt hat. Was, wenn ich diesen Mord quasi finanziert habe.

»Hey, Pia, was ist mit Ihnen. Sie sehen ja aus, als hätten Sie ein Gespenst gesehen.«

Ich schüttele mechanisch den Kopf. »Ich bin müde. Das ist alles.«

Ich werde ihm diese Geschichte nicht erzählen. Ganz bestimmt nicht. Ich schnappe mir die Flasche und trinke soviel ich auf einmal runterbringe. Cornfeld nimmt sie mir aus der Hand.

»Jetzt aber mal halblang. Wollen Sie sich besaufen?«

»Ja, was dagegen?«

»Allerdings«, sagt Cornfeld und versteckt die Flasche hinter seinem Rücken. Ich versuche gar nicht erst, sie ihm wieder wegzunehmen.

»Wurde sie vergewaltigt?« frage ich leise.

Er schüttelt den Kopf.

»Wenigstens etwas.«

»Wie man's nimmt«, antwortet Cornfeld, »dafür gibt es ein anderes, ziemlich unappetitliches Detail.«

Ich sehe ihn erschrocken an.

»Das kam nicht im Radio. Aber heute nachmittag haben zwei von den ermittelnden Kripobeamten bei uns gegessen ...«

»Und?«

»Na ja, die waren weder besonders vorsichtig noch besonders leise ...«

»Das glaube ich nicht. Sie saßen wahrscheinlich wieder mal unterm Tisch ...«

Er lacht. »So ähnlich. Also ... Ich weiß gar nicht, ob ich Ihnen das erzählen soll. Ihre Alpträume werden davon bestimmt nicht besser.«

»Jetzt machen Sie es nicht so spannend.«

»Also ... der Mörder hat ihr die Zunge herausgeschnitten.«

»Oh Gott!«

»Wußte ich's doch. Ich hätte es Ihnen nicht erzählen dürfen«, sagt Cornfeld und greift nach meiner Hand.

Mir ist, als würde sich mein Blut in meinen Füßen sammeln. Und ich verbiete mir sofort, nur eine einzige Sekunde über dieses Detail, wie Doktorchen es ausgedrückt hat, nachzudenken. Doch ich schaffe es nicht.

»War sie schon tot, als ...«

Cornfeld zieht die Schultern hoch und legt den Kopf schräg zur Seite. »Weiß ich nicht. Um das rauszukriegen, hätte ich mich zu den beiden an den Tisch setzen müssen. Und das fand ich dann doch etwas zu auffällig.«

In meinem Magen beginnt es zu rumoren. »Das ist ja widerwärtig. Wie im Mittelalter ...«

Doch dann dämmert mir, daß dieses sogenannte Detail ein wichtiger Hinweis sein könnte. Eine Art Duftmarke, die der Mörder hinterlassen hat und die ihn in einem völlig neuen Licht erscheinen läßt.

»Der Junge war es nicht«, sage ich ein bißchen zu laut.

Cornfeld sieht mich mit einem verständnislosen Stirnrunzeln von der Seite an. »Wie kommen Sie denn jetzt darauf?«

»Ganz einfach. Ich kann mir gut vorstellen, daß ein Drogensüchtiger, der dringend Stoff braucht, seine Freundin umbringt. Aus welchem Grund auch immer. Aber warum sollte er ihr die Zunge rausschneiden. So etwas ist sadistisch und barbarisch, so etwas macht niemand im Affekt. Das ist eine eiskalte und genau überlegte Tat, eine, die auch noch einen perfiden Symbolcharakter hat.«

Nachdenklich betrachtet Cornfeld seine im Schoß verschränkten Hände.

»Sie meinen, er wollte sie zum Schweigen bringen. Er hat sie bestraft, für etwas, was sie gesagt hat oder hätte sagen können?«

»Genau«, antworte ich.

Cornfeld entgegnet nichts. Er starrt Löcher in die Luft.

»Ich glaube, ich weiß, wer es war, oder es doch zumindest gewesen sein könnte«, fahre ich fort und sehe ihn erwartungsvoll an.

Doch Doktorchen sieht nur auf seine Füße, die in frischgewaschenen, weißen Baumwollsocken stecken und verzieht keine Miene.

»Meyer war's«, sage ich triumphierend.

»Wie kommen Sie denn darauf?« antwortet er in einem Ton, der keine Begeisterung erkennen läßt.

»Meyer hat kein Alibi. Er behauptet, in der Tatnacht in Afrika gewesen zu sein, hat mir und dem Dumm-Dumm-

Geschoß aber eine, auf seinen Namen ausgestellte, Backstage-Karte für ein Rolling-Stones-Konzert gezeigt, das eine Nacht vor dem Mord in München stattgefunden hat. Er war also in der Mordnacht hier.«

»Daß er das nicht zugibt, kann doch auch andere Gründe haben. Vielleicht ist er verheiratet und war bei seiner Freundin?«

»Meyer ist nicht verheiratet. Außerdem habe ich eben gesehen, daß er ein Riesenhämatom auf seinem rechten Unterarm hat. Da könnte ihm gut ein Kofferraumdeckel draufgeknallt sein.«

Cornfeld schüttelt den Kopf. »Das macht keinen Sinn, Pia. Warum sollte er sein eigenes Alibi auffliegen lassen? Das ist doch dämlich.«

»Der ist dämlich. Glauben Sie mir.«

»Überzeugt mich nicht«, entgegnet Cornfeld unwirsch. »Wenn er wirklich der Mörder ist, würde er mit seinem Alibi viel vorsichtiger umgehen. Außerdem fällt mir kein Motiv ein. Warum soll er das Mädchen umgebracht haben? Was hat er davon?«

Darüber muß ich nicht lange nachdenken. »Vielleicht haben Sandra und der Junge tatsächlich Fotos gemacht und sich dann verkracht«, versuche ich den Tathergang zu rekonstruieren. »Der Junkie ist abgehauen und hat das Mädchen nackt und verstört im Studio zurückgelassen. Zufällig taucht Meyer da auf. Er bedrängt das Mädchen, die wehrt sich und droht mit der Polizei. Die Situation eskaliert und Meyer dreht durch. So etwa in der Art könnte es abgelaufen sein. Der Junge hat auf jeden Fall nichts damit zu tun.«

Cornfeld schüttelt nachdenklich den Kopf und hält die jetzt zu dreiviertel geleerte Flasche gegen das Licht einer von der Decke baumelnden, mit Spinnweben und Fliegendreck überzogenen Funzel.

»Pia, das sind reine Spekulationen. Und um eins von vornherein klarzustellen: Das ist nicht unser Fall. Wir haben einen gutbezahlten Auftrag. Und da geht es nicht um tote Teenager, sondern um unsaubere Abrechnungsmethoden bei einer Social-Kampagne. Wir sind noch nicht allzu weit damit gediehen und haben eine Menge Recherchearbeit vor uns. Es wäre äußerst unklug, das jetzt zu vernachlässigen, um einem Phantom hinterherzujagen. Ich verstehe ja, daß Sie das alles sehr mitnimmt. Aber die Polizei hat den Jungen festgenommen und ist davon überzeugt, daß er es war. Also belassen wir es dabei.«

»Und Meyer ...«

»... hat sich verdächtig gemacht. Das ist schon richtig. Aber das können alles Zufälle sein, die nichts mit dem Fall zu tun haben müssen. Okay?«

Ich greife unter das Bett und ziehe meine Handtasche hervor. Als ich aufstehe, kippt die Liege seitlich weg, so daß Doktorchen auf meine Seite rüberhechten muß, um eine gleichmäßige Gewichtsverteilung zu gewährleisten.

»Wie lange wollen Sie eigentlich noch in dieser Bruchbude hier hausen?« frage ich ihn.

»Ich kann Ende der Woche bei Mary einziehen.«

»Bei Mary?«

»Eine Kollegin. Ihre Freundin ist gerade mit ihrem Freund zusammengezogen, und ich kann jetzt deren Zimmer haben.«

»Sie Glückspilz.«

Als ich vor meiner Zimmertür stehe, finde ich meinen Schlüssel nicht. Müde und ziemlich alkoholisiert beginne ich, die Taschen meines Mantels zu durchsuchen. Auf einmal habe ich einen ovalen, grünen Stein in der Hand. Den Skarabäus, den mir Sandra als Pfand für die zweihundert Mark gegeben hat. Er fühlt sich angenehm glatt und kühl an. Ich sehe wieder ihr Gesicht vor mir, als sie gesagt hat: »Den habe ich geschenkt bekommen, da können Sie auch sicher sein, daß ich ihn wieder auslöse.«

Es war ein Geschenk von ihrem Freund, geht es mir durch den Kopf. Ein Zeichen ihrer Liebe. Sie hat ihn sehr gern gehabt, sonst hätte sie bei der Geschichte mit den Nacktfotos nicht mitgemacht und hätte auch nicht versucht, die Portokasse zu knacken. Und er? Er hat von ihr profitiert, in jeder Hinsicht. Warum also sollte er sie umbringen? Das macht keinen Sinn. Nein, denke ich, er war es nicht, er war es bestimmt nicht. Jetzt bin ich mir sicher. Jetzt ist es keine Vermutung mehr, jetzt weiß ich es einfach.

KAPITEL 14

Frau Müllerschön ist wieder da. Als ich morgens kurz nach neun die Eingangshalle der Agentur betrete, sitzt sie hinter ihrem Counter und versucht ein klägliches Lächeln. Fast hätte ich sie nicht wiedererkannt. Sie scheint eine Metamorphose durchlaufen zu haben, sieht plötzlich aus, als wäre sie aus Fleisch und Blut und nicht aus Plastik und aufblasbar. Ihre sonst so provozierend zur Schau gestellte Figur ist in ein schwarzes, unauffällig geschnittenes Kleid gehüllt. Auf Schminke hat sie fast ganz verzichtet. Aber künstliche Farbe braucht sie auch nicht, sie hat genügend natürliche im Gesicht. Ihr rechtes Auge erstrahlt in allen denkbaren Regenbogenfarben, ihre Nase schmückt ein großes, braunes Pflaster und die aufgeplatzte Stelle an ihrer Oberlippe ist dunkelrot verkrustet.

»Gucken Sie nicht so entsetzt«, sagt sie zu mir. »Ich weiß, ich sehe furchtbar aus.«

»Na ja, Hollywood-verdächtig wirkt das nicht gerade. Aber Sie können es sich leisten.«

Erneut versucht sie ein Lächeln, es gerinnt ihr zur Grimasse. Diese Art von Gesichtsakrobatik ist offensichtlich schmerzhaft.

»Fühlen Sie sich denn fit genug, hier wieder voll einzusteigen?« frage ich sie mitfühlend.

»Nein, eigentlich nicht. Aber zu Hause fällt mir nur die Decke auf den Kopf …«

Das Telefon läutet. Nadine Müllerschön meldet sich und versucht, den Anrufer zu verbinden. Ohne Erfolg.

»Frau Petry, haben Sie die Berger schon gesehen?« fragt sie leise.

»Wer ist denn dran?« frage ich vorsichtig.

»Die Druckerei, wegen der Plakate.«

Die Druckerei! Das hat gerade noch gefehlt. Womöglich haben die doch gemerkt, daß mit den Slogans etwas nicht stimmt.

»Frau Berger ist noch nicht da«, behaupte ich. »Ihr Auto steht nicht auf dem Parkplatz.«

Das ist eine glatte Lüge, aber jetzt hilft nur noch schweres Geschütz.

Die Leute von der Druckerei sind ganz offensichtlich in Zeitnot und brauchen dringend einen Ansprechpartner. Aber für die Social-Kampagne gibt es nur eine Projektleiterin und die duldet keine Götter neben sich. Also bleibt der Müllerschön nichts anderes übrig, als eine Information entgegenzunehmen und die Herren auf später zu vertrösten. Mit schwungvoller Schrift schreibt sie »Druckfreigabe von 16 auf 12 Uhr vorverlegt« auf einen kleinen Post-it-Zettel und klebt ihn an ihren PC. Jetzt könnte ich ja beruhigt sein, denn offensichtlich ist die falsche Headline nicht der Grund für den Anruf gewesen. Aber die Vorstellung, daß die Berger neben dem Drucker steht und womöglich den Fehler entdeckt, wenn die Maschine die ersten, noch farbfeuchten Andrucke ausspuckt, gefällt mir überhaupt nicht.

»Ich muß sowieso rauf, da kann ich den Zettel doch gleich mitnehmen und ihn auf Frau Bergers Schreibtisch legen«, schlage ich scheinheilig vor.

Über so viel Hilfsbereitschaft freut sich Nadine Müllerschön. Sie strahlt und händigt mir den Zettel aus, ich strahle ebenso und lasse ihn in meiner Hosentasche verschwinden.

»Sind meine Kunden eigentlich schon da?« frage ich.

»Graboltz sitzt im kleinen Konfi. Und die Severing hat Meyers Büro annektiert. Sie telefoniert.«

»Und Meyer?«

»Ist bei Lautenberg. Heute nachmittag ist doch die Beerdigung …«

Wieder werden wir vom Telefon unterbrochen. Nachdem die Müllerschön das Gespräch weitervermittelt hat, deutet sie auf eins der blinkenden Lämpchen der Telefonanlage.

»Das ist wirklich unglaublich, Frau Severing quatscht immer noch.« Sie schüttelt verständnislos den Kopf. »Da können Sie sich ja noch ein bißchen Zeit lassen.«

Eigentlich müßte ich trotzdem rauf und mich um den armen Graboltz kümmern, aber die Müllerschön macht heute einen so aufgeschlossenen und entgegenkommenden Eindruck, daß ich mich entschließe, ihrer indirekten Bitte nach ein bißchen Gesellschaft Folge zu leisten.

»Möchten Sie einen Kaffee?« fragt sie freundlich, und mir ist, als wachse mir da von unerwarteter Seite eine neue Freundin ans Herz. Wir gehen in die Kaffeeküche und holen uns zwei Becher Cappuccino, die wir dann, lässig gegen den Counter gelehnt, in Ruhe trinken. Arm an Arm, quasi auf Tuchfühlung, stehen wir nebeneinander. Wie zwei Schwestern im Geiste, verbunden durch die grausige Erfahrung, eine Leiche gefunden zu haben.

»Träumen Sie manchmal davon?« fragt sie, nachdem wir uns eine ganze Weile angeschwiegen haben.

»Ja.«

»Ich auch.«

»Gott sei Dank haben sie das Schwein ja festgenommen.«

»Meinen Sie den Jungen?« sagt sie zweifelnd.

»Ja.«

»Der war's nicht.«

»Was?«

»Glauben Sie etwa, daß er es war?«

»Nein«, sage ich kleinlaut. »Aber ich kann es nicht beweisen. Es ist mehr so ein Gefühl, wissen Sie.«

Vorsichtig sieht sie sich um und kommt dann mit ihrem Mund ganz nah an mein Ohr.

»Letztes Jahr ist zweimal ins Fotostudio eingebrochen worden. Irgendwann hat es der Geschäftsleitung gereicht, und sie haben die Fenster vergittern und die Holztür durch eine zehn Zentimeter dicke Stahltür ersetzen lassen. Außerdem ist so etwas wie ein Bewegungsmelder installiert worden.«

Sie sieht mich mit vor Aufregung weit aufgerissenen Augen an.

»Und?« frage ich. »Was heißt das?«

»Wie sind die da unten reingekommen? Es gibt nur drei Schlüssel. Einen hat die Geschäftsführung, einen hat Meyer und einen habe ich, der ist aber versteckt, und das Versteck kennt außer mir niemand. Also, wie sind die da reingekommen ...«

Leider schrillt das Telefon schon wieder. Sie nimmt ab, hält die Hand über den Hörer und deutet auf die kleinen Leuchtdioden der Telefonanlage.

»Frau Severing hat aufgehört. Ich glaube, Sie müssen jetzt rauf.«

Ich nicke ihr kurz zu und mache mich auf den Weg. Als ich im Aufzug stehe, höre ich, wie sie mir hinterherruft »... bitte vergessen Sie nicht, den Zettel auf Frau Bergers Schreibtisch zu legen«.

»Ja, ja. Ich denke schon dran«, rufe ich zurück. Und während ich mit der rechten Hand den Knopf mit der Drei drücke, zerknülle ich in meiner Hosentasche zwischen Daumen und Zeigefinger der linken Hand ein kleines Stückchen Papier zu einer winzigen Kugel.

Als erstes muß ich Meyer mitteilen, daß unsere Kundin aufgehört hat, Telefonkosten zu verursachen. Um Graboltz werde ich mich später kümmern. Als ich das Vorzimmer der Geschäftsführung betrete, noch ganz beseelt von der sich neu anbahnenden Frauenfreundschaft zwischen Nadine Müllerschön und mir, stehe ich plötzlich lauter schwarz gekleideten, blassen Menschen gegenüber. Die Heiler sitzt stocksteif hinter ihrem Schreibtisch. Einen aufgeschlagenen Aktenordner vor sich, blättert sie fahrig durch die abgehefteten Papiere. Sie wirkt unkonzentriert, nervös und angespannt. Josy Lautenberg trägt ein schlichtes, schwarzes, aber mit Sicherheit sehr teures Seidenkostüm, steht mit dem Rücken zu mir am Fenster und hält zwischen zittrigen Fingern eine fast heruntergebrannte Zigarette. Die Tür zum Chefbüro steht weit offen. Lautenberg, im dunklen Anzug und mit schwarzer Krawatte, lehnt an seinem Schreibtisch und unterhält sich leise mit Meyer.

Betreten stehe ich da und weiß nicht, wie ich mich verhalten soll. Eigentlich müßte ich jetzt kondolieren. Doch bevor ich mich überwinden kann, Josy Lautenberg anzusprechen und mein Mitgefühl in Worte zu fassen, wird die Tür aufgerissen und ein kleiner, vielleicht vierjähriger, blonder Junge kommt hereingestürmt. Auch er ganz in Schwarz, aber eindeutig in besserer Stimmung. Lachend schwenkt er einen großen, knallroten Plastikbagger über seinen Kopf und rennt auf seine Mutter zu.

»Guck mal Mama, was Jürgen mir geschenkt hat.«

Josy Lautenburg zuckt zusammen, fährt herum und zischt das Kind an.

»Max, spinnst du!«

Der kleine Junge bleibt abrupt stehen und bricht übergangslos in ein verzweifeltes Schluchzen aus, das sich schnell und dramatisch zu einem lauten Brüllen steigert. Tränen strömen aus großen blauen Augen, blasiger Rotz rinnt aus der kleinen Nase. Der Bagger liegt unbeachtet am

Boden. Doch seine Mutter reagiert nicht, wie erstarrt steht sie da und macht keinerlei Anstalten, ihr weinendes Kind zu trösten. Lautenberg, vom Geschrei seines Sohnes alarmiert, kommt herein, schnappt sich das brüllende und um sich schlagende Kind, drückt es fest an sich und versucht, es zu beruhigen.

»Mein kleiner Schatz, jetzt wein doch nicht. Ist doch nichts passiert. Ich bin doch bei dir …«

Soviel Zärtlichkeit, soviel Wärme, soviel echtes Gefühl hätte ich meinem als unbeherrscht und selbstverliebt geltenden Chef wirklich nicht zugetraut. Seine aschblonden, nach hinten gekämmten Haare, sein sündteurer Anzug, die protzige Uhr, das Geschniegelte und Durchgestylte seines Auftretens, die Aura des großen Lebemanns sind wie weggeblasen. Es scheint ihm nicht das mindeste auszumachen, daß das tränennasse Gesichtchen seinen Anzug verschmiert, daß der Rotz auf seine Krawatte tropft, die kleinen schwarzen Schuhe schmutzige Streifen auf seiner Hose hinterlassen. Er herzt, streichelt und küßt seinen Sohn hingebungsvoll. Langsam wird das Kind ruhiger, und die Szene verliert an Dramatik. Meyer, der mit Lautenberg zusammen ins Zimmer gekommen war, registriert jetzt, daß ich auch da bin. Mit hochgezogenen Augenbrauen sieht er mich an.

»Ich wollte Ihnen nur sagen, daß Frau Severing aufgehört hat zu telefonieren«, beeile ich mich, meine Anwesenheit zu erklären.

»Ist gut, ich komme gleich«, fertigt er mich kühl ab.

Einen Augenblick bleibe ich noch stehen, ringe mit dem Gefühl, etwas sagen zu müssen, etwas, das von Herzen kommt, nicht die üblichen, abgegriffenen Phrasen, etwas, das Anteilnahme ausdrückt, ohne gleich in platte oder gefühllose Höflichkeit abzurutschen. Aber außer den gängigen Standardsprüchen fällt mir nichts ein.

»Es tut mir so leid«, sage ich dann. Doch meine Betroffenheit ist nicht gefragt. Niemand reagiert.

KAPITEL 15

Was ist das denn für ein Typ, dieser Schreiber?« mault Katja, nachdem wir uns im Matoi, einem Sushi-Restaurant in der Hans-Sachs-Straße, einen Tisch erobert haben. Es ist Freitag abend und der Laden proppevoll. Katjas schlechte Laune ist nur zu verständlich. Unser Kinobesuch ist zu einem ziemlichen Reinfall geworden. Eine Dreiviertelstunde haben wir in der eisigen Kälte vor dem »Arena« gewartet. Doch wer nicht kam, war Schreiber. Mir ist das Ganze ziemlich peinlich. Vor allem, weil ich Katja so von ihm vorgeschwärmt habe. Wie gut er aussehe, wie schlagfertig und witzig er sei, wie hilfreich er mir bisher in der Agentur zur Seite gestanden habe.

»Vielleicht hat er meinen Zettel auf seinem Schreibtisch übersehen?« versuche ich seine Abwesenheit zu erklären. »Ein Windstoß hat das Papier vom Tisch geweht, oder ein Kollege hat Unterlagen draufgelegt. So was passiert schon mal.«

Katja kann ich mit dieser Erklärung nicht zufriedenstellen.

»Aber er wußte doch von dem Kinobesuch, ihr hattet es doch vereinbart, nach allem was du erzählt hast«, antwortet sie ungehalten. Mich irritiert das Ausmaß ihrer Enttäuschung. Anscheinend hat sie sich mit Erwartungen getragen, die nicht erfüllt worden sind. Und das ärgert mich. Hinzu kommt, daß Katja sich verändert hat. Äußerlich und auch sonst. Sie hatte schon immer langes, dicht gewelltes, rotes Haar und ein hübsches Gesicht, in dem allenfalls die leicht vorstehenden Eckzähne zu monieren gewesen wären. Die Ehe und die Geburt von zwei Kindern waren ihrer Figur aber nicht bekommen. Jetzt, nachdem sie sich von Mann und Lover getrennt hat und das anstrengende Leben einer alleinerziehenden Mutter führt, ist sie dünner und, wie ich neidisch feststellen muß, wesentlich attraktiver geworden. Sie trägt eine enge schwarze Hose, hochhackige Stiefel, einen dunkelgrauen Rolli und ein anthrazitfarbenes Lederjackett. Sieht zu ihren feuerroten Haaren ziemlich klasse aus. Und die Art, wie sie sich bewegt, wie sie sich in dem Restaurant umsieht, Konkurrenz und Jungs gleichermaßen schnell und professionell abcheckt, macht deutlich, daß der Ablösungsprozeß von Mann und Geliebtem abgeschlossen ist. Die Jagdsaison hat wieder begonnen.

»Jetzt erzähl mal«, sagt sie. »Warum arbeitest du in dieser Agentur? Hat dein Auftrag etwas mit dem Mord zu tun?«

Klar, daß sie neugierig ist. Verstehe ich nur zu gut. Aber ich habe nicht vor, ihr irgendetwas über meinen Auftrag oder dieses Verbrechen zu erzählen.

»Die Ermordung dieses Mädchens hat nichts mit meinem Job zu tun. Der Fall ist ja auch längst geklärt, und ich recherchiere etwas ganz anderes«, versuche ich das Thema gleich wieder zu beenden.

»Was denn?« fragt sie gedehnt.

Ich lächele sie nur stumm an und zucke mit den Achseln.

»Aber über diese Firma und was du da offiziell machst, darüber kannst du doch reden«, insistiert sie bockig.

»Bist du sicher, daß du langweiliges Büro-Getratsche hören willst?« frage ich sie mit gespielter Ungläubigkeit.

Sie nickt, und ich beschreibe meine Kollegen und Kunden. Erzähle von meinen beiden Chefs, von Torsten Meyer, der Chefsekretärin Karin Heiler, meiner intriganten Freundin, Kristin Berger, von Nadine Müllerschön und dem Dumm-Dumm-Geschoß.

»Habt ihr denn jetzt den Auftrag für den Kinospot bekommen?« will Katja wissen.

»Ja. Und nächste Woche mache ich mein erstes Casting.«

»Casting?« fragt sie erstaunt.

»Das ist so eine Art Fleischbeschau«, doziere ich, froh, mit meinem frisch erworbenen Wissen angeben zu können. »Wenn du für eine Fotoproduktion oder einen Filmspot Models brauchst, rufst du bei den entsprechenden Agenturen an, erklärst, worum es geht, und die schicken dann ihre Leute vorbei.«

»Und du entscheidest, wer genommen wird?«

»Nein, wo denkst du hin. Ich treffe zusammen mit Meyer, unserem Fotografen, eine Vorauswahl und mache von den in Frage kommenden Models Polaroids oder Videoaufnahmen. Die werden dem Kunden präsentiert, und der entscheidet, wer den Job bekommt.«

»Hört sich spannend an.«

»Ja, das schon, aber Meyer hat mich gewarnt. Du brauchst nämlich eine Menge Erfahrung, um herauszufinden, wer tatsächlich der optimale Kandidat für dein Projekt ist, und wenn du dich vertust, kann das ziemlich teuer werden. Deshalb gibt es ja auch Agenturen, die sich auf Castings spezialisiert haben. Aber mein Etat ist dafür zu klein.«

Katja grinst spöttisch. »Du Ärmste. Was für ein Streß. Da mußt du dir den ganzen Tag schöne Frauen ansehen. Du bist wirklich nicht zu beneiden.«

»Viel schlimmer«, stöhne ich theatralisch, »Männer, lauter halbnackte Männer ...«

Wir werden von einem japanischen Kellner unterbrochen, der sich wie ein kleiner Zinnsoldat mit gezücktem Block und Stift erwartungsvoll vor uns aufgebaut hat. Katja wirft mit einer affektierten Kopfbewegung ihre rote Mähne zurück und diktiert ihm eine ganze Liste mit Sonderwünschen. Auf ihrer Sushi-Nigiri-Platte möchte sie keinen Oktopus und keinen Eierstich, vom geraspelten Rettich dafür eine doppelte Portion, und auf den eingelegten Ingwer kann sie ganz verzichten. Sie liebe japanisches Essen, hat sie mir vorher erzählt. Daran beginne ich langsam zu zweifeln.

»Was machst du jetzt eigentlich beruflich?« frage ich, nachdem der Kellner gegangen ist.

»Ich hatte Glück und habe meinen alten Job als Redakteurin bei ›Birgit‹ wiederbekommen. Allerdings nur halbtags.«

Ich würde gerne mehr über Katjas Arbeit erfahren. Aber das geht nicht. Ich sehe plötzlich nichts mehr. Jemand hält mir die Augen zu, und eine tiefe männliche Stimme sagt: »Raten Sie mal.«

Da gibt es nicht viel zu raten.

»Sie sind zu spät, viel zu spät«, antworte ich vorwurfsvoll.

Er lacht und nimmt seine Hände von meinen Augen.

»Darf ich mich zu den Damen setzen?« fragt er, während er sich an unserem Tisch niederläßt.

»Sie sitzen doch schon«, pflaume ich ihn an.

Katja beobachtet die Szene mit unverhohlener Neugier. Und was sie sieht, scheint ihr zu gefallen.

»Katja, darf ich dir Jürgen Schreiber vorstellen.«

Der deutet eine Verbeugung in ihre Richtung an. »Ich bin untröstlich …«

»Wie haben Sie uns hier gefunden?«

»Das war gar nicht so einfach. Zuerst war ich im sushi + soul, dann im Faun, anschließend im Sax, danach im Zweistein …«

»Ich hoffe, Sie haben eine gute Entschuldigung«, unterbreche ich seine Litanei.

Er hat. Ob sie allerdings wirklich gut ist, kann ich nicht beurteilen. Mir fehlt die Geduld, seinen langatmigen und umständlichen Ausführungen über eingeschneite Autos, leere Batterien und unverschämte Mitmenschen, die entweder keine Starterkabel mit sich führen oder es an jeglicher Hilfsbereitschaft mangeln lassen, zuzuhören. Mich interessiert eher die nonverbale Kommunikation, die hier gerade abläuft und an der ich nicht beteiligt bin. Es sei denn, man betrachtet die Zuschauerrolle als Beteiligung. Katja strahlt. Sie ist in Sekundenschnelle zum Glühwürmchen mutiert. Ihre kurzsichtigen Augen sind aufgerissen, sämtliche Ganglien auf Höchstleistung geschaltet, die Hormone kurz vorm Überschäumen. Ständig gackert sie, entblößt ihre Hasenzähnchen und zeigt dabei viel zu viel Zahnfleisch. Schreiber ist sichtlich geschmeichelt. Die in seinen dunklen Haaren geschmolzenen Schneeflocken haben sich in kleine, glitzernde Wassertropfen verwandelt. Sein Gesicht mit den winzigen Knitterfältchen um die Augen, der markanten Nase und den kleinen Grübchen auf den Wangen, sprüht vor Vitalität. In seinem hellen Pullover, dem bräunlich karierten Tweedsakko und der Jeans erinnert er an einen Gutsherrn, der gerade von einem Ausritt über seine ausgedehnten Ländereien zurückgekehrt ist. Er hat alles, was man sich als Frau so wünscht. Aussehen, Charme und Manieren. Das ist nicht zu übersehen. Aber als Mann hat Schreiber mich nie interessiert. Er ist so etwas wie ein guter Bekannter, dessen äußerliche Attraktivität ich wahrnehme, der mich ansonsten aber ziemlich kalt läßt. Nicht so Katja. Sie sieht aus, als hätte der Blitz eingeschlagen. Und ich fange an, eifersüchtig zu werden.

Unsere Sushi-Platten und der grüne Tee werden gebracht, und das Gespräch zwischen den beiden Turteltäubchen wird kurzzeitig unterbrochen. Schreiber bestellt das gleiche wie Katja, inklusive sämtlicher Sonderwünsche. So geht es los, denke ich alarmiert und klinke mich wieder in die Unterhaltung ein, bevor die Reise ohne mich weitergeht.

»Und Herr Schreiber, wie lange bleiben Sie uns denn noch in der Agentur erhalten?«

»Drei Wochen, dann bin ich weg. Büroräume habe ich schon, jetzt fehlen noch ein paar Möbel und die PCs«, antwortet er gutgelaunt.

»Sie machen sich selbständig?« fragt Katja mit großen Augen.

»Ja«, sagt er großspurig, »zusammen mit einem Geschäftspartner.«

Ich sehe ihn erstaunt an. »Sie haben einen Partner?«

»Ja sicher«, sagt er gutgelaunt, »habe ich Ihnen das nicht erzählt?«

Ich schüttele den Kopf. »Nein, daran kann ich mich nicht erinnern. Wer ist das denn?«

»Um das zu erklären, muß ich ein bißchen weiter ausholen.« Er greift nach der schweren, gußeisernen Kanne, die auf dem Tisch steht und gießt grünen Tee in seine Tasse. Dann stützt er die Ellenbogen auf den Tisch und preßt seine Fingerkuppen gegeneinander. »Lautenberg, Konrad und Partner ist mit klassischer Werbung, also mit Anzeigen, Kino-, Fernseh-, Radiospots und so weiter groß geworden. Mittlerweile haben wir aber auch Kunden, die wir in den Bereichen interne Kommunikation, Verkaufsförderung, mittel- und langfristige Marketingstrategien und ähnlichem beraten. Das Geschäft lief bisher so nebenher und wurde ziemlich stiefmütterlich behandelt. Im letzten Jahr hat uns das zwei Kunden gekostet. Die Frage war jetzt, läßt man die Finger generell davon oder soll richtig investiert, eine schlagkräftige Truppe zusammengestellt und gezielt akquiriert werden.«

Schreiber greift zu seiner Tasse, trinkt einen Schluck Tee und fixiert dabei abwechselnd Katja und mich. Dann erzählt er weiter: »Ich habe Anfang des Jahres ein Outsourcing-Konzept für diese sogenannten Below-the-line-Aktivitäten erarbeitet und präsentiert. Konrad war dagegen. Lautenberg dafür. Lautenberg hat sich durchgesetzt. Und deshalb bin ich ab 1. Januar Geschäftsführer der BtL GmbH & Co. KG.«

»Hat Konrad irgendetwas mit dieser neuen Firma zu tun?« frage ich.

»Nein, der ist raus. Lautenberg bringt das Geld und ein paar Kontakte. Ich mach die Akquise und die Arbeit.«

Jetzt bin ich schon ein bißchen erstaunt. »Als wir uns das erste Mal getroffen und Sie mir erzählt haben, daß Sie sich selbständig machen wollen, hörte sich das irgendwie anders an.«

Er sieht mich mit zusammengekniffenen Augen spöttisch an.

»So ganz anders nun auch wieder nicht. Mal davon abgesehen, daß wir uns damals genau fünf Minuten kannten. Da gingen Sie solche Interna einfach noch nichts an.«

Mit einem Augenzwinkern prostet er mir zu und wendet sich an Katja. »Was machen Sie eigentlich beruflich?«

Eine tiefe Röte überzieht Katjas ohnehin schon erhitztes Gesicht. »Och, ich schreibe kleinere Geschichten. Im Moment recherchiere ich etwas über Glücksbringer ...«

Das erinnert mich an etwas.

»Auch über sowas wie den Skarabäus?« unterbreche ich sie.

»Ja, genau. Das ist interessant, daß du das ansprichst. Ich habe nämlich eine Kollegin, die sich gerade mit Schwarzer Magie beschäftigt und die hat behauptet ...«

Schreiber verdreht die Augen und hebt abwehrend die Hände. »Also, bevor ihr jetzt eine esoterische Märchenstunde abhaltet, euch über eure Sternzeichen austauscht, eure Horoskope durchhechelt und die Tarotkarten auf den Tisch blättert, gehe ich erst mal kurz um die Ecke. Wenn ich zurück bin, können wir ja vielleicht über etwas anderes reden.«

Er spricht wie ein abgeklärter Vater, der seine pubertierenden Töchter zurechtweist. Als er aufsteht, schiebt er mit

Schwung seinen Stuhl zurück und zwinkert Katja zu. Die lächelt verlegen und hat schon wieder eine Gesichtsfarbe, die sich nur noch in Nuancen von ihrer Haarfarbe unterscheidet. Als er außer Hörweite ist, lehnt sich Katja weit über den Tisch und senkt ihre Stimme. »Hat er eine Freundin?« flüstert sie. »Ist er verheiratet?«

»Weiß ich nicht«, antworte ich barsch.

»Kannst du's rauskriegen?«

»Mann, du hast's aber nötig«, antworte ich böse.

Ein kleines, biestiges Lächeln huscht über ihr Gesicht. »Eifersüchtig?« fragt sie. »Komme ich dir in die Quere?«

»Quatsch.«

»Also, kannst du's rauskriegen?«

»Ja!« sage ich viel zu laut und ärgere mich über mein unsouveränes Verhalten. Aber ich habe keine Lust, als Anbahnungsinstitut für die beiden herzuhalten. Soll sie doch selbst sehen, wie sie den Fisch an die Angel bekommt.

»Jetzt erzähl mal. Was ist mit dem Skarabäus? Was hat deine Kollegin darüber erzählt?« frage ich sie in der Hoffnung, damit das Thema Schreiber beenden zu können.

»Na ja«, sagt Katja, »die hat behauptet, daß der nicht nur Glück, sondern auch Unglück bringen kann, je nachdem, mit welcher Absicht er verschenkt wird. Es gibt auch Fälle, da sind die Flügel abgeschnitten oder die Fühler coupiert worden. So etwas bringt dann auf jeden Fall Unglück.«

»Kann man etwas dagegen machen?«

»Das Ding sofort wegschmeißen und als Gegenmittel einen bestimmten Edelstein bei sich tragen ...«

Katja muß ihre Ausführungen mitten im Satz beenden, Schreiber ist an unseren Tisch zurückgekehrt. Er setzt sich, bestellt Pflaumenwein für alle und überzieht Katja mit einem süßlich-klebrigen Anbiederungsgelaber, das an Aufdringlichkeit kaum zu überbieten ist. Er baggert, daß die Wände wackeln. Und sie sitzt da und schmilzt dahin. Schmeißt ihre Haare, gestikuliert mit Händen und Füßen, bleckt unaufhörlich die Zähne. Die beiden führen ein Zwei-Personenstück auf, und für mich bleibt noch nicht einmal die Rolle des Souffleurs. Denn der jugendliche Liebhaber und seine junggebliebene Heldin kennen ihren Text und reden ohne Unterlaß. Ich weiß wirklich nicht, wann die Luft holen. So oft ich auch ansetze, ich komme nicht dazwischen. Es ist eindeutig: Ich bin abgemeldet. Und das ist ein Zustand, den ich gar nicht schätze.

KAPITEL 16

Die Bombe platzt gegen elf Uhr am Donnerstagmorgen. Wir sitzen gerade in der berüchtigten Projektleiterkonferenz, als das Telefon klingelt. Um diese Zeit sollen nach Möglichkeit keine Gespräche durchgestellt werden. Entsprechend ungehalten reagiert Konrad.

»Was ist denn?« zischt er in den Hörer.

Eine steile Falte bildet sich über seiner Nasenwurzel, und seine Augenlider beginnen unkontrolliert zu zucken. Er läßt sich verbinden, und binnen Sekunden verändern sich sein Gesichtsausdruck und die Diktion seiner Sprache. Der Despot wird devot. Er beginnt sich zu entschuldigen, stoppt aber immer wieder mitten im Satz. Sein Gesprächspartner läßt ihn anscheinend nicht ausreden. Was am anderen Ende der Leitung gesagt wird, können wir nicht verstehen, aber daß da einer tobt, brüllt und flucht wie ein Hooligan, dem man die Fußballkarten geklaut hat, ist unüberhörbar. Konrad beginnt in sich zusammenzufallen. Sein bräunlicher Schrumpfkopf rutscht zwischen seine knochigen Schultern, der Rücken wird rund, die Nase spitz. In seinem Gesicht spiegelt sich die pure Bestürzung. Außer Satzfragmenten wie »Entschuldigen Sie…«, »Das ist mir unbegreiflich…«, »Das werden wir sofort überprüfen…«, bringt er nichts mehr zustande.

Die am Tisch versammelten Projektleiter starren betreten in ihre Kaffeebecher. Jeder weiß, daß einer von ihnen seinen Kopf wird hinhalten müssen. Frau von Reichenbach, die dritte Frau unter den Projektleitern, sieht jetzt schon aus, als wolle sie jeden Moment in Tränen ausbrechen. Wahrscheinlich wird sie gleich, ohne überhaupt zu wissen, worum es geht, auf die Knie sinken und »mea culpa« wimmern. Ganz im Gegensatz zur Berger, die kerzengerade wie die Ruhe selbst auf ihrem Platz sitzt. Zumindest vermittelt sie diesen Eindruck. Sie weiß natürlich so gut wie wir alle, daß Gefahr im Verzug ist. Aber sie ist eine Kriegerin, die sich prinzipiell nicht in die Defensive locken läßt, sondern sofort und ohne Ankündigung zum Angriff übergeht. Freiwillig käme ihr nie ein Schuldeingeständnis oder gar ein Wort der Entschuldigung über die Lippen. Heute wird sie mit dieser Taktik keinen Erfolg haben. Sie hat nicht die geringste Ahnung, daß sie auf einem Scheiterhaufen steht, aus dem gerade die ersten Flammen züngeln. Denn als Konrad aufgelegt hat, schaut er sie an, und sein Gesicht sieht aus, als wäre es in Marmor gehauen. Für dieses Telefongespräch muß jemand büßen, und dieser jemand ist längst ausgemacht.

Zwei Stunden später ruft die Heiler an und bittet mich, in Konrads Büro zu kommen. Eine Aufforderung, der ich sofort nachkomme. Als ich den Raum betrete, sitzen die Geschäftsführer am Besprechungstisch und bedeuten mir mit einer knappen Handbewegung, Platz zu nehmen. Die Stimmung ist eisig. Ich lasse mich auf dem angebotenen Stuhl auf der gegenüberliegenden Tischseite nieder, was die Konstellation zwei gegen einen optisch noch unterstreicht. Während die Herren die Tür im Blick haben, habe ich sie im Rücken. Während ich nervös mit einem Kugelschreiber hantiere, schlürfen meine Chefs ihren heißen Kaffee. Ein bißchen Kaffee könnte mir auch nicht schaden, aber danach zu fragen, traue ich mich nicht.

Konrad beginnt das Gespräch. »Frau Petry, wir haben Frau Berger von der Social-Kampagne abgezogen. Wären Sie bereit, das Projekt zu übernehmen?«

Nur mit Mühe kann ich mir ein Grinsen verkneifen und laufe vor Begeisterung rot an. Ich hätte nicht gedacht, daß mein Plan so perfekt funktionieren würde.

»Nicht, daß ich Ihnen das zutraue, Frau Petry«, bellt Lautenberg dazwischen. Ich werde noch roter, jetzt allerdings aus anderen Gründen.

»Herr Konrad hat mich dazu überredet«, fährt er ungerührt fort. »Ich hätte Frau von Reichenbach vorgezogen. Die ist aber derzeit so überlastet, daß sie das nicht auch noch übernehmen kann.« Er nippt an seinem Kaffee und sieht mich über den Tassenrand hinweg mißmutig an. »Leider arbeitet der Kunde am liebsten mit Frauen zusammen, sonst hätten wir das Projekt natürlich an einen Mann delegiert.«

Er wird immer charmanter.

»Natürlich«, rutscht es mir da raus und Konrad wirft mir einen warnenden Blick zu.

Lautenberg klopft mit seinem Kugelschreiber nervös auf die Tischplatte und läßt mich nicht aus den Augen. »Sie werden dieses Projekt in einer Art Assistentenfunktion übernehmen, Frau Petry. Die Projektleitung liegt ausnahmsweise bei mir. Als Geschäftsführer kümmern wir uns normalerweise nicht ums operative Geschäft, aber in diesem Fall wird eine Ausnahme gemacht.«

Das wird ja immer schöner. Es könnte mir ja egal sein, weil ich letztendlich nur in den Besitz der Akten kommen will, damit ich die Rechnungen überprüfen kann. Schließlich ist das mein Job, dafür habe ich zwanzigtausend Mark kassiert. Aber diese offensichtliche Herabsetzung meiner Person und das Nichtwürdigen meiner Leistung nagen gewaltig am Selbstwertgefühl.

»Sie machen das schon eigenverantwortlich«, versucht Konrad zu beschwichtigen. »Aber Sie müssen verstehen, daß wir uns, nach dem was heute passiert ist, keinen Fehler mehr erlauben können, nicht den allerkleinsten.«

»Was ist denn passiert?« frage ich mit gespielter Naivität.

Konrad gibt einen gequälten Seufzer von sich und streicht sich mit der Hand über sein schütteres Haar.

»Ausgerechnet in der Stadt, in der unser Kunde sitzt«, sagt er gepreßt, »wurden gestern die ersten zweihundert Großplakate für unsere Social-Kampagne geklebt. Aber anstatt des Slogans ›Der Gewalt keine Chance‹ steht überall ›Der Gewalt eine Chance‹. Im Moment ist noch nicht mal sicher, ob wir den Etat überhaupt behalten werden. Aber wenn jetzt noch einmal etwas schiefgeht, brauchen wir uns darüber den Kopf nicht mehr zu zerbrechen. Dann können wir die Kampagne abschreiben.«

»Und das können wir uns nicht leisten«, mischt sich Lautenberg ein. »Frau Petry, wir erwarten Ihren vollen Einsatz, Ihre volle Konzentration, keine Halbheiten …«

»Sie machen das schon, da bin ich ganz zuversichtlich«, unterbricht ihn Konrad und lächelt mir aufmunternd zu. Lautenberg verzieht das Gesicht. So viel Freundlichkeit scheint er in meinem Fall für unangemessen zu halten.

In meinem Zimmer erwartet mich die nächste Überraschung. Meyer sitzt an meinem Schreibtisch. Spöttisch grinsend, mit im Nacken verschränkten Händen und weit von sich gestreckten Beinen, demonstriert er männliches Dominanzverhalten.

»Na, schöne Frau, sieht so aus, als wären Ihre Tage in diesem Verlies gezählt. Sie scheinen ja gerade Karriere zu machen«, empfängt er mich.

»Genau«, antworte ich, »ich bin der neue Shootingstar. Der Berger sei Dank.«

Ich lehne mich gegen die Tischkante und blicke auf ihn herab. Auf die sorgfältig rasierte Glatze, die große Nase, den schmalen Mund, der sich zu einem dünnen Lächeln verzieht, als er den Kopf in den Nacken legt und mich von Kopf bis Fuß mustert.

»Sieht der Berger gar nicht ähnlich, diese ganze Geschichte«, sagt er. »In der Agentur gehen die schauerlichsten Geschichten rum, die Gerüchteküche ist geradezu am Überkochen.«

Seine Stimme wirkt unterkühlt, sein Blick hat etwas Lauerndes. Ich komme mir vor, wie ein Einzeller unter einem Mikroskop.

»Was sind das denn für Gerüchte?« frage ich mit fester Stimme.

»Nun«, er lächelt wieder dieses schale Lächeln. »Es wird gemunkelt, daß jemand die arme Kristin reingelegt hat. Daß sie das Opfer einer gut inszenierten Intrige geworden ist. Jeder hier weiß, daß sie für ihren Job lebt und über Leichen gehen würde. So einen Fehler traut ihr eigentlich niemand so recht zu.«

Jetzt ist mein schauspielerisches Talent gefragt. »Aber wer soll denn so etwas Gemeines tun?« frage ich und versuche dabei möglichst unbedarft auszusehen.

Er zuckt die Schultern. »Weiß ich's?«

»Würden Sie das tatsächlich einem Kollegen zutrauen?« sage ich kopfschüttelnd. »Das kann ich mir nicht vorstellen.«

Nachdenklich sehe ich ihn an, so als müsse ich mich mit diesem ungeheuerlichen Gedanken erst einmal vertraut machen. Meyer erwidert meinen Blick kurz, nimmt Schwung und dreht sich auf meinem Stuhl einmal um sich selbst. In seine Ausgangsposition zurückgekehrt, stemmt er die Füße in den Teppichboden und bringt den Stuhl abrupt zum Stehn.

»Der Ehrgeiz ist ein böses Tier, das schon so manchen gefressen hat«, sagt er leise.

»Ja, da mögen Sie recht haben«, erwidere ich. »In der Beziehung bin ich manchmal ein bißchen blauäugig.«

Meyer beobachtet mich interessiert. Dann lächelt er, und dieses falsche Grinsen platzt weg, wie die Schale einer reifen Frucht. Mir wird ganz schwummerig. Oh Gott, denke ich, das war ein Test. Er hat mich getest. Er hatte einen Verdacht und hat gerade versucht, eine verräterische Reaktion zu provozieren. Und selbst, wenn ich gut geschauspielert und ihn nicht bestätigt habe, ist meine Unschuld noch lange nicht bewiesen, bleibt vielleicht irgendetwas zurück.

Das Essen heute mittag ist mir nicht bekommen. Ich sitze an meinem Schreibtisch und unterhalte mich mit den Matjes, die es im Bistro gab. Selber schuld, denke ich, warum esse ich in München auch Fisch, wo es hier doch so phantastischen Leberkäs und so leckere Weißwürste gibt. Ich hole mir erst einmal einen großen Pott Kaffee, der hoffentlich diesen eklig-salzigen Geschmack aus meinem Mund vertreiben wird. Danach versuche ich zum wiederholten Male Cornfeld auf seinem Handy zu erreichen. Im Bistro ist er nicht gewesen. Eine der Kellnerinnen hat mir erzählt, daß er die Schicht gewechselt habe und voraussichtlich erst in einer Stunde kommen würde. Wieso ist er dann aber nicht unter seiner Handynummer zu erreichen? Es meldet sich nur seine Mailbox. Ich hinterlasse eine Nachricht und hoffe, daß er trotz seines bewegten Privatlebens die Zeit findet, sie hin und wieder abzuhören.

Enttäuscht wende ich mich meiner Arbeit zu. So gern hätte ich ihm von meinem beruflichen Höhenflug berichtet, von meinem neuen Projekt, das in unserem Fall den entscheidenden Durchbruch bringen könnte. Es hilft nichts, ich werde es ihm später erzählen müssen.

Gerade als ich die auf meinem Schreibtisch aufgestapelten Setcards der männlichen Models durchsehe, klopft es an der Tür. Ohne daß ich auch nur den geringsten Pieps von mir gegeben hätte, wird sie aufgerissen. Und da kommt er auch schon herein: der Mann meiner Alpträume. Ohne viel Federlesens läßt er sich auf den Besucherstuhl fallen, drückt die Aktentasche mit beiden Händen vor seinen Kugelbauch und entblößt eine Reihe kleiner, gelber Zähne.

»Na, Frau Petry, geht's gut?«

»Jetzt nicht mehr.«

Kranzlers Vollmondgesicht verzieht sich zu einer öligen Grimasse. »Ich möchte ja nicht aufdringlich erscheinen, aber ich krieg noch etwas von Ihnen.«

»Sagen Sie mal, Herr Kranzler, kann es sein, daß ich Sie in meiner Pension gesehen habe? Aug in Auge – so durchs Schlüsselloch?« frage ich ihn angriffslustig.

Er schüttelt den Kopf. »Wie kommen Sie denn auf so was? Aber das Phänomen kenne ich. Manche Leute entwickeln plötzlich so etwas wie einen Verfolgungswahn. Das kommt wahrscheinlich vom schlechten Gewissen.«

Sein unschuldig naiver Gesichtsausdruck ist die reinste Provokation. Am liebsten würde ich ihn am Kragen packen und aus dem nächsten Fenster befördern.

»Herr Kranzler, Sie kriegen Ihr Geld. Aber nicht heute. Später, verstehen Sie, später.«

»Fühlen Sie sich hier wohl, Frau Petry? Ich meine, macht Ihnen der Job Spaß?« fragt er leise.

Meine Nackenhaare stellen sich auf. Worauf will der Kerl hinaus?

»Ja«, antworte ich laut.

»Das freut mich.«

Er springt mit einer Behendigkeit vom Stuhl, die ich ihm nicht zugetraut hätte, baut sich vor meinem Schreibtisch auf, stützt sich mit beiden Händen darauf ab und lehnt sich so weit vor, daß ich instinktiv zurückweiche. Alles Weiche, Schwammige, Schwabbelige an ihm ist plötzlich verschwunden. Er sieht nicht mehr wie ein Teddybär aus, sondern wie ein Marder. Wie ein wieselflinkes, kleines Raubtier mit dunklen Knopfaugen und zwei spitzen Zahnreihen, dem vor purer Mordgier kleine Speichelblasen aus den Mundwinkeln quellen.

»Frau Petry, wissen Herr Konrad und Herr Lautenberg eigentlich, daß Sie Privatdetektivin sind?«

»Sie Drecksack«, zische ich ihn aufgebracht an. »Wenn Sie mich hier hochgehen lassen, können Sie was erleben. Dann mach ich Sie fertig, dann können Sie einmal in Ihrem Leben erfahren, was es heißt, einer Furie in die Fänge geraten zu sein. Dann haben Sie das letzte Mal unschuldige Menschen bedroht. Dann ...«, ich schnappe mir den Brieföffner von meinem Schreibtisch und richte ihn auf seinen Hosenlatz, »dann verhelfe ich Ihnen zu einer neuen Stimmlage, dann können Sie sich wieder im Knabenchor anmelden und bei der Loveparade mit einem Hoolahoop-Röckchen auf der Straße Lambada tanzen, Sie, Sie, Sie ... Sie Eunuch, Sie.«

Vor Aufregung bleibt mir die Luft weg. Doch Kranzler beeindruckt das wenig. Er steht vor mir und lacht. Lacht, daß ihm die Tränen in die Augen schießen, das runde Bäuchlein auf- und niederhüpft und er sich vor Vergnügen mit den Patschhändchen auf die dicken Oberschenkel haut. Er ist kein bißchen eingeschüchtert und scheint das alles nur komisch zu finden.

»Süß sind Sie, wenn Sie sich so aufregen. Aber jetzt mal Spaß beiseite«, schlagartig erstirbt sein Gekichere. Der Marder ist wieder da. »In einer Woche haben Sie das Geld. Genau in einer Woche. Sonst muß ich mich mal mit den Geschäftsführern hier unterhalten. Das ist mein letztes Wort.«

Er klemmt sich seine Aktentasche unter den Arm und marschiert zur Tür. Im Rausgehen dreht er sich noch einmal um und zwinkert mir zu. »Übrigens, Ihre Blinddarmnarbe ist nicht schön verheilt. Das sollten Sie einmal von einem Schönheitschirurgen korrigieren lassen.«

Leider zieht er die Tür so schnell hinter sich zu, daß mein Duden nicht seinen Kopf, sondern nur die geschlossene Tür erwischt.

Ich brauche einen Augenblick, bis ich mich von dem Schock erholt habe. Schwer atmend sitze ich auf meinem Stuhl und halte mich an der Kaffeetasse fest. Der Kerl meint es ernst, der läßt meine Tarnung auffliegen, das macht der, das war keine leere Drohung, das war ein ehrlich gemeintes Versprechen.

Mit dem Auftritt dieses Geldeintreibers hat der Tag seine Highlights aber keineswegs verpulvert. Um Viertel nach fünf ruft Nadine Müllerschön an. Hektisch teilt sie mir mit, daß ein junger Mann von der Modelagentur »Face« in der Halle stehe und ich ihn abholen muß, weil sie zu beschäftigt sei, um ihn raufzubringen.

Als sich die Tür des Fahrstuhls vor mir öffnet, sehe ich einen jungen Mann, der im Foyer wartet. Ich sehe ihn von hinten. Braune Haare, Lederjacke, blaue Jeans. Nichts Besonderes. Und doch reagiert mein Kreislauf, bevor mein Hirn die Information verarbeitet hat. Da steht der Typ aus der U-Bahn. Der Mann, der mich in den Katakomben der Münchner Verkehrsbetriebe mit einem einzigen Blick aus der Fassung gebracht hat. Und ich spüre, wie mir die Hitze ins Gesicht steigt, ich nervös auf meiner Unterlippe herumkaue, meine Hände feucht werden. Jetzt bloß nicht die Nerven verlieren, nur nicht verkrampft oder affektiert reagieren. Ruhe bewahren. Mit straffem Rücken und hocherhobenem Kopf bewege ich mich vorwärts, direkt auf ihn zu und rede mir ein, daß ich ganz cool, ganz entspannt und kein bißchen aufgeregt bin.

Er heißt John, ist Amerikaner, siebenundzwanzig Jahre alt und so strahlend attraktiv, daß man von seinem Anblick blind werden könnte. Er kokettiert mit seinem Aussehen und mit mir. Das kenne ich schon. Seit zwei Tagen flirten mich einsneunzig große Modell-Athleten in Grund und

Boden. Schenken mir ihre volle Aufmerksamkeit, wickeln mich in Watte, lassen dümmliche Komplimente wie Konfetti auf mich niederrieseln, posen im Sitzen und im Stehen, entblößen ihre Zwanzigtausend-Mark-Gebisse, ziehen mich mit Blicken aus blau oder grün gefärbten Kontaktlinsen aus und tun so, als gefiele ihnen, was sie da sehen. Wenn das kein Casting wäre und ich nicht einen lukrativen Job zu vergeben hätte, würde ich wahrscheinlich längst wie ein Luftballon an der Decke schweben. Mein Selbstbewußtsein hätte groteske Ausmaße angenommen, und ich würde, einer römischen Kaiserin gleich, die Reihen meiner Sklaven abschreiten, immer mal auf den einen oder anderen deutend, damit diese sich für ein Schäferstündchen oder einen Quickie bereithielten.

Aber die Realität sieht anders aus. Die Jungs sind Profis, die sind hier, weil sie die Hauptrolle in einem Kinospot für Sportschuhe haben wollen. Und da wird gebaggert, was das Zeug hält. Was hier abläuft, ist knallhartes Business. Denn wer einen Job ergattern will, muß Leute manipulieren können, muß aus Dutzenden von gleich schönen und gleich talentierten Menschen herausstechen, muß sich hervortun, im Gedächnis der Leute haften bleiben. Und jeder der Jungs hat da seine eigene Strategie entwickelt, mit mehr oder weniger Erfolg. Als Objekt dieser rein beruflichen Begierde muß ich mir immer wieder vergegenwärtigen, daß all der Schmus, der unablässig auf mich niedergeht, rein spekulative Gründe hat. Davon abgesehen, daß viele von den Jungs schwul sind und aus mir unerfindlichen Gründen glauben, ich merkte das nicht.

John ist nicht homosexuell, er wirkt zumindest nicht so. Eher im Gegenteil: Er ist ein Raubtier, ein voll entwickelter Womanizer, der Sechzehnjährige mal so eben zum Frühstück verspeist. Daß er keine Freundin habe und darunter sehr leide, ist mit das erste, was er mir erzählt.

»Die Wohnung ist abends immer so trostlos, dunkel und leer, wenn ich nach Hause komme«, lamentiert er mit einem treuherzigen Blick aus dunkelbraunen Samtaugen. Ich bitte ihn, sich schräg vors Fenster zu stellen, damit ich ein Polaroid von seinem Gesicht machen kann. Kaum habe ich die Kamera in Position gebracht, strahlt er hemmungslos und wie auf Knopfdruck in die Linse. Ein herzliches, echtes, attraktives Lächeln – zumindest für denjenigen, der die Entstehungsgeschichte, diesen Anschalt-Ausknips-Effekt, nicht so hautnah miterlebt. Als ich ihn bitte, sich bis auf den Slip auszuziehen, ist mir das peinlich, ihm scheint es nicht das geringste auszumachen. Wieder posiert er gekonnt vor der Kamera und schenkt mir exakt das gleiche Lächeln, wie beim ersten Mal. Nachdem ich seine Fotomappe durchgeblättert und eine Karteikarte mit seinen persönlichen Daten wie Schuh- und Körpergröße, Augen- und Haarfarbe, Gewicht, Beschaffenheit der Haut etc. vollgeschrieben habe, stellt er die Frage, auf die ich die ganze Zeit schon warte.

»Kann es sein, daß ich Sie in der U-Bahn-Station Marienplatz gesehen habe? So vor einer Woche?«

»Gut möglich«, antworte ich betont uninteressiert.

Er grinst. »Ich bin Ihnen nicht aufgefallen?« fragt er.

»Ach wissen Sie, da sind immer so viele Leute ...«, antworte ich ausweichend.

»Schade eigentlich, ich hatte gedacht, Sie hätten mich bemerkt.«

»Wie kommen Sie denn da drauf?«

»Vor Schreck hätten Sie fast Ihre U-Bahn verpaßt ...«

»Was soll das denn mit Ihnen zu tun gehabt haben«, falle ich ihm entrüstet ins Wort.

»Och, irgendwie sah das so aus.«

Jetzt bleibt mir wirklich der Mund offen stehen. Der traut sich was.

»Unter mangelndem Selbstbewußtsein leiden Sie wohl nicht, was?«

Er lacht. »Nein, das kann ich mir in meinem Beruf nicht leisten.«

»Haben Sie keine Angst, daß Sie gerade dabei sind, sich den Job zu vermasseln?«

Da fährt er mit seinem Handrücken ganz leicht über meinen Unterarm und sagt: »Das ist mir völlig egal. Ich interessiere mich nicht für den Job, ich interessiere mich für dich.«

KAPITEL 17

Um acht Uhr abends verlasse ich die Agentur – singend. Es ist kein Mensch mehr da, der sich an meiner lauten und leider auch ziemlich schiefen Gesangseinlage stören könnte.

»Ich hab getanzt heut nacht, die ganze Nacht, heut nacht…«, trällere ich selig, als ich die Außentreppe hinunterhüpfe. Es hat wieder angefangen zu schneien, und die Bäume und Sträucher sehen aus, als seien sie mit Puderzucker bestäubt. Das paßt zu meiner himmlisch kitschigen Stimmung. Es geht mir so gut wie schon lange nicht mehr. John hat tatsächlich versucht, sich mit mir zu verabreden. Doch darauf habe ich mich nicht eingelassen.

»Haben Sie am Samstagabend Zeit?« hat er gefragt.

»Nein«, habe ich geantwortet.

»Vielleicht nächste Woche?«

»Nein, geht leider nicht.«

»Dann vielleicht übernächste Woche?«

»Da bin ich auch schon ausgebucht.«

»Die Woche drauf?«

»Ach, so weit plane ich nie im voraus.«

Der Dialog hat ihm nicht gefallen und zum Schluß wurde er richtig stinkig. Aber das macht nichts! Den lasse ich noch ein bißchen zappeln. Der muß noch eine Menge warmer Luft ablassen, bevor er auf eine erträgliche Größe zusammengeschnurrt ist.

»Ich hab getanzt heut nacht, die ganze Nacht, heut nacht ...«

»Mein Gott, da wird den Mäusen ja die Milch in den Zitzen sauer«, sagt jemand hinter mir. Ich drehe mich um. Cornfeld steht dick vermummt, mit tief ins Gesicht gezogener Mütze, gefütterter Jacke und halbhohen, schweren Wildlederstiefeln an den Füßen vor mir.

»Was ist denn mit Ihnen los, sind Sie schwanger?« fragt er grob.

»Nein«, sage ich, mich wie ein Kreisel um mich selbst drehend. »Nein, nein, nein – noch nicht. Aber was nicht ist ... Ich hab getanzt heut nacht, die ganze Nacht ...«

»Warum wollten Sie mich sprechen?« unterbricht er mich. »Um mir was vorzusingen?«

»Seien Sie doch nicht so motzig. Was ist denn los? Kriegt Mary keinen Orgasmus, oder haben Sie sie mit einem anderen Kerl im Bett erwischt?«

Das ging eindeutig zu weit. Er dreht sich um und stapft, kleine Schneewölkchen aufwirbelnd, zurück Richtung U-Bahn-Station. Ich renne hinter ihm her und versuche, ihn am Arm festzuhalten.

»Sorry, war nicht so gemeint.«

Störrisch marschiert er weiter. Ich baue mich direkt vor seiner Nase auf und versperre ihm den Weg.

»Sie bleiben jetzt gefälligst stehen. Das ist ein Befehl.«

Da stiehlt sich so etwas wie ein Lächeln auf sein Gesicht, das aber sofort wieder verschwindet.

»Was ist los?«

Geräuschvoll atmet er aus und starrt in den kalten, klaren Himmel. »Sie hat einen Freund.«

»Wer?«

»Mary.«

»Nein, ich meine, wer ist der Freund?«

»Ein absoluter Idiot.«

»Wußten Sie nichts von ihm?«

»Nein. Er ist gestern abend von einem Fotoshooting aus Miami zurückgekommen und war von meiner Anwesenheit nicht sehr erfreut.«

»Das ist doch nicht so schlimm. Ignorieren Sie ihn einfach. Sie haben Ihr Zimmer. Machen Sie die Tür hinter sich zu und fertig.«

»Das geht nicht so ganz. Er hat einen Freund aus Florida mitgebracht. Der pennt jetzt bei mir. Der hat seinen Rucksack auf meine Couch geschmissen und gemeint, ich hätte doch bestimmt nichts dagegen, wäre auch nur für drei Wochen.«

Ich sehe Cornfeld mitleidig von der Seite an. »Scheißspiel«, ist der einzige Kommentar, der mir dazu einfällt.

Wir laufen schweigend nebeneinander her, und ich überlege, womit ich ihn trösten könnte.

»Übrigens, was ich Ihnen heute morgen erzählen wollte: Die Berger ist aus dem Social-Projekt raus. Und raten Sie mal, wer die neue Projektleiterin ist?«

Er sieht mich unbeeindruckt an. »Sie.«

»Genau. Ich!« Begeistert reiße ich die Arme hoch und wirbele im Dreivierteltakt durch den frischgefallenen Schnee.

»Ich hab getanzt heut nacht, die ganze Nacht, heut nacht…«

»Mister X hat sich beschwert«, torpediert er meinen Höhenflug.

»Beschwert? Wieso das denn?«

»Er will Ergebnisse und er kriegt keine Ergebnisse. Zumindest nicht bis jetzt.«

»Wie hat er sich bei Ihnen gemeldet?«

»Per E-Mail.«

»Kann man das eigentlich zurückverfolgen?« frage ich neugierig.

»Ja, zu einem Internet-Cafe in der Amalienstraße.«

»Das bringt uns auch nicht gerade weiter.«

»Richtig! Also, was ist jetzt? Was soll ich ihm sagen?«

»Halten Sie ihn hin. Sagen Sie ihm, wir stehen kurz vor dem Durchbruch. Außerdem brauchen wir noch mal zehntausend Mark. Machen Sie ihm das irgendwie plausibel.«

Cornfeld bleibt stehen und starrt mich an. »Keine Ergebnisse vorweisen können, aber mehr Geld haben wollen – wie soll ich das denn erklären?«

Jetzt bleibe ich auch stehen und male mit meiner Schuhspitze einen Kreis in den Schnee. »Wenn der Grafiker nichts weiß, malt er einen Kreis«, summe ich entzückt vor mich hin.

»Pia, ich habe Sie was gefragt.«

Ich verwische den mißlungenen Kreis und versuche mich an einem neuen. »Sie sind hier der Troubleshooter«, antworte ich abwesend. »Denken Sie sich etwas aus. Ich kann Ihnen nur soviel dazu sagen: Kranzler war heute in meinem Büro und hat gedroht, in einer Woche meinem Undercover-Dasein ein Ende zu bereiten. Er gedenkt, den Herrn Geschäftsführern einen Besuch abzustatten.«

Resigniert betrachte ich mein Werk. Auch der zweite Kreis hat eine häßliche Delle. Cornfeld zeigt keinerlei Gespür für meine künstlerischen Aktivitäten, latscht einfach durch mein Gemälde, packt mich am Arm und schüttelt mich wie ein unwilliges Kind.

»Verdammt noch mal, Pia, Sie können doch nicht immer den ganzen Mist auf mich abwälzen.«

Ich befreie meinen Arm aus seinem Klammergriff und laufe an ihm vorbei die Straße hinunter. Er holt mich ein, bremst mich aus und hält mich mit beiden Händen an den Schultern fest.

»Kranzler war in meinem Büro und hat gedroht, in einer Woche meinem Undercover-Dasein ein Ende zu bereiten«, äfft er mich mit piepsiger Stimme nach. »Sie sind hier der Troubleshooter. Denken Sie sich gefälligst etwas aus.«

Er ist wütend und richtig unangenehm. So sauer habe ich ihn noch nie erlebt. Die Geschichte mit Mary scheint ihn schlimmer getroffen zu haben, als ich dachte.

»Ich bin doch nicht der Mülleimer, in den jeder seinen Dreck schmeißen kann«, schnauzt er mich an. »Der Vollidiot, dem man ungefragt seinen ganzen Scheiß auflädt; der Trottel, der Ihre Launen und Allüren erträgt, der sich ständig was Neues ausdenkt, um Madame bei Stimmung zu halten und dafür dreimal am Tag in den Hintern getreten wird ...«

Diesen D-Zug kann ich nur mit einer Kollision stoppen.

»Es tut mir leid, daß Mary Sie verarscht hat, aber dafür kann ich nichts. Und deshalb finde ich es auch sauunfair, daß Sie das jetzt an mir auslassen«, brülle ich ihn an.

Ein paar Leute sind durch meine Schreierei aufgeschreckt stehengeblieben und beobachten uns interessiert. Zuschauer kann ich in dieser Situation nun wirklich nicht gebrauchen. Unwillig drehe ich mich zu ihnen um.

»Hier gibt es nichts zu glotzen«, pöbele ich sie an. Dabei habe ich Cornfeld eine Sekunde aus den Augen gelassen. Ein schwerwiegender Fehler. Denn als ich mich ihm wieder zuwende, trifft mich ein großer, fetter Schneeball volle Pulle mitten ins Gesicht. Einen Moment brauche ich, um die Attacke zu verdauen, dann stürze ich hinter das nächste Auto, greife mir eine Ladung Schnee, drücke ihn zu einem Ball zusammen, ziele auf Cornfeld und verfehle ihn um mindestens drei Meter. Dafür erwischt mich sein nächster Schuß rechts über der Brust. So schnell laß ich mich nicht kleinkriegen. Diesmal werde ich ihn treffen. Doch als ich erneut ein Wurfgeschoß gebastelt habe, ist Cornfeld verschwunden. Vorsichtig richte ich mich auf, spähe über verschneite Autodächer, blicke suchend zwischen eng geparkten Autos hindurch, und mache einen unverzeihlichen Fehler. Ich wage mich zu weit aus der Deckung. Der nächste Schneeball prallt gegen meine rechte Schläfe und zerbröselt naß und schwer auf meiner Schulter. Eh ich mich von dem Schock erholen kann, ist Cornfeld hinter mir und drückt mir zwei Handvoll Schnee in den Kragen. Ich kreische wie am Spieß, schlage um mich und versuche, nach ihm zu treten. Doch damit hat er gerechnet und weicht so geschickt aus, daß meine Angriffe allesamt ins Leere laufen. Als ich den lästigen Schnee aus meinem Pullover schüttle und einen Moment nicht aufpasse, schlingt Cornfeld von hinten beide Arme um mich und hält mich fest. Trotz der Kälte wird mir ziemlich schnell ziemlich warm.

»Frieden«, flüstert er mir ins Ohr, »einverstanden?«

»Einverstanden«, antworte ich und könnte ewig so stehenbleiben. Viel zu früh läßt er mich los. Und mit der wiedergewonnenen Freiheit kommt die Lust auf eine angemessene Revanche. Ich drehe mich um und trete ihm vors Schienbein. Das hat gesessen. Leise jammernd hüpft er durch den Schnee und massiert seinen Unterschenkel.

»Weichei«, sage ich mitleidlos und beobachte ungerührt seine kleine Tanzeinlage. »Never trust a woman, Cornfeld. Das war die erste Lektion, beziehungsweise, wenn man Mary berücksichtigt, die zweite.«

Ein paar Minuten beobachte ich noch seine Rumpelstilzchen-Nummer. Dann kümmere ich mich nicht weiter um sein Gejammer, laufe die Treppe zur U-Bahn-Station am Odeonsplatz hinunter und fange wieder an zu singen.

»Ich hab getanzt, heut nacht, die ganze Nacht, heut nacht …«

Unten angekommen, sehe ich die Rücklichter der U-Bahn im Tunnel verschwinden. Zu dem Timing kann ich mir nur gratulieren. Ich lasse mich auf einen der blau lackierten Sitze fallen und beobachte, wie Cornfeld die Treppe heruntergehumpelt kommt. Leise stöhnend setzt er sich neben mich.

»Frauen sind Schweine. Unfair, hinterfotzig und gemein. Ich würde Ihnen jetzt am liebsten eine duschen. Aber dann heißt es wieder: ›Brutaler Kerl schlägt hilflose Frau in

U-Bahn-Station zusammen.‹ Und dann bin ich wieder der Böse.«

Immer noch reibt er sich theatralisch sein Schienbein.

»Jetzt stellen Sie sich mal nicht so an. Schließlich haben Sie angefangen. Und keiner hat Sie gebeten, mir kalten, nassen Schnee in den Pullover zu stopfen. So etwas kann ich nicht durchgehen lassen.«

»Sie verstehen keinen Spaß. Sie haben einfach keinen Humor, das ist Ihr Problem«, sagt er grantig. »Sie müssen ja immer gleich mit Kanonenkugeln auf Spatzen schießen. Immer übertreiben, immer überziehen, kein Gefühl für Nuancen ...«

»Cornfeld, Sie langweilen mich«, unterbreche ich ihn grob. Damit ist die Konversation erst einmal beendet. Wir starren jeder in eine andere Richtung. Doch das halte ich nicht lange durch, und kurz darauf frage ich ihn, was ich die ganze Zeit schon wissen wollte.

»Waren Sie mit Mary im Bett?«

»Ein Gentleman genießt und schweigt«, antwortet er lapidar.

»Seit wann sind Sie ein Gentleman? Also, konnten Sie der immensen Zahl von Kerben in ihrem Bettpfosten eine neue hinzufügen?«

»Ich befürchte, Mary hat den Kerben auf ihrem Bettpfosten eine weitere hinzugefügt«, antwortet er leise.

Er sieht so elend aus, daß ich meinen Arm um ihn lege und wieder anfange, mein heutiges Lieblingslied zu summen. Wie ein Kinderlied für unglückliche, kleine Jungs, die von bösen, kleinen Mädchen reingelegt worden sind. Doch er unterbricht mich, indem er mir seinen Zeigefinger auf die Lippen legt.

»I could have danced all night! I could have danced all night! And still have begged for more. I could have spread my wings and done a thousand things I've never done before ...«

Er kann den englischen Text und er trifft jede Note da, wo man sie als musikalischer Mensch treffen sollte. Er singt wunderbar, sieht in seinem Kummer herzzerreißend aus und gefällt mir besser denn je. Einen kleinen Moment gönne ich mir dieses Gefühl von Geborgenheit, Wärme und klitzekleiner Verliebtheit. Rücke näher, lasse meinen Kopf gegen seine Schulter sinken, schließe die Augen und lausche seiner Stimme, drifte ab in eine Welt, die noch nicht aus den Fugen geraten ist. Dann stehe ich auf.

»Ich guck mal, wann die nächste U-Bahn kommt. Sonst friere ich hier noch fest«, sage ich und laufe den Bahnsteig hinunter.

KAPITEL 18

Alle sind gegen mich. Versteckt oder ganz offen. Je nach Charakter, Intelligenz und Hierarchiestufe. Wo ich auch hinkomme, renne ich gegen eine Wand kollegialen Mißtrauens. Mal ist sie aus Beton, mal aus Gummi, immer aber basiert sie auf Feindseligkeit. Meine Kommunikationsversuche haben geradezu groteske Formen angenommen. Bestes Beispiel ist Karin Heiler. Wann immer ich sie um etwas bitte, antwortet sie mit zwei Worten: »Keine Zeit.«

»Könnten Sie bitte dafür sorgen, daß der Videorecorder repariert wird?«

»Keine Zeit.«

»Können Sie mir einen Flug nach …?«

»Keine Zeit.«

»Ich habe Kunden im Haus …«

»Keine Zeit.«

Manchmal habe ich das Gefühl, meine Stimme allein reicht schon aus, um die immer gleiche Antwort zu provozieren.

»Ich …«

»Keine Zeit.«

Und so verhalten sich fast alle. Die lieben Kollegen machen seit gut einer Woche Front. Bilden, von wenigen Ausnahmen abgesehen, eine geschlossene Reihe und lassen mich auflaufen, wo immer es geht. Ich bin ihnen zu ehrgeizig und zu erfolgreich. Da kommt ein Greenhorn aus Hamburg und angelt sich nach wenigen Wochen die interessanteste Kampagne im ganzen Haus. Das mögen sie nicht, das geht ihnen zu schnell. Die Berger ist tagelang durch die Agentur gerannt und hat behauptet, ich hätte sie aus dem Projekt rausintrigiert, ich hätte den Zettel mit der Mitteilung, daß die Druckfreigabe vorverlegt worden ist, verschwinden lassen. Meine Unschuldsbeteuerungen sind ungehört verhallt. Das hat niemanden interessiert, das paßte nicht in ihr schönes neues Feindbild. Jedesmal wenn ich ein Zimmer betrete, verstummt das Gespräch. Sie sehen weg oder mir einfach gelangweilt ins Gesicht. Ich habe mich verdächtig gemacht, und Mobbing bringt einen in der Beliebtheitsskala nicht besonders weit nach vorne. Als vor kurzem Katharina von Reichenbach mit einer Augenklappe in die Firma kam, habe ich sie freundlich gefragt, was ihr denn da zugestoßen sei.

»Ach wissen Sie«, antwortete sie, »das habe ich heute schon so oft erzählt, das möchte ich nicht noch einmal erzählen.«

Leider habe ich es nicht fertiggebracht, den Mund zu halten. »Macht nichts, Frau Reichenbach«, sagte ich zu ihr, »wenn ich ehrlich bin, hat es mich auch gar nicht interessiert.«

Auf diesem Niveau spielt sich das zwischenmenschliche Miteinander zur Zeit ab. Es gibt aber auch Ausnahmen. Nadine Müllerschön zum Beispiel. Sie hat nie an meiner Unschuld gezweifelt und immer zu mir gehalten. Auch Schreiber ist vom feindlichen Lager wieder zu mir zurückgewechselt. Eine Zeitlang hatte ich befürchtet, er könne sich auf die gegnerische Seite schlagen. Aber seit drei Tagen gehen wir wieder zusammen zum Mittagessen, und er gewährt mir kurze Einblicke in ein Agenturleben, von dem ich zur Zeit ausgeschlossen bin.

Überraschenderweise hat sich auch Lautenberg nicht vom kursierenden Anti-Petry-Virus infizieren lassen. Entweder ist er nicht an den Flurfunk angeschlossen oder loyaler als ich dachte.

Meyer hingegen scheint die Tatsache, daß ich als intrigantes Miststück gehandelt werde, Respekt abzunötigen. Er benimmt sich, als hätten wir jetzt etwas gemeinsam, als bewegten wir uns auf der gleichen Wellenlänge. Und diese kumpelhafte Freundlichkeit, die er mir neuerdings entgegenbringt, ist unangenehmer als alles andere.

Um neun Uhr abends ist niemand mehr in der Firma. Ich sitze in meinem Büro auf dem grauen Teppich, umgeben von Aktenordnern, Heftern und Computerlisten, die in wildem Durcheinander über meinen Schreibtisch, die Stühle und den gesamten Boden verteilt liegen. Eigentlich müßte ich jetzt glücklich sein, rundum glücklich und zufrieden. Ich bin endlich am Ziel, auch wenn die Berger mir die letzten Meter nicht leicht gemacht hat. Zuerst mußte sie sich drei Tage mit einer Bronchitis ins Bett legen, danach eilte sie ans Krankenbett einer nahen Verwandten, und kaum war sie zurück, konnte sie den Schlüssel für den Aktenschrank nicht finden. Das Ergebnis blieb immer das gleiche. Die Übergabe konnte nicht stattfinden. Heute morgen ist es Lautenberg dann aber zu bunt geworden, und er hat den Schrank vom Hausmeister öffnen lassen.

Das klirrende Geräusch kleiner Steinchen, die gegen Glas knallen, läßt mich erschrocken zusammenzucken. Ich muß nicht zum Fenster gehen, um nachzusehen, wer da Einlaß begehrt. Als ich die Eingangstür aufsperre, bestätigt sich mein Verdacht. Cornfeld steht blaß und verfroren, mit triefender Nase und einem herzzerreißend wehleidigen Gesichtsausdruck auf der Schwelle und reibt sich den Ellenbogen.

»Na Doktorchen, wie sieht's aus.«

»Nicht gut. Ich glaub, ich hab mir den Arm gebrochen.«

»Was, wieso das denn?«

»Ich bin hingeflogen«, antwortet er weinerlich, »es ist sowas von sauglatt da draußen, das können Sie sich gar nicht vorstellen.«

Cornfeld ist normalerweise kein Jammerlappen, niemand, der sich wegen jeder Kleinigkeit ins Bett legt und die Gelegenheit nutzt, sich von Dutzenden von Frauen umsorgen zu lassen. Er pflegt eher die Macho-Nummer, mimt gerne den Cowboy, der sich, von Revolverkugeln durchsiebt, mit letzter Kraft aufs Pferd hievt, blutüberströmt und halb ohnmächtig die ganze Nacht durchreitet, um dann im Morgengrauen seiner Angebeteten röchelnd in die Arme zu sinken. Doch heute hat er den Revolverhelden zu Hause gelassen. Heute macht er auf Softi. Und ich habe den vagen Verdacht, daß diese seltsame Wandlung etwas mit Mary und ihrem Lebenswandel zu tun hat. Ihr Verhalten nagt an seinem Selbstbewußtsein. Ein Gedanke, der mich bei näherer Betrachtung stinksauer machen könnte. Aber ich verzichte auf eine nähere Betrachtung und halte mich an die bewährte Taktik, Cornfelds Liebesleben immer dann auszublenden, wenn die Gefahr besteht, daß ich mich darüber ärgern könnte.

Doktorchen ist auffallend blaß, zittert, und stolpert über den Fußabtreter. Er macht einen so angeschlagenen Eindruck, daß ich ihm meinen Arm als Stütze anbiete. Unwirsch schubst er ihn zur Seite. Das geht ihm zu weit. In meinem Büro taste ich seinen Ellenbogen ab und diagnostiziere eine Prellung. Dann verknote ich meinen Schal hinter seinem Hals, so daß er den Arm in die Schlinge legen kann.

»Ich glaube, es ist nicht so schlimm. Sie sollten aber sicherheitshalber morgen zu einem Orthopäden gehen.«

»Da ist irgendetwas gebrochen, das spüre ich ...«, jammert er und starrt finster auf seine eisverkrusteten Schuhe, von denen dünne Rinnsale gräulichen Schmelzwassers abtropfen und unter Hinterlassung unschöner Flecken im Teppichboden versickern.

»Cornfeld, da ist bestimmt nichts gebrochen. Wenn Sie wollen, fahre ich Sie nachher nach Hause.«

Er sieht mich mit großen Augen an.

»Womit fahren Sie mich nachher nach Hause?«

»Mit dem Firmenwagen.«

Erstaunt sieht er mich an. »Seit wann haben Sie denn einen Firmenwagen?«

»Den habe ich nur ausnahmsweise und auch nur bis morgen früh. Ich muß bis um elf Uhr heute abend die Weihnachtsdeko in Grünwald abliefern.«

Er schüttelt verständnislos den Kopf. »Was für eine Weihnachtsdeko?«

»Die Konrads veranstalten jedes Jahr ein Weihnachtsfest bei sich zu Hause in Grünwald. Und ich muß nachher die Luftballons und jede Menge Glitter und Glimmer da abliefern, damit Frau Konrad alles schön festlich dekorieren kann.«

»Wieso müssen Sie das denn machen?«

»Weil die Müllerschön mich darum gebeten hat. Der Hausmeister kann heute abend nicht, und da hat sie mich gefragt, ob ich das nicht übernehmen könnte. Und im Moment werde ich einen Teufel tun und der irgendetwas abschlagen.«

Die Aussicht, von mir nach Hause gefahren zu werden, scheint ihm zu gefallen. Langsam hellt sich seine Miene auf.

»Und«, frage ich, »tut der Arm noch weh?«

»Nein, ist nicht mehr so schlimm.«

Langsam nimmt er auch seine Umgebung wieder wahr.

»Was ist denn hier los?« fragt er, mit seinem Kopf auf das Chaos in meinem Büro deutend.

»Ich habe heute nachmittag endlich die Abrechnungen bekommen.«

»Die Abrechnungen?« fragt er und richtet sich kerzengerade auf.

»Ja, die Abrechnungen!«

»Und?«

Ich verziehe das Gesicht. »Ich habe jetzt fast dreiviertel durch.«

»Und?«

»Alles in Ordnung.«

»Nein!« stöhnt Cornfeld.

»Doch. Kein doppelter Boden, keine Lücken, keine Löcher. Alles sauber.«

»Mist. Sind Sie sicher, daß Sie nichts übersehen haben?«

»Ja.«

Er sackt in sich zusammen und beginnt erneut seinen Ellenbogen zu massieren.

»Das ist nicht gut, Pia. Da hat unser Mister X etwas ganz anderes erwartet«, sagt er mit tonloser Stimme. »Wie soll ich denn jetzt noch zusätzliche zehntausend Mark bei dem locker machen? Jetzt, wo sich ja noch nicht einmal die ersten zwanzigtausend für ihn gerechnet haben.«

»Keine Ahnung.«

Wir sitzen da, Cornfeld auf meinem Stuhl, ich auf dem Boden, und überlegen. Doktorchen fällt nichts ein – dafür habe ausnahmsweise mal ich eine Eingebung.

»Sagen Sie, es könnte doch so etwas wie eine doppelte Rechnungsführung, so eine Art Schattenbuchhaltung geben. Nicht hier, bei der Projektleitung, sondern irgendwo anders«, sage ich langsam.

»Das ist keine schlechte Idee.« Cornfeld trommelt nervös mit seinen langen, schmalen Fingern auf die gepolsterte Armlehne meines Bürostuhls. »Wenn es die gibt, wo könnte sie dann versteckt sein?«

Wir tauschen einen kurzen Blick, und, ohne daß ich die Frage beantworten muß, stehen wir auf und machen uns auf den Weg zu den Chefbüros.

»Ist noch jemand im Haus?« fragt Cornfeld.

»Nein«, sage ich, »aber man weiß nie, manchmal fallen die lieben Kollegen ja vom Himmel.«

»Oder sie kriechen direkt aus der Hölle«, entgegnet Cornfeld leise.

Als wir das Sekretariat betreten, muß ich erst einmal tief durchatmen. Immer wenn ich mich in Räumen aufhalte, in denen ich nichts verloren habe, um nach Dingen zu suchen, die mich nichts angehen, beschleunigt sich mein Pulsschlag. Ich bin in dieser Firma angestellt, werde gut bezahlt und leidlich behandelt. Wenn jetzt plötzlich jemand auftaucht und mich beim Rumspionieren erwischt, dann bin ich keine Privatdetektivin, die ihren Job macht, sondern eine Kollegin, die alle hinters Licht geführt und hintergangen hat. Cornfeld kennt solche Skrupel natürlich nicht.

Nachdem ich ihm den in Frage kommenden Aktenschrank gezeigt habe, zückt er eine Haarnadel und öffnet ihn mit geübter Fingerfertigkeit. Aber das scheint auch schon das letzte Erfolgserlebnis für heute abend zu sein. Fast eine Stunde suchen wir alles durch und finden nichts. Absolut überhaupt nichts. Ich bin so sauer, daß ich beginne, Frau Heilers blöde Topfpflanzen neu zu arrangieren, sie hin und her zu schieben, vertrocknete Blätter abzuzupfen, mit ihrer Kindergießkanne Wasser nachzufüllen. Aber auch das führt zu keinen neuen Erkenntnissen. Und dann weiß ich, was wir tun müssen.

»Doktorchen, die Heiler hat die Personalakten in ihrer untersten Schreibtischschublade eingesperrt. Meinen Sie nicht, daß wir uns die auch noch einmal ansehen sollten?«

Cornfeld pfeift anerkennend durch die Zähne.

»Schöne Idee, Frau Petry, wirklich eine wunderschöne Idee.«

Er kramt seine Haarnadel wieder hervor und steckt sie vorsichtig in das Schloß. Als die Schublade aufspringt, knie ich mich neben ihn, packe mit beiden Händen einen Stoß Personalakten und lege ihn vorsichtig auf den Schreibtisch. Dann lasse ich mich auf den Chefsekretärinnensessel nieder und nehme die erste Akte vom Stapel. Cornfeld zieht sich einen der Stühle vom Besprechungstisch heran. Fast könnte man die Situation gemütlich nennen. Zwei emsige Menschen, die Überstunden machen. Mitten in der Nacht, mitten in München, mitten in einem Bürohaus, inmitten eines kleinen Zimmers. Alles dunkel, alles leer, nur diese beiden fleißigen Bienchen in einem großen Bienenstock, allein in einer winzigen, von einer altmodisch gebogenen Tischlampe erhellten Wabe, mit anmutig geneigten Köpfen, konzentrierten Mienen, andächtig in ihre Arbeit vertieft. In Wahrheit ist, was wir hier machen, eine Sauerei. Eine von den Sauereien, die jeder gerne einmal begehen würde. Wir stöbern in schmutziger Wäsche, starren durchs Schlüsselloch. Und was wir da zu sehen kriegen, ist meistens langweilig, oft banal, selten vergnüglich, aber in manchen Fällen wirklich interessant.

Die Personalakte von Jürgen Schreiber hat außer den üblichen Daten wenig zu bieten. Er ist dreiundvierzig Jahre alt, hat Betriebswirtschaft in München studiert, war fast zehn Jahre bei einem großen Software-Hersteller, und anschließend im Drei- bis Vierjahresrhythmus bei kleineren Mittelständlern beschäftigt. Zuletzt ist er in Mailand bei einer Modefirma im Controlling gewesen. Seit fünf Jahren arbeitet er bei Lautenberg, Konrad und Partner, fährt einen Audi als Firmenwagen und verdient knapp zweihunderttausend Mark im Jahr.

Da ist die Akte von Nadine Müllerschön schon interessanter. Sie wurde 1990 mit einem Monatsgehalt von dreitausendfünfhundert Mark eingestellt, bekam in den letzten acht Jahren drei Gehaltserhöhungen und war 1997 für ein Dreivierteljahr krank geschrieben. Wegen Depressionen hat sie fast ein halbes Jahr in einer Klinik in Windach verbracht. Wodurch die Depressionen ausgelöst worden sind, ist leider nicht vermerkt.

Cornfeld, der sich Kristin Bergers Unterlagen vorgenommen hat, ist auf etwas wirklich Brisantes gestoßen. »Die Berger ist seit drei Jahren im Unternehmen und bezieht ein monatliches Einkommen von viertausendfünfhundert Mark. Während der ganzen Zeit hat sie weder eine Gehaltserhöhung noch Weihnachts- oder Urlaubsgeld erhalten.«

Wenn ich schon mehr als das Doppelte verdiene, ist diese Bezahlung eine Frechheit.

Cornfeld macht eine Pause und sieht mich neugierig an. »Und, Frau Petry, was meinen Sie, warum hat die sich auf einen solchen Dumpingpreis eingelassen?«

»Keine Ahnung. Vielleicht eine Notsituation oder so etwas.«

Doktorchen lacht. »Ja, so kann man es auch nennen. Ihre Frau Berger ist auf Bewährung.«

»Was?«

»Sie wurde wegen Unterschlagung zu zwei Jahren verknackt und hat eine Gehaltspfändung laufen.«

Ich nehme Cornfeld die Akte aus der Hand. Das möchte ich schon selber lesen. Es stimmt. Kristin Berger ist vorbestraft. »Das hätte ich der ja im Leben nicht zugetraut«, sage ich kopfschüttelnd und gebe Doktorchen die Mappe zurück.

Mein Blick fällt auf die immer noch offene Schublade und ich frage Cornfeld, ob das jetzt alle Personalunterlagen gewesen sind.

Er nimmt die restlichen Akten heraus, überprüft sie kurz und legt eine weitere Mappe vor sich auf den Tisch.

»Müllerschön«, sagt er zu mir.

»Guten Morgen«, sage ich genervt, »Müllerschön hatten wir schon.«

Er schüttelt den Kopf. »Nein, hatten wir noch nicht.«

Als ich ihm ins Wort fallen will, stoppt er mich mit einer knappen Handbewegung.

»Hatten wir noch nicht, liebe Pia. Glauben Sie mir doch einmal. Hatten wir noch nicht. Wir hatten Nadine Müllerschön. Richtig?«

»Richtig.«

»Hier steht aber Joachim Müllerschön, und das ist ihr Bruder. Also ich meine Nadines Bruder.«

»Und?«

»Der hat hier als Projektleiter gearbeitet und ist vor zwei Jahren im gegenseitigen Einvernehmen mit der Geschäftsleitung – so steht es zumindest da – aus dem Unternehmen ausgeschieden.«

»Komisch, daß die Müllerschön nie von ihrem Bruder geredet und ihn auch sonst nie jemand erwähnt hat.«

»Ich glaube, ich weiß warum«, sagt Cornfeld und zieht einen handgeschriebenen Zettel aus der Mappe, den er mir wortlos rüberschiebt.

»Beerdigung: 3. März – 16:00 Uhr – Waldfriedhof« steht dort. Er ist ein halbes Jahr nach Verlassen der Firma gestorben. Das ist ja seltsam, denke ich. Vielleicht sollte ich die Heiler danach fragen? Die weiß doch immer alles.

Cornfeld hat sich wieder nach unten gebeugt. Er zieht eine Klarsichthülle mit Zeitungsausschnitten aus der Schublade, nimmt die Papiere aus der Hülle und breitet sie mit beiden Händen auf dem Schreibtisch aus. Wir stehen beide staunend da. Vor uns liegen an die zwanzig Titelbilder und Modefotos, die alle aus bekannten Frauenzeitschriften herausgerissen worden sind. Und es ist immer dieselbe Frau, die darauf abgebildet ist: Josy Lautenberg. Außerdem finden wir zwei ausgeschnittene Zeitungsartikel, an deren Rand der Name der Zeitung und das Datum vermerkt sind.

»Die hat die Heiler gesammelt«, sage ich. »Das ist eindeutig ihre Schrift.«

Cornfeld nickt. »Konkurrenzanalyse oder so eine Art masochistische Selbstzerfleischung?« Er schiebt mir die

Aufmacherseiten einer Modestrecke aus der deutschen Vogue über den Tisch.

»Nicht schlecht«, sagt er. Und ich kann ihm nicht widersprechen. Das Bild geht weit über das hinaus, was Modefotografie üblicherweise zu bieten hat. Das ist der eindeutige Versuch, Kunst zu produzieren. Josy steht in einer dieser typischen affektierten Model-Posen, mit durchgedrücktem Kreuz, eingeknickter Hüfte und nachlässig in die Taille gestemmten Fäusten inmitten eines Scherbenmeers. Sie trägt extrem hochhackige, silbrige Abendschuhe, einen hautfarbenen Slip und darüber ein bodenlanges Nichts aus durchsichtig-glitzerndem Tüll. Ihr Gesicht ist in hellen pudrigen Farben geschminkt, auf ihrem Kopf türmt sich eine groteske Perücke aus weißer Watte, die wie eine dicke, schwere Wolke über ihren Rücken bis zur Hüfte herabfällt. Den Hintergrund bildet eine geborstene Spiegelfläche, deren scharfe Bruchkanten Josys Bild in Dutzende von Einzelteilen zerlegen. Fragmente, die sich zu keinem Ganzen mehr zusammenfügen. Quer über der Doppelseite steht in großen glänzenden Buchstaben: »Frau aus Glas.«

»Phantastisch, nicht«, sagt Cornfeld anerkennend.

Unwirsch schiebe ich die Veröffentlichung beiseite. »Ja«, sage ich, »nicht schlecht«, und ärgere mich über mich selbst, weil ich ihm seine unverhohlene Begeisterung übelnehme.

Ich beschäftige mich lieber mit den Artikeln aus der Tagespresse, die mir weniger heikel erscheinen. Sie sind vor sechs Jahren verfaßt worden und entsprechend vergilbt ist das Papier. »Model von Pop-Star zusammengeschlagen« steht über der ersten Geschichte. Darin wird von der After-Show-Party einer bekannten Band berichtet, bei der es zu einer tätlichen Auseindersetzung zwischen einem Model namens Josephine Rainer und dem Drummer der Band gekommen ist. Sie mußte hinterher wegen einer aufgeplatzten Augenbraue und eines ausgeschlagenen Zahns im Krankenhaus behandelt werden und hat den Musiker noch in der gleichen Nacht wegen sexueller Nötigung und Körperverletzung angezeigt. Der zweite Artikel ist sehr viel kürzer, eher eine Fünf-Zeilen-Meldung. Darin steht in dürren Worten, daß die Anzeige zurückgezogen worden ist.

»Hier Doktorchen, lesen Sie mal. Das sind die Schattenseiten des Model-Daseins. Da hat die arme Josy eins aufs Maul gekriegt«, sage ich und geniere mich für die Häme, die da mitschwingt.

Cornfeld nimmt mir die beiden Ausschnitte aus der Hand und überfliegt sie kurz.

»Da war sie noch nicht verheiratet«, sagt er.

»Schlauer Bub«, antworte ich lakonisch.

»Warum hat sie bloß einen Rückzieher gemacht?«

Ich zucke mit den Schultern. »Wahrscheinlich haben sie ihr noch mehr Prügel angedroht. So läuft das doch immer.«

Cornfeld schüttelt den Kopf. »Glaube ich nicht. Den Schlagzeuger habe ich mal in einer Talk-Show im Fernsehen gesehen, der machte absolut keinen gewalttätigen Eindruck. Eher im Gegenteil ...«

»Ach Doktorchen, seien Sie doch nicht so naiv. Das sieht man den Leuten doch nicht an.«

Plötzlich fällt mir die Weihnachtsdekoration wieder ein, und ich sehe erschrocken auf die Uhr.

»Cornfeld, es ist halb elf, wir müssen los.«

KAPITEL 19

Ich bin spät dran. Zum Haareföhnen bin ich noch nicht gekommen. Stattdessen kämpfe ich mit einem Knäuel ineinander verknoteter Strumpfhosen und versuche erfolglos, aus meinen schwarzen Pumps die hellgrauen Schneeränder herauszubürsten. Anstatt mich rechtzeitig auf dieses Weihnachtsfest vorzubereiten, habe ich wieder alles bis zum letzten Moment vor mir hergeschoben. Und jetzt tobt das Chaos. Als ich gerade mein schwarzes Abendkleid anziehe und mich mit dem Gedanken anfreunde, statt der Pumps vielleicht doch lieber die Riemchensandaletten zu nehmen, klopft es. Wie üblich wartet die Ametsbichler meine Reaktion gar nicht erst ab, sondern reißt die Tür auf und schiebt einen jungen Mann ins Zimmer.

»Besuch für Sie«, kräht sie, zwinkert mir freundlich zu und knallt die Tür hinter John ins Schloß. Der steht verlegen grinsend vor mir und deutet auf meine Haare: »Bin ich zu früh?«

»Nein, nein, ist schon okay. Ich beeile mich. Setzen Sie sich, ich bin gleich wieder da.«

Hektisch renne ich ins Bad, überlege es mir dort anders, haste zurück, drücke John die Pumps in die Hand und bitte ihn, die Schneeränder zu entfernen. Dann düse ich retour, bürste meine Haare über den Kopf und beginne sie zu föhnen. Als ich mit fast trockenen Haaren und einem Makeup, das ich in der Rekordzeit von nur fünfzehn Minuten aufgelegt habe, in mein Zimmer komme, sitzt John auf meinem Bett. In der linken Hand einen meiner Schuhe, in der rechten einen Putzlappen, dessen tiefschwarze Farbe seinen Arbeitseifer belegt. Einen kurzen Augenblick fühle ich mich ganz leicht, so als verlöre ich den Halt, als befände ich mich im freien Fall. Kein Wunder, denke ich, bei dem Anblick. In seiner schwarzen Jeans und dem hellgrauen Hemd sieht John absolut hinreißend aus. Wie meine lieben Kolleginnen wohl reagieren werden, wenn ich mit diesem Traummann auf dem Fest erscheine? Gutgelaunt nehme ich das dunkelgraue Sakko, das John ausgezogen und neben sich gelegt hat, vom Bett und hänge es auf einen Bügel an den Schrank. Dann drehe ich mich einmal um mich selbst, bleibe vor ihm stehen und sage: »Na?«

Nach langen Überlegungen habe ich mich für ein Abendkleid aus bodenlanger schwarzer Seide entschieden, über die ein feiner mit schwarzglänzenden Schmucksteinen bestickter Tüllstoff fällt. Das Ganze wird von zwei schmalen Spaghettiträgern gehalten, die eine Menge Dekolleté frei lassen. Das ideale Outfit für einen Champagner-Empfang auf einer Luxusjacht in Saint Tropez. Ob es allerdings das Richtige für ein Weihnachtsfest Ende November ist, weiß ich nicht so genau.

»Too much?« frage ich John unsicher.

Er lächelt sein unwiderstehliches Hochglanzmagazin-Lächeln: »Oh no, it's gorgeous, really gorgeous.«

Dann stellt er meine Schuhe auf den Boden.

»Die sollten Sie aber nicht dazu tragen.«

Da kann ich ihm nicht widersprechen. Er hat fast eine halbe Dose Schuhcreme draufgeschmiert, und die Ränder schimmern immer noch gräulich durch.

»Macht nichts, dann nehme ich eben die Riemchensandaletten.«

Um dem Kleid den sommerlichen Touch zu nehmen und Lungen-, Blasen- und sonstigen Entzündungen vorzubeugen, habe ich gestern noch eine Samtstola mit einem weinroten Rosenmuster erstanden. Als ich sie jetzt aus der Einkaufstüte ziehe und mir um die Schultern hänge, schlägt etwas Hartes gegen meinen Arm. Der Sicherheitsclip baumelt noch dran. Anscheinend hat die Verkäuferin vergessen, ihn zu entfernen. John, ganz Gentleman, breitet die Stola auf dem Tisch aus und versucht, den Clip mit einer Schere auseinanderzudrücken. Das macht er sehr behutsam, um den Samtstoff nicht zu beschädigen. Süß sieht er aus, wie er da hochkonzentriert über meinen Schal gebeugt steht, drei helle Haarsträhnen in der Stirn, die Lippen andächtig zusammengepreßt. Doch als er die beiden Plastikteile endlich auseinanderhebelt, spritzt eine Flüssigkeit heraus und trifft ihn direkt auf der Brust. Zuerst sind wir beide starr vor Schreck, dann muß ich laut lachen. Auf seinem Hemd prangt ein roter Farbklecks. Auch meine Samtstola hat einige Spritzer abbekommen, die auf dem Rosenmuster aber nicht weiter auffallen.

»Wußten Sie, daß die da rote Farbe rein tun?« frage ich ihn immer noch lachend.

»Nein, sonst hätte ich das Ding bestimmt nicht aufgemacht«, antwortet er sauer. Offensichtlich kann er die Geschichte nicht komisch finden. Ganz im Gegenteil, der Vorfall macht ihm richtig schlechte Laune. Mit bitterböser Miene erklärt er mir, daß das Hemd von Lorenzini sei, ein Schweinegeld gekostet habe und seinem besten Freund gehöre. Und überhaupt habe er auch keine Lust, in diesem Aufzug zu einer Agenturfete zu gehen.

»John, das ist kein Casting, das ist nur ein Fest, ein ganz normales, dusseliges Fest, kein Grund, sich so aufzuregen.« Ich versuche noch immer, die Geschichte ins Lächerliche zu ziehen. Wo sind bloß sein Charme, seine Coolness, seine Souveränität geblieben? Er ist beleidigt, zieht eine Schnute wie ein kleines, verwöhntes Kind, das nicht bekommt, worauf es glaubt, Anspruch zu haben. Ich fange an, mich zu ärgern. Soviel kindische Eitelkeit auf einem

Haufen ist nicht mein Fall. Johns Heiligenschein bekommt Kratzer.

Das Anwesen der Konrads liegt hinter hohen, leuchtend weiß gestrichenen Betonmauern in der Münchner Straße. Unser Taxi fährt durch das offene grüne Metalltor und hält vor einem zweigeschossigen, weißen Bau. Ich bezahle den Fahrer und steige aus. Das Haus ist ein häßlicher Kasten aus den fünfziger Jahren. Mit Rauhputz verkleidete Mauern. Fenster wie schwarze Löcher. Ein Garten, der sich auf eine von Koniferengewächsen gesäumte Rasenfläche beschränkt. Alten Gaslaternen nachempfundene, weiß lakkierte Lampenmonster, die den Betonplattenweg zur Haustür nur unzureichend beleuchten.

Mein Begleiter hat den Wagen inzwischen auch verlassen und steht, das Haus abschätzig musternd, neben mir.

»Gräßliches Teil«, ist alles, was er sagt. Seine Laune hat sich nicht verbessert.

Schon beim Betreten des Hauses höre ich im Flur lautes Stimmengewirr. Eine ältere Frau im dezent schwarzen Kleid, mit blütenweißer Schürze und einer kleinen, weißen Haube im grauen Haar eilt auf uns zu, nimmt uns die Mäntel ab und führt uns durch eine dieser altmodischen Rundbogentüren in den Salon. Der Raum ist etwa vierzig Quadratmeter groß und erweitert sich zum Garten hin in einen länglichen verglasten Anbau, an dessen Fensterflächen schwarze Raubvogel-Silhouetten kleben. Der passende Rahmen für einen sehr hohen, ausschließlich mit silbernem Schmuck behängten Weihnachtsbaum, der unter der Last der Kugeln, Kerzen, Schleifen und bunten Holzfigürchen seine Astenden gefährlich weit nach unten neigt. Direkt davor ist auf schmalen Tischen das kalte Büffet und daneben ein Mikrofon aufgebaut. Die Decke zieren an die hundert rotsilberne Luftballons in Form von kleinen, runden Weihnachtsmännern, die amüsiert auf die illustre Gesellschaft herabzulächeln scheinen.

Über den ganzen Raum sind kleine, runde Stehtische mit bodenlangen, weißen Tischdecken, roten Kerzen und Blumengedecken verteilt. Ich schätze, daß mittlerweile an die vierzig Personen anwesend sind, die sich in den üblichen Fraktionen und Cliquen um die Tische gruppieren und einen Lärmpegel entwickeln, der einer besinnlichen Weihnachtsfeier nicht unbedingt angemessen ist. In dem gedimmten Licht kann ich nicht alle Gäste genau erkennen, aber eins scheint sicher: Ich bin die einzige, die ein langes Abendkleid trägt. Bevor ich mich ins Gewühl stürze und für mich und John zwei Gläser Sekt von einem der Tabletts der Kellner nehme, kommt Frau Heiler auf uns zu.

»Na Frau Petry, haben Sie Ihren Sohn mitgebracht?«

Die Bemerkung ist ziemlich unverschämt. Doch heute stört mich das nicht. Ich bin ja schon froh, daß sie überhaupt wieder mit mir spricht. Sie hält den Kopf leicht schräg und mustert John aus halbgeschlossenen Augen. Dann beugt sie sich vor und flüstert mir ins Ohr: »Wo haben Sie den denn aufgegabelt?«

»In der U-Bahn.«

Sie pfeift anerkennend durch die Zähne. »Öffentliche Verkehrsmittel haben doch was für sich.«

Dann dreht sie sich suchend zu den anderen Gästen um.

»Haben Sie Frau Müllerschön schon gesehen?« frage ich, bemüht, das Gespräch nicht abbrechen zu lassen.

»Nein, die kommt auch nicht. Die hatte doch vor einem halben Jahr einen Todesfall in der Familie«, antwortet sie abwesend.

»Aber das ist doch kein Grund, nicht zu kommen«, antworte ich.

Die Heiler sieht mich neugierig an und lächelt sibyllinisch.

»Das ist tatsächlich kein Grund. Aber sie hat einen Grund, das können Sie mir glauben.«

Wieder dreht sie sich um und präsentiert uns ihre Rückseite. »Die Lautenbergs sind da drüben. Sehen Sie? Wirklich unglaublich«, sagt sie, den Kopf leicht zu mir gedreht, aber immer noch in die andere Richtung schielend.

»Wieso?« frage ich.

»Wir haben heute in der Agentur Wetten abgeschlossen, ob die tatsächlich kommen werden, vor allem wegen Josy. Aber sie sind alle drei da.«

Dann scheint sie jemanden entdeckt zu haben, der ihre volle Aufmerksamkeit verdient. Sie dreht sich zu uns um, zwinkert John neckisch zu und läßt uns mit dem Spruch »Ich guck mal, was es zu essen gibt«, stehen.

»Tja, Essen ist die Erotik des Alters«, sagt da eine männliche Stimme hinter mir. Ich drehe mich um und stehe einem selig lächelnden Jürgen Schreiber gegenüber. Kein Wunder, er hält Katja an der Hand, die in ihrem eleganten, dunkelblauen Hosenanzug aussieht, als wäre sie gerade einem Schaufenster entsprungen. Die beiden sprühen nur so vor guter Laune und sehen aus wie das Dream-Team schlechthin: Jung, attraktiv, bester Stimmung und verliebt bis in die Haarwurzeln.

»Ich hoffe, Sie haben nicht mich gemeint, mit dem Spruch über die Erotik des Alters.«

Er lacht laut. »Wie kommen Sie denn darauf?« und dann, John musternd: »Offensichtlich müssen Sie noch nicht aufs Essen zurückgreifen.«

Ich stelle John den beiden vor und behaupte gerade wieder, wir hätten uns in der U-Bahn kennengelernt, als Meyer zu uns tritt, wie immer ganz in Schwarz gekleidet, mit einer goldenen Nickelbrille auf der geschwungenen Adlernase und einer Glatze, die im Kerzenlicht wie eine von Frau Konrads silbernen Christbaumkugeln glänzt. Er baut sich direkt vor Katja auf und mustert sie wie die Katze die Auslagen im Fischgeschäft.

»Möchte mir nicht jemand die junge Dame vorstellen?« fragt er in seinem arrogant nasalen Tonfall.

Schreiber verzieht das Gesicht. »Katja Schulenburg, eine Freundin von Frau Petry…«

Meyer wendet kurz den Blick von Katja, sieht mich, dann John an, hebt die rechte Augenbraue, faßt mich am Arm und zieht mich zur Seite.

»Wer ist der Typ?« fragt er leise.

»John ist ein Bekannter, den ich in der U-Bahn…«

»Wieso bilde ich mir dann ein, ihn auf einer der Setcards gesehen zu haben?«

»Ach, das ist Zufall, er ist Model und hat sich für den Severing-Job beworben.«

»Die U-Bahn ist vielleicht Zufall. Daß er hier ist, ist keiner. Machen Sie ihm klar, daß bei uns keine Besetzungscouch rumsteht. Zumindest nicht in Ihrem Zimmer.«

»Was wollen Sie damit sagen?« zische ich ihn aufgebracht an.

»Daß er den Job nicht kriegt, nur weil er in Ihr Bett gekrochen ist.«

»Sagen Sie mal, was unterstellen Sie mir da eigentlich?«

»Ich unterstelle Ihnen gar nichts, ich warne Sie nur.«

Dann dreht er sich um, steuert direkt auf Katja zu, hakt sich bei ihr unter und sagt: »Ich muß Sie unbedingt Herrn Lautenberg vorstellen. Sie sind genau der Typ, den wir gerade für einen Shampoo-Spot suchen.«

Katja hin- und hergerissen zwischen Ablehnung und Begeisterung kann sich zu keiner Gegenwehr entschließen und läßt sich widerstandslos abschleppen. Im Weggehen höre ich noch, wie er sich bei ihr erkundigt, wo sie denn diesen Schreiber kennengelernt habe.

»Als nächstes wird er wissen wollen, ob sie schon mit Ihnen im Bett war und wie es ihr gefallen hat«, sage ich zu

Schreiber, der wie versteinert dasteht und den beiden nachstarrt.

»Nein«, sagt er, »als nächstes wird er sie fragen, welche Farbe ihre Unterwäsche hat.«

»Richtig, da habe ich wohl die Reihenfolge durcheinander gebracht.«

Schreiber sieht auf seine Uhr und beobachtet die beiden, die sich durch die Menge Richtung Lautenberg drängeln.

»Fünf Minuten geb ich ihm, dann hole ich sie mir zurück«, sagt er grimmig.

Das Stehen in den hohen Schuhen bekommt meinem Rücken nicht. Ein stechender Schmerz, der sich bislang auf mein Hohlkreuz konzentriert hat, beginnt ins rechte Bein auszustrahlen. Du wirst alt, denke ich. Alt und unsportlich. Es ist schon Monate her, daß ich ein Fitness-Studio von innen gesehen habe und wann ich das letzte Mal an der Alster gejoggt bin, weiß ich schon gar nicht mehr. So geht das nicht weiter ...

Jemand zieht kräftig an meinem Kleid. Ein kleiner Junge steht neben mir und schaut mit großen Augen zu mir auf. Es ist Maximilian Lautenberg.

»Bist du eine Prinzessin?« fragt er ernsthaft.

»Nein, leider nicht.«

Das scheint ihn nicht zu überzeugen. Er wendet sich an Schreiber.

»Jürgen, sie ist eine Prinzessin, nicht?«

Schreiber geht in die Hocke, streicht dem Jungen behutsam über das gegelte Blondhaar und lächelt ihn liebevoll an.

»Ja, kleiner Mann. Sie ist eine Prinzessin. Aber heute abend ist sie ausgebüchst.«

Maximilian nickt und sieht ernst zu mir hoch. Ich bücke mich und nehme ihn auf den Arm. Soviel plötzliche Nähe macht ihn verlegen, er dreht sein Gesicht weg und drückt seine Nase gegen meinen Hals. Dann hebt er aber doch den

Kopf, sieht mich an und schubst mir seinen Zeigefinger gegen die Wange. »Ich habe es aber gemerkt. Du hast dich verraten, wegen dem Kleid.«

Auch eine Art mir zu sagen, daß ich mit meinem Outfit total overdressed bin.

»Ja, da hast du ganz recht, das nächste Mal werde ich etwas anderes anziehen. Dann erkennt mich bestimmt niemand.«

Langsam wird mir der junge Mann zu schwer, und als ich Anstalten mache, ihn wieder auf den Boden zu stellen, nimmt Schreiber ihn mir ab und setzt ihn sich auf die Hüfte.

»Max, was möchtest du zu Weihnachten?« fragt er ihn gutgelaunt.

Max aber kommt nicht dazu, diese Frage zu beantworten. Josy Lautenberg steht plötzlich mit hochrotem Kopf vor Schreiber und reißt ihm den Jungen aus den Armen.

»Ich such dich schon überall, mußt du immer abhauen«, faucht sie das Kind an und rennt mit ihm davon. Wir stehen erschrocken da und sehen uns an.

»Sie sollte mal ein Buch über Kindererziehung lesen«, sage ich kopfschüttelnd. John hat offensichtlich keine Lust, sich dazu zu äußern und blickt weiterhin stumm vor sich hin. Auch Schreiber scheint dem Vorfall keine große Bedeutung beizumessen.

»Sie ist überfordert. Das ist alles«, sagt er, und mit dem Satz: »Ich guck mal, wo Katja steckt« stürzt er sich ins Getümmel, wildentschlossen, seine neue Traumfrau Meyers Krakenarmen zu entreißen.

Jetzt, wo wir wieder alleine sind, macht John den Mund endlich auf. »War sie mal Model?«

»Wer?«

»Die Frau mit dem Kind.«

»Sie meinen Frau Lautenberg. Ja, soviel ich weiß. Gefällt Sie Ihnen?«

»Sie hat was. Something special«, sagt er und läßt kein Auge von ihr. »So etwas – wie soll ich sagen – Zerbrechliches. Kann man das so sagen?«

»Ja, ja«, antworte ich. »So kann man das sagen.« Ich erinnere mich an das Modefoto aus der Vogue und füge hinzu: »Als wäre sie aus Glas, nicht?«

John, der meinen ironischen Unterton nicht bemerkt, nickt zustimmend. Und ehrlich gesagt, hat er gar nicht mal so unrecht. Jetzt steht Josy mit hängenden Schultern vor ihrem kleinen Sohn und starrt quer durch den Raum zu Schreiber, der mit Katja Händchen hält. Josys Gesicht ist aschfahl und wirkt fast knochig. Flüchtig geht mir durch den Kopf, daß sie auf Katjas Schönheit eifersüchtig ist. Da taucht Lautenberg neben ihr auf, nimmt seinen Sohn auf den Arm und sagt etwas zu seiner Frau. Schlagartig verändert sich ihr Gesichtsausdruck. Wütend fährt sie zu ihm herum, zischt ihn aufgebracht an und rennt ohne seine Reaktion abzuwarten davon. Lautenberg steht weiß wie die Wand da und sieht aus, als wäre er kurz davor zu explodieren. Für einen Choleriker wie ihn muß es verdammt schwer sein, in einer solchen Situation die Ruhe zu bewahren. Josy bahnt sich ihren Weg durch die Menge und stößt die Leute, die ihr in die Quere kommen, unsanft zur Seite. Als sie sich an Schreiber vorbeidrängelt, sagt er etwas zu ihr und versucht sie, am Arm festzuhalten. Doch völlig erbost stößt sie ihn weg, läuft weiter, und kurz bevor sie die Tür erreicht hat, reißt sie sich mit einer heftigen Bewegung ihre Kette vom Hals.

Ich sehe John an. »Was war das denn?«

»Die braucht 'ne Line«, sagt er trocken, »von hier nach Moskau und wieder zurück.«

»Wie kommen Sie denn drauf, daß sie Koks nimmt?«

»Weil ihre Pupillen so groß wie Klodeckel sind und weil in unserer Branche so ziemlich alles eingeschmissen wird, was gut und teuer ist. Aber den Skarabäus hätte sie sich nicht gleich vom Hals reißen müssen. Das wirkte doch etwas sehr theatralisch.«

»Skarabäus? Was für einen Skarabäus?« frage ich erstaunt.

»Die Kette mit dem goldenen Käfer.«

»Oh, der Anhänger war mir gar nicht aufgefallen.«

Er nickt. »Das verstehe ich. Das ist kein sonderlich origineller Schmuck. Und besonders schön war er auch nicht.«

Wir werden von lautem Gebimmel unterbrochen. Die Gespräche verstummen, Hälse recken sich, Gläser werden klirrend abgestellt. Ein Weihnachtsmann hat die Szene betreten. Klein, dick, ja fast schon kugelrund, kommt er im roten Kapuzenmantel, mit einem prall gefüllten Jutesack auf dem Rücken und weißem Rauschebart vorm Gesicht hereingewatschelt. Eine nette Idee, denke ich, ein Nikolaus, der den lieben Kollegen die Leviten lesen wird. Das kann interessant werden. Ich schubse John an und flüstere ihm zu: »Ich hoffe, Sie sind auch schön brav gewesen.« Er grinst und nickt. »Ich habe nichts zu befürchten.«

Der Weihnachtsmann bleibt vor Lautenberg, der Max auf dem Arm hält, stehen und redet mit dem kleinen Jungen. Was er ihm sagt, kann ich nicht verstehen. Aber das Kind hat große, glänzende Augen und lacht sogar einmal kurz. Dieser Himmelsbote scheint sein Handwerk zu verstehen. Gelassen schreitet er zum Mikrofon, faltet einen kleinen Zettel auseinander, auf dem er sich anscheinend Stichworte für seine Rede notiert hat, wartet, bis alle Anwesenden verstummt und sämtliche Augenpaare erwartungsvoll auf ihn gerichtet sind.

»Liebe Mitarbeiterinnen und Mitarbeiter der berühmt-berüchtigten Firma Lautenberg, Konrad und Partner …«

Augenblicklich erkenne ich die Stimme, und sofort wird mir schlecht.

»... euer Ruf eilt euch weit voraus. Sogar ich, hochdroben über den Wolken habe schon von euch gehört und mich entschlossen, dieser überaus erfolgreichen Agentur einmal einen Besuch abzustatten. Vielleicht kann ich ja noch etwas von den sogenannten Kreativen hier unten lernen, habe ich mir gedacht. Aber was mußte ich da feststellen? Mitnichten kann ich mir etwas abschauen, mitnichten sind eure Kunden und deren Produkte besser auf den heimischen Märkten plaziert. Für keinen eurer Kunden konntet ihr einen Bekanntheitsgrad von fast hundert Prozent durchsetzen. Mich aber kennt so gut wie jedes Kind auf der ganzen Welt. Keiner erreicht eine so breite Zielgruppe, eine so durchgängige Zielgruppenakzeptanz und ein so traumhaft positives Image wie ich.«

Während er weiterredet, laufen mir dünne Rinnsale über den Rücken. Ich hätte nie gedacht, daß ich spontan so viel Schweiß produzieren kann. Mein Herzschlag setzt immer mal wieder kurz aus, mein Mund ist vollkommen ausgetrocknet, meine Hände zu zittrig, um ein Glas zu halten. John steht neben mir und lacht. So wie fast alle hier im Raum. Für die ist das ja auch komisch. Nur für mich ist es das nicht. Nur ich weiß, daß dieser Auftritt ganz allein mir zuliebe stattfindet. Daß niemand hier diesen Weihnachtsmann bestellt hat und niemand der Anwesenden ihn bezahlen wird. Wahrscheinlich denkt Lautenberg, die Nikolaus-Nummer sei eine nette Idee von Konrad gewesen und der denkt, sie sei auf Lautenbergs Mist gewachsen. Keiner außer mir ahnt, daß der Weihnachtsmann heute abend nur wegen einer einzigen Person hier ist und daß diese Person sich etwas zu Schulden hat kommen lassen.

»Nun«, sagt er und macht eine bedeutungsvolle Pause, »jetzt kommen wir zu den Neuzugängen!«

Mein Kreislauf bricht zusammen. Ich muß mich am Tisch festhalten. John, der mein käsiges Gesicht bemerkt, legt den Arm um mich.

»Nicht umfallen«, flüstert er mir ins Ohr. »Ich beschütze Sie, ich werde nicht zulassen, daß er Ihnen etwas tut.«

Er meint das witzig, nur daß ich leider nicht darüber lachen kann.

»So hat eine neue Kollegin aus dem hohen Norden den Weg zu euch in die bayerische Metropole gefunden. Mit viel Gespür und geradezu detektivischer Umtriebigkeit ist es ihr gelungen, sich in kürzester Zeit in die komplexe Werbematerie einzuarbeiten und ihren mörderisch schweren Job in den Griff zu bekommen. Durch ihr freundliches, aufgeschlossenes Wesen konnte sie sich schnell die Achtung der Kollegen und das wichtigste Projekt im Haus sichern. Auch ihr Verhältnis zur Geschäftsleitung kann nur als vorbildlich bezeichnet werden.«

In der einen oder anderen Ecke des Raums ist unterdrücktes Gekicher zu hören.

»Allerdings gibt es einen Mangel, der eurem Neuzugang anhaftet. Die Kollegin kommt morgens gern zu spät. Der Wecker hat nicht geklingelt, die U-Bahn ist nicht angesprungen.«

John hält mich immer noch im Arm. Das ist auch gut so. Das vereinzelte Gekicher ist in allgemeines Gelächter übergegangen.

»Dafür aber, das muß man ihr zugute halten, arbeitet sie abends gerne länger. Manchmal sogar die ganze Nacht.«

»Mistkerl«, rutscht es mir da raus, und John drückt mich fest an sich.

»Das einzige, was sie sich hin und wieder gönnt, sind lange Vollbäder, um die arg strapazierte Arbeitskraft für das Unternehmen zu regenerieren.«

Ich bin kurz davor, zum Mikrofon zu stürzen und dem lieben Nikolaus die niedliche, kleine Knollennase mit einem gezielten Fausthieb zu brechen.

»Zum guten Schluß laßt euch folgendes gesagt sein: Belohnt wird nur, wer immer brav seine Arbeit macht, nie

Wörter wie Gehaltserhöhung, Arbeitszeitreduzierung oder gar Urlaub in den Mund nimmt und die Nächte am liebsten in der Agentur verbringt. Doch höret ...«

Und da macht er eine effektvolle Pause.

»... höret liebe Leut, wer Schulden hat, der muß sie bezahlen und zwar in den nächsten zwei Wochen, sonst werde ich sehr, sehr böse.«

Die Anspielung hat zwar keiner so recht verstanden, aber in der allgemeinen Heiterkeit fällt das absonderliche Schlußwort nicht weiter auf. Die Menge johlt und klatscht und schreit »Zugabe, Zugabe ...«.

Nur das nicht, denke ich. Hoffentlich haut dieser Kranzler jetzt endlich ab, und hoffentlich macht er den Mund nicht wieder auf. Meine Beine sind ganz wackelig, meine Hände zittern. Wie soll ich nach dem Schock nur den Rest des Abends überstehen?

Der Weihnachtsmann winkt seinen Fans hoheitsvoll zu, macht einen irren Krach mit seiner blöden Bimmel und verläßt unter lauten Ho-Ho-Ho-Rufen die Veranstaltung.

Ich muß mich setzen. John führt mich zu einem dreisitzigen Sofa, auf das ich mich in der felsenfesten Überzeugung fallen lasse, den Rest des Abends hier zu verbringen.

»Ich besorge Ihnen etwas zu trinken«, sagt er und verschwindet Richtung Büffet. Eigentlich gar nicht so schlecht, der Junge. Nett, höflich und praktisch veranlagt. Mehr, als man von den meisten Männern erwarten kann. Doch bevor ich mich erholt habe, steht schon wieder ein Mann vor mir. Ein kleiner allerdings, und wieder mal zupft er energisch an meinem Kleid. Er fragt gar nicht erst, ob er das darf, sondern klettert zu mir aufs Sofa und kuschelt sich an mich.

»Wo ist denn deine Mama?« frage ich, einen weiteren hysterischen Auftritt seiner Mutter befürchtend.

»Die ist nach Hause«, beruhigt er mich.

»Jetzt schon? Warum denn?«

»Sie wollte sowieso nicht her kommen. Papa wollte das. Und dann haben sie Krach gekriegt.«

»Weißt du warum?« frage ich den Jungen und habe sofort ein schlechtes Gewissen. Aber die Möglichkeit, so einfach und schnell an Informationen zu kommen, ist zu verführerisch, um sie ungenutzt sausen zu lassen.

»Papa hat sich aufgeregt. Er hat gesagt, sie soll nicht so viel trinken«, antwortet mir Maximilian. Dann sieht er mich fragend an. »Aber es ist doch nicht schlimm, wenn sie etwas trinkt, oder?«

Ich beantworte diese Frage lieber nicht.

»Und – bist du jetzt traurig, weil sie nicht mehr da ist«, lenke ich ihn ab.

»Nein.«

»Nein?«

»Nein, sie ist so komisch, seit Sandra tot ist.«

Ich drücke ihn fest an mich. »Das ist auch sehr schwer für sie, weißt du. Sie hat Sandra sehr lieb gehabt ...«

»Aber ich kann doch nichts dafür ...«, schluchzt er auf einmal und drückt sein Gesichtchen gegen meinen Bauch. Ratlos sehe ich auf den von Weinkrämpfen geschüttelten kleinen Kerl.

»Soll ich deinen Kummer vertreiben?« frage ich ihn leise.

Er sieht mich neugierig aus verweinten Augen an und nickt. Ich nehme eine kleine Parfümflasche aus meiner Handtasche und halte sie ihm unter die Nase.

»Was meinst du, magst du den Duft?«

Max schnieft heftig, schnuppert und nickt. Na bitte, es geht doch nichts über eine gute Ablenkungsstrategie.

»So, wir geben etwas davon auf deinen Hals, und du wirst sehen, der Kummer ist dann ganz schnell verflogen.«

Brav neigt er seinen Kopf zur Seite, und ich sprühe ihm vorsichtig ein bißchen Chanel Nr. 19 hinters Ohr.

»Besser?«

Er lächelt tapfer, und ich nehme ihn auf den Schoß und drücke ihn ganz fest an mich. Kichernd windet er sich in meinen Armen und scheint den Körperkontakt sichtlich zu genießen.

»Schön?«

»Jaaa«, sagt er glucksend.

Da fällt ein Schatten auf uns. Lautenberg steht vor dem Sofa.

»Max«, sagt er schroff, »ich glaube, es wird Zeit, daß du ins Bett kommst.«

Der Kleine krabbelt von meinem Schoß und klettert sofort zu seinem Vater auf den Arm.

»Sie haben einen ausgesprochen plietschen Sohn«, sage ich zu Lautenberg, der mißbilligend auf mich herabsieht.

»Plietsch?«

»Oh, das sagen wir in Hamburg für clever, intelligent, aufgeweckt.«

»Ach so«, sagt er und streicht Max liebevoll über den Kopf, »da könnten Sie recht haben. Der junge Mann kommt ja auch ganz nach seinem Papa.«

Er lächelt ein unbeteiligtes Lächeln, das als höfliche Reaktion auf mein Kompliment gedacht ist, nickt mir kurz zu, drückt Max an sich und geht mit ihm zurück in den Salon. Ich höre noch, wie er »Du riechst aber gut« zu ihm sagt, als er mit ihm den Raum durchquert. Jetzt, wo ich die beiden so nahe beisammen sehe, fällt mir auf, daß das Kind die Kopie seines Vaters ist. Das blonde Haar, genauso an den Kopf geklebt, der identische Anzug, auffällige Ähnlichkeiten in der Gestik. Von weitem sieht es aus, als trüge Lautenberg eine ihm nachempfundene Puppe spazieren. Er sei ein sehr guter Vater, einer der sich kümmert, hat mir die Heiler einmal erzählt. »Die Familie geht ihm über alles.« Vielleicht ist Lautenberg aber auch nur einer jener Machos, die vor allem ihren Sohn wahrnehmen, den ersehnten Stammhalter, der die Tradition und die Firma weiterführen soll. Oder hat er tatsächlich ein Faible für Kinder und sich auch um Sandra so liebevoll gekümmert?

»Hier«, sagt John und drückt mir ein Glas in die Hand, »das bringt Ihren Kreislauf wieder in Schwung.«

Unsere Gläser schlagen klirrend aneinander. Anscheinend hat John Probleme mit der Feinmotorik. Auch die beiden hellen Haarsträhnen hängen ihm nicht mehr in die Stirn, sondern stehen widerborstig nach oben weg. Seine Augen glänzen, seine Nase ist leicht gerötet, das ganze Gesicht so gelöst, daß die harten Konturen wie unter einem Weichzeichner verschwimmen. Wofür Alkohol doch gut ist. Der junge Mann scheint sich endlich zu entspannen. Ich trinke einen Schluck Sekt und hoffe, diese ekelhafte Benommenheit, die mich dauernd anfällt, endlich loszuwerden.

»Pia, was halten Sie davon, wenn wir uns duzen?« fragt John. »Ich kann mich einfach nicht an dieses blöde Sie gewöhnen.«

Warum nicht, denke ich, die Siezerei ist mir ohnehin schon auf den Wecker gegangen.

»Einverstanden«, sage ich. »Dann müssen wir aber auch Brüderschaft trinken.«

Nachdem ich ihm erklärt habe, wie das geht, trinken wir, prosten uns zu, umarmen uns, küssen uns auf die Wange, trinken erneut, umarmen uns, küssen uns auf den Mund. Und damit hören wir so schnell nicht wieder auf. Er küßt gut. Ich hätte größte Lust, das Fest zu verlassen und mit ihm in seine Wohnung oder in irgendein kleines Hotel zu gehen. Aber ich habe gelernt: »Mit einem Mann gleich am ersten Abend ins Bett zu gehen, heißt, es ihm zu leicht zu machen.« Also wird John sich noch ein bißchen gedulden müssen.

Mittlerweile ist es Mitternacht und die Stimmung auf ihrem Siedepunkt. Die Langweiler, die um elf im Bett liegen wollen oder ihre Babysitter nicht so lange warten lassen können, sind gegangen und der Rest hat einen Alkoholpegel erreicht, dem sowohl die Hemmungen als auch ein Großteil des Denkvermögens zum Opfer gefallen sind. Die wahren Gesichter der Kollegen tauchen auf wie Gasbläschen an der Wasseroberfläche. Meyer ist so in Fahrt, daß er hemmungslos einen dreckigen Witz nach dem anderen erzählt. Das kenne ich ja schon. Was ich allerdings noch nie erlebt habe, ist die Reaktion der Frauen. Die kreischen vor Vergnügen und können gar nicht genug von diesem frauenfeindlichen Mist hören.

Nachdem Meyer sein umfangreiches Witzerepertoire endlich ausgeschöpft hat, sackt die Stimmung ab. Ernüchterung macht sich breit. Und das ein oder andere betretene Gesicht, vor allem bei den Damen, zeigt, daß die Alkoholnebel sich langsam zu lichten beginnen. Das typische Down nach einem total überzogenen Stimmungshoch. Doch Meyer ist jetzt in seinem Element und nicht bereit, seine Rolle als Stimmungskanone einfach so aufzugeben. Gesellschaftsspiel heißt das neue Zauberwort. Und schnell einigt man sich auf die Reise nach Jerusalem.

Hektische Betriebsamkeit bricht aus. Stühle werden nebeneinander gestellt, jemand an die CD-Anlage beordert, Freiwillige rekrutiert.

Auf Meyers Zeichen hin startet die Musik. Und die Berger, Karin Heiler, Meyer selbst, Schreiber, Katja und John laufen in einer lächerlichen Gänsemarsch-Formation um die Stuhlreihe herum. Mit dem Hinweis auf meinen instabilen Kreislauf habe ich mich gerade noch rechtzeitig in Sicherheit bringen können. John war das nicht gelungen. Er ist ziemlich sauer, wohl weil er für diese Art von Veranstaltung nicht betrunken genug ist. Katja kichert unentwegt und kneift Schreiber ständig in den Po, der das seinerseits mit lautem Quietschen quittiert. Die Heiler hat am meisten Probleme, da sie mal wieder die Schuhe mit den höchsten Absätzen trägt und den meisten

Weißwein intus hat. Vollkommen regelwidrig setzt sie sich ständig hin, und behauptet, in ihrem Alter müsse die ein oder andere Ruhepause erlaubt sein. Nach drei Runden wird sie disqualifiziert und samt ihrem Stuhl trotz lautstarker Proteste ihrer Fangemeinde ausgeschlossen. Kristin Berger, die hinter Meyer herläuft, ist die einzige, die noch einen relativ nüchternen Eindruck macht. Da hört die Musik auf und die Spielteilnehmer versuchen sich so schnell wie möglich einen Platz zu sichern. Sie schaffen es auch. Außer John, er hat seinen Stuhl verpaßt. Das scheint ihn aber nicht sonderlich traurig zu stimmen. Sich in alle Richtungen verneigend, wird er unter großem Gejohle aus dem Kreis entlassen und stellt sich wieder neben mich.

»Das hast du doch extra gemacht?« frage ich ihn augenzwinkernd.

Er nimmt mich in den Arm und flüstert mir ins Ohr. »Das hast du ganz richtig bemerkt.«

Die Musik hat erneut eingesetzt. Die restlichen vier Spielteilnehmer haben unter den begeisterten Anfeuerungen der Zuschauer wieder ihren Lauf um die Stühle aufgenommen. Die Berger fliegt, in ihrer Angst keine Sitzfläche in erreichbarer Nähe zu haben, fast über den letzten Stuhl in der Reihe, Schreiber läuft ständig bei ihr auf und schubst sie, worüber sie richtiggehend wütend wird. Katja kommt mit hängender Zunge hinterhergestolpert. So ist es dann auch nicht weiter verwunderlich, daß sie die nächste ist, die rausfliegt. Der vorletzte Durchlauf hat ein echtes Highlight zu bieten. Nachdem Schreiber nicht aufhört, die Berger zu schubsen, gerät die dermaßen in Rage, daß sie, als die Musik unterbrochen wird, ihn von dem Stuhl, den er sich schon erfolgreich erobert hat, gewaltsam runterschmeißt. Beleidigt steht er auf, verbeugt sich und sagt steif: »Als nächstes Spiel schlage ich Schlammcatchen vor. Mit Kristin in der Favoritenrolle.«

Die streckt ihm nur die Zunge heraus und steht mit leicht vorgebeugtem Oberkörper schon wieder da, wie eine Läuferin kurz vor dem Startschuß. Doch plötzlich richtet sie sich auf und zieht die Stirn kraus.

»Meyer, wenn einer von uns gewinnt, was kriege ich dann eigentlich?«

Die Meute grölt, und Meyer ist schwer genervt. Mit dem Gedanken hat er sich anscheinend noch gar nicht befaßt.

»Die Ehre gebührt dem Sieger«, ist seine etwas einfallslose Antwort.

»Scheiß drauf«, sagt die Berger, die anscheinend doch nicht mehr ganz so nüchtern ist. »Schampus«, lallt sie, »Schampus, Roederer Kristall, oder wie das Zeug heißt, zwei Flaschen.«

Meyer verdreht die Augen. »Eine, verdammt, eine Flasche, das Zeug ist teuer.«

Sie nickt. »Okay, du Penner, ich mach dich fertig.« Das begreift der Mann am CD-Player als Aufforderung und drückt den Startknopf. Die beiden kurven um den verbliebenen Stuhl und versuchen sich wechselseitig von der Sitzfläche abzudrängen. Die Berger vom Ehrgeiz getrieben, Meyer von der Angst, ihr einen Champagner im Wert von 240 Mark ausgeben zu müssen. Der DJ hat offenbar ein Gefühl für Dramatik. Er läßt die Musik schneller laufen und denkt gar nicht daran, die Stop-Taste so bald zu drücken. Die beiden beginnen zu hecheln und schnappen nach Luft. Plötzlich setzt Meyer sich hin. Sein Gesicht glüht, seine Augen sind aufgerissen, sein Blick geht orientierungslos ins Leere.

Die Berger heult auf. »Das ist unfair. Du stehst sofort wieder auf. So trickst du mich nicht aus.«

Doch Meyer bewegt sich nicht. Er sitzt, und er bleibt sitzen. Die Musik stoppt, die Berger kommt hinter dem Stuhl zum Stehen und hält sich keuchend an der Lehne fest.

»Meyer, du bist ein gottverdammter Spielverderber. Das ist mein Stuhl.«

Und als habe er das jetzt auch endlich begriffen, löst er sich ganz langsam von der Sitzfläche, kippt nach vorne und fällt ohne auch nur den geringsten Versuch zu unternehmen, sich in irgendeiner Form abzustützen, kopfüber vom Stuhl, sackt auf dem rötlich gemusterten Perserteppich in sich zusammen und bleibt dort in leicht verkrümmter Seitenlage liegen. Keiner sagt etwas. Noch nicht einmal die Berger.

KAPITEL 20

Die Straße ist beidseitig mit Autos zugeparkt, auf deren Dächern und Kühlerhauben vereinzelt noch Schneereste liegen. Nirgends brennt Licht. Ich bin die einzige, die um diese Zeit noch wach ist. Das unfreundliche Wetter ist genau das richtige, um es sich mit einem schönen Buch vor einem offenen Kamin gemütlich zu machen. Leider gibt es in meinem Zimmer keinen offenen Kamin, und zum Lesen bin ich um fünf Uhr nachts dann doch zu müde.

Allerdings habe ich auch ein ganz anderes Problem. Es fing gestern auf dem Fest an. Dieses Gefühl, als hätte jemand den Stecker herausgezogen. Ein kurzzeitiger Stromausfall, der Schwäche und Benommenheit auslöst, das System für wenige Sekunden zum Erliegen bringt. Das sind die eindeutigen Alarmsignale eines Körpers, der Abwehrprobleme hat, der sich einem massiven Bakterien- oder Virenangriff gegenübersieht. Normalerweise lege ich mich dann sofort ins Bett und schlucke literweise Echinacea. Manchmal hilft das, und die Sache ist nach ein oder zwei Tagen ausgestanden.

Aber gestern abend konnte ich nicht darauf reagieren. Da habe ich diese Warnung noch nicht einmal registriert. Was in dem Chaos nach Meyers Zusammenbruch auch nicht verwunderlich war. Die Leute rannten wie aufgescheuchte Hühner kreuz und quer durcheinander und brüllten nach einem Arzt. Ich stürmte in das nächstbeste Zimmer und fand weder den Lichtschalter noch ein Telefon. Als ich in den Salon zurückkehrte, war der Notarzt längst informiert.

Schon wieder bin ich vollkommen durchgeschwitzt. Das ist heute nacht bereits das zweite Nachthemd, das klatschnaß an meinem Körper klebt. Dabei friere ich, und obwohl ich das Federbett, zwei Wolldecken und meinen Mantel über mir ausgebreitet habe, klappere ich vor Kälte mit den Zähnen. Die Heizung ist bis zum Anschlag aufgedreht, aber die Hitze, die in diesem Zimmer mittlerweile herrschen muß, erreicht mich nicht. Dringt nicht zu mir durch. Mir ist einfach nur kalt, von innen heraus, so, als hätte ich einen Eisblock verschluckt.

Zittrig schlüpfe ich in meinen weißen Bademantel, wickle ihn fest um mich, klemme mir meinen letzten sauberen Schlafanzug unter den Arm und laufe bibbernd und schwitzend über den Flur zum Badezimmer. Das Nachthemd klatscht auf die Fliesen. Ich stelle das Wasser der Dusche so heiß ein, daß ich mich fast verbrühe. Länger als zwei, drei Minuten halte ich nicht durch, dann wird mir wieder schwindlig. Auf dem Wannenrand kauernd, ziehe ich mir umständlich den trockenen Schlafanzug an, werfe den Bademantel über und kehre in mein Zimmer zurück. Bevor ich ins Bett krieche, spähe ich durch das Fenster. Immer noch kein Cornfeld in Sicht. Jetzt ist er seit zwei Stunden unterwegs. Langsam mache ich mir Sorgen. Aber in meinem Zustand kann ich beim besten Willen nichts unternehmen. Nur schwitzen, warten und beten.

Als der Notarzt gestern abend festgestellt hat, daß Meyer leider nicht mehr zu helfen sei, waren zwar alle schockiert, aber nicht sonderlich überrascht. Meyer hat immer aus dem Vollen geschöpft. Zuviel Wein, zuviel gutes Essen, ein viel zu hoher Blutdruck und wahrscheinlich auch viel zu viele Frauen. Daß ihn irgendwann der Schlag treffen würde, war für die meisten in der Agentur eine ausgemachte Sache. Aber so, während der Weihnachtsfeier, inmitten seiner Kollegen, so hat sich das keiner vorgestellt. Wäre er im Fitness-Studio oder im Bett mit einer seiner Gespielinnen zusammengebrochen, hätten bald die ersten Witze die Runde gemacht, die ganz Abgebrühten hätten was zum Feixen gehabt. Den Spaß hat er ihnen verdorben. Er hat sie zu seinem Publikum gemacht, fast schon zu Beteiligten, die ihm beim Sterben zugesehen haben, ohne es zu merken und vor allem, ohne ihm zu helfen. Der Arzt hat behauptet, er sei wahrscheinlich sehr schnell tot gewesen. Näheres könne er aber erst nach der Obduktion sagen. Und obduziert werden müsse er, da er für einen Herzschlag oder Schlaganfall eigentlich noch zu jung sei.

Jetzt ist es schon zwanzig nach fünf und Cornfeld ist immer noch nicht da. Das macht mich ganz kribbelig. Schon seit Stunden plagen mich heftige Gewissensbisse, weil ich ihn alleine losgeschickt habe. Aber ich hatte keine Wahl. In meinem desolaten Zustand wäre ich ihm mehr Last als Hilfe gewesen. Ich kann nur hoffen, daß er den Job erledigt, ohne das ganze Stadtviertel aufzuwecken oder sich mit Dutzenden von Polizisten anzulegen.

Nach dem Arzt hatte gestern abend die Polizei das Kommando übernommen. Eine junge Beamtin sammelte Meyers persönliche Sachen ein, während ihr Kollege mit der Zeugenbefragung begann. Die ersten, die er verhörte, waren Lautenberg und Schreiber, die gerade das Zimmer verlassen wollten, als der Beamte sie zu sich zitierte. Ich sah dem Treiben eine Zeitlang zu und überlegte, was Meyer sonst noch bei sich gehabt oder an Kleidung getragen hatte. Dann fiel mir sein Mantel ein, und ich zog mich unauffällig aus dem Kreis der Kollegen zurück. Lief in den Flur und durchsuchte mit fliegenden Fingern den überbordenden Berg feuchter Wintergarderobe, unter dem der

Kleiderständer vollständig verschwunden war. Als ich Meyers dunkelblauen Dufflecoat endlich gefunden hatte, und daran zerrte, um ihn vom Haken zu bekommen, schepperte es ganz leise. Ohne lange nachzudenken, griff ich beidhändig in die Seitentaschen, umklammerte mit der rechten Hand den Schlüsselbund, zog ihn heraus und ließ ihn in meine kleine Handtasche gleiten. Das war knapp. Denn schon stand die Polizeibeamtin neben mir.

»Fassen Sie bitte nichts an. Zeigen Sie mir nur, welcher davon Herrn Meyer gehört«, sagte sie streng.

An die Anweisung habe ich mich natürlich gehalten und mit spitzem Zeigefinger auf den dunkelblauen Ärmel gedeutet, der aus dem Wust muffelnder Jacken und Mäntel herausragte.

»Sind Sie schon vernommen worden?« fragte sie spitz. Und als ich verneinte, schickte sie mich zu ihrem Kollegen ins Wohnzimmer zurück.

Die Verhöre dauerten ewig. Gegen drei Uhr wurden dann die ersten erbosten Stimmen laut. Männer, natürlich waren es Männer, die sich aufregten und wie in amerikanischen Fernsehserien nach ihrem Anwalt verlangten, schwangere Ehefrauen, kranke Kinder und bettlägerige Mütter ins Feld führten, die dringend ihrer Hilfe bedürften. Als das nichts brachte, kamen die Beziehungsnummern. Wissen Sie überhaupt, daß ich mit dem Polizeipräsidenten XYZ, Herrn Stoiber, Herrn Waigel und dem Chefredakteur der AZ, tz, Bildzeitung etc. gut befreundet bin? Die Bullen wußten es nicht und interessierten sich auch nicht dafür. Alle hatten das Prozedere zu durchlaufen, für keinen wurde eine Ausnahme gemacht.

Das Schwitzen wäre ja noch nicht einmal so schlimm. Richtig fies ist der Husten, der von tief unten aufsteigt, meinem vereiterten Hals schmerzhafte Kontraktionen abnötigt, um mich dann wie eine willenlose Gliederpuppe durchzuschütteln. Mir laufen vor Schmerz und Anstrengung Tränen über das Gesicht. Erschöpft lasse ich mich wieder in die Kissen sinken und bemitleide mich.

Warum braucht Cornfeld nur so lange. Schließlich kommt er doch mit dem Schlüssel problemlos ins Haus, sperrt die Wohnungstür auf und durchsucht in Ruhe Meyers Appartement. Das kann doch nicht so lange dauern. An dem Schlüsselbund hing sogar ein Tresorschlüssel, ein Schlüssel mit zwei Bärten. So etwas fällt einem nur alle hundert Jahre einmal in den Schoß, das ist wie ein Sechser im Lotto mit Zusatzzahl und Treffer im Spiel 77. Heute nacht könnte ans Licht kommen, was immer Meyer zu verbergen hatte. Schließlich ist er der Mann, der die Sicherheitsvorkehrungen im Fotostudio kannte, der den Schlüssel hatte und die Alarmanlage ausschalten konnte; derjenige, der für die Tatzeit ein fingiertes Alibi angegeben hat, dessen Unterarm ein farbenprächtiger Bluterguß zierte.

Doch meine Theorie von den unglücklich miteinander verknüpften Zufällen steht auf schwachen Füßen. Cornfeld hat ja noch nie an ein zufälliges Zusammentreffen von Meyer und Sandra in jener Nacht geglaubt, bei dem es zu Mißverständnissen und Aggressionen gekommen sein könnte, zu einem sexuellen Übergriff, der unversehens in einer Blutlache endete. Er findet diese Erklärung unbefriedigend und banal und mir geht es mittlerweile ebenso.

Am meisten irritiert mich die Geschichte mit Sandras Zunge. Das deutet eher auf einen Sadisten hin, dem das Quälen und Töten eines Menschen Spaß macht, und paßt nicht zu jemandem, der die Beherrschung verliert. Auch Meyers Macken, die er völlig hemmungslos auslebte, wie seinen Egoismus, die herablassende Art, mit der er Mitarbeiter behandelte, sein Geschleime bei den Kunden, sein schon fast krankhaftes Streben nach Aufmerksamkeit und Anerkennung, sprechen eigentlich gegen seine Täterschaft. Ein Sadist würde doch eher versuchen, nicht aufzufallen, sich möglichst anzupassen, hätte sich weitgehend unter Kontrolle. Meyer aber hatte sich nie unter Kontrolle. Er war wie ein Kind im Spielzeugladen. Die gleiche Naivität und Rücksichtslosigkeit, die gleiche Gier nach allem Neuen.

Das Abschneiden der Zunge aber war keine zufällige Grausamkeit, das war kalkuliert, damit sollte ein Zeichen gesetzt werden. Und daß Meyer das nur gemacht hat, um den drogenabhängigen Freund zu belasten, erscheint mir ziemlich unwahrscheinlich. Viel naheliegender ist, daß Sandra etwas wußte und den Täter damit erpreßte. Was wiederum bedeutet, daß sie ihren Mörder gekannt, wahrscheinlich sogar sehr gut gekannt hat.

Jetzt muß ich auf die Toilette. Auch das noch. Als ich endlich auf der Klosettschüssel sitze, bin ich so erschöpft, daß ich mich erst einmal ausruhen muß. In meinem fiebrigen Hirn laufen Gedanken, Bilder und Assoziationen wie Ameisen kreuz und quer durcheinander. Mal denke ich über den Skarabäus nach, dann rauschen Bilder von der toten Sandra, den gräßlichen Verletzungen, ihren aufgerissenen Augen, dem geronnenen Blut, wie ein Kaleidoskop mit gerichtsmedizinischen Nahaufnahmen an meinem inneren Auge vorbei.

Eins steht für mich außer Frage: Eine Frau war das nicht. Eine Frau könnte so etwas nie tun. Höchstens als Auftrag- oder aber als Stichwortgeberin, die absichtlich oder unabsichtlich das falsche Wort zum falschen Zeitpunkt fallen läßt und eine Katastrophe auslöst. Mir fällt ein, daß die Berger vorbestraft ist. Vielleicht hat sie Kontakte zur Unterwelt und weiß, wie man an Drogen kommt? Vielleicht ist Sandra ja das Opfer der Dealer geworden, die an ihrem zahlungsunfähigen Freund ein Exempel statuieren wollten?

Aber auch die Heiler ist nicht unverdächtig. Sie ist so von Eifersucht und Haß zerfressen, daß sie wahrscheinlich alles tun würde, um Josy zu schaden. Und Nadine Müllerschön? Gibt es zwischen deren Bruder und Sandra irgendeinen Zusammenhang? Und wer von meinen männlichen Kollegen könnte ein Motiv gehabt haben, wem ist eine solche Tat zuzutrauen? Oder war es doch eine familiäre Angelegenheit…? Mir reißt der Faden und mir wird schon wieder schwindelig. Fast wäre ich vom Klo gerutscht. Es wird Zeit, daß ich mich auf den Weg zurück in mein Zimmer mache.

Als ich den Raum betrete, höre ich, wie kleine Steinchen gegen das Fenster klacken. Cornfeld steht vor dem Haus, winkt und reckt in Siegerpose den Daumen in die Luft. Scheint ja alles gut gegangen zu sein. Ich hole den Schlüssel aus meiner Manteltasche und schleiche zur Haustür hinunter.

»Wo waren Sie denn die ganze Zeit? Ich bin fast erfroren«, mault er, als ich die Tür aufziehe.

»Auf der Toilette.«

»Auf der Toilette? Sie sehen aus, als kämen Sie direkt aus der Dusche.«

»Jetzt quaken Sie nicht lange rum, sondern kommen Sie endlich rein, bevor ich mir hier endgültig den Tod hole.«

Mein schweißnasses Gesicht und der Schüttelfrost, der mich beim ersten kalten Windstoß schon wieder gepackt hat, läßt ihn nicht unbeeindruckt. Er springt förmlich über die Türschwelle und läßt in seiner Sorge um meine Gesundheit die Tür viel zu schnell und viel zu laut hinter sich ins Schloß fallen. Als ich den Zeigefinger an meine Lippen lege, um ihn an die Uhrzeit und die Lärmempfindlichkeit meiner Wirtin zu erinnern, flammt das Licht im Flur auf. Erschrocken fahren wir beide herum. Die Ametsbichler steht wie ein Gespenst in einem rosafarbenen, rüschenbesetzten Bademantel, mit türkisfarbenen Adiletten an den plumpen Füßen und Lockenwicklern im grauen Haar auf der Treppe. Ihr Gesichtsausdruck ist von geradezu furchteinflößender Grimmigkeit. Ich hoffe immer noch, daß es nur eine Erscheinung ist. Hervorgerufen durch vierzig Grad Fieber und meinen verwirrten Geisteszustand. Dann aber macht das Phantom den Mund auf: »Was macha Sie denn da? San Sie von alle guadn Geister verlassn?« dröhnt ihre Stimme durch den Flur.

»Ich bin krank und Herr Cornfeld hat Medikamente für mich besorgt«, versuche ich ihr eine plausible Erklärung zu liefern.

Ohne daß ich mein schauspielerisches Talent strapazieren muß, klingt meine Stimme dermaßen jämmerlich, daß sie jetzt eigentlich vor Mitleid zerfließen müßte. Aber anstatt mir gute Besserung zu wünschen und sich dezent zurückzuziehen, stapft sie die Treppe herunter, bleibt direkt vor mir stehen, sieht mir aufmerksam ins Gesicht, klatscht mir ihre Pranke auf die Stirn und läßt ihre Augenbrauen in die Höhe schnellen.

»Sie ham ja a Fieber«, sagt sie in einem Ton, als schließe sie aus, daß auch ich das schon gemerkt haben könnte. Dann scheucht sie mich wie ein ungezogenes Kind zurück in mein Zimmer und übernimmt das Kommando.

Cornfeld hat keine Chance. Hinter ihrem Rücken macht er mir ständig Zeichen und deutet aufgeregt auf seine Tasche. Sicher hat er etwas Interessantes entdeckt. Doch die Ametsbichler ist jetzt in ihrem Element und läßt ihn weder zu Wort, noch zu sonstigen Aktivitäten kommen. Wir beide sind jetzt Teil ihrer Pia-Petry-Genesungsstrategie und haben uns gefälligst in die uns zugedachten Rollen zu fügen.

Als erstes bringt sie mich ins Badezimmer. Läßt die Wanne vollaufen, kippt einen medizinischen Badezusatz hinein und erklärt mir, daß ich eine Viertelstunde in der Badewanne zu verbleiben habe und darauf achten müsse, daß ständig heißes Wasser nachlaufe. Dann legt sie eins ihrer sauberen, adrett gefalteten Nachthemden auf den geschlossenen Toilettendeckel und rauscht davon. Als ich nach der besagten Viertelstunde zurückkomme, hat sie mein Bett frisch bezogen, das Zimmer gelüftet, mir drei weitere ihrer schicken, hochgeschlossenen Nachtgewänder auf den Ohrensessel gelegt und heiße Milch mit Honig zubereitet. Als ich in dem frisch bezogenen Bett liege und an der Milch nippe, erkundige ich mich, wo Cornfeld abgeblieben sei.

»Der is mit mein'm Auto zur nächstn Tankstelln gefahren, um zwoa Kasten Wasser für Sie z holen. Sie miassn jetzt vui tringa, Madl. So wia Sie schwitzn, trocknen S' uns ja no ganz aus«, antwortet sie mir. »Außerdem bsorgt er Ihnen a paar Medikamente. Und zwar de, de wo er angeblich scho bsorgt hat.«

In ihrer Stimme schwingt eine Spur Verärgerung mit. Ich versuche sie versöhnlich zu stimmen.

»Frau Ametsbichler, vielen Dank, es ist ganz lieb von Ihnen, daß Sie mir so helfen.«

Sie zwinkert mir schelmisch zu. »I muaß mi ja um Sie kümmern. Wenn Ihnen was passiert, wer zoit denn dann des Zimmer?«

Als ich lache, löst das ein Kitzeln im Hals aus, einen Reflex, der zum scheußlichsten Hustenanfall des ganzen Abends führt. Nachdem ich mich wieder beruhigt habe und erschöpft in den nach Weichspüler duftenden Kissen liege, kommt Cornfeld. Energisch stellt er die Wasserkästen in die Ecke und stapelt mit konzentrierter Miene die Medikamente auf das kleine Tischchen neben meinem Bett. Man sieht ihm deutlich an, daß er sich vorgenommen hat, das Zepter wieder an sich zu reißen und die Ametsbichler in ihre Schranken zu weisen. Er hält sich sehr gerade, zieht den Bauch ein und drückt den Oberkörper nach vorne. Dann tritt er ganz nah an sie heran.

»Daß Sie uns so geholfen haben, ist wirklich sehr nett. Vielen Dank. Es wäre schön, wenn Sie morgen früh noch einmal nach Frau Petry sehen könnten.«

Das war der berühmte Wink mit dem Zaunpfahl. Die eindeutige Aufforderung, uns endlich alleine zu lassen. Wenigstens hatte Doktorchen sich das so gedacht. Aber die Ametsbichler hat andere Pläne. Sie klemmt erst einmal ein Thermometer in meine Achselhöhle, flößt mir Hustensaft ein und schiebt mir eine Lutschtablette in den Mund. Nachdem sie meine Temperatur kontrolliert hat, ruft sie: »Oh mei, Sie ham ja fast vierzig Fieber«.

Dann packt sie Cornfeld am Handgelenk und zerrt ihn hinter sich her aus dem Zimmer.

»Frau Petry braucht jetzt ihr Ruah und mir solltn s' alloa lassn, damit S' sich gesundschlafen kann. Morgn schaut die Welt na scho wieder anders aus.«

Cornfeld ist so viel weiblichem Eigensinn und vehementem Körpereinsatz nicht gewachsen. Hilflos schneidet er Grimassen, gestikuliert und schlägt um sich, wie ein Taucher, dem in dreißig Metern Tiefe der Sauerstoff ausgeht, versucht sich noch an verschiedenen Erklärungen und Argumentationen und kann doch nicht verhindern, daß sie ihn rigoros vor die Tür setzt. Kurze Zeit später erscheint sie noch einmal bei mir.

»Schlafen S' schön. I schaug um siebene nach Ihnen«, sagt sie mit fast mütterlichen Ton. Dann löscht sie das Licht.

KAPITEL 21

Ich habe Fieber, schwitze wie verrückt und huste mir die Seele aus dem Leib. Aber ich sitze an meinem Schreibtisch. Nadine Müllerschön ist ausgesprochen fürsorglich, kommt immer wieder vorbei und versucht, mich nach Hause zu schicken. Das krasse Gegenteil von Karin Heiler, die aus Angst vor Ansteckung nur noch telefonisch mit mir verkehrt. Schreiber hingegen war wieder besonders einfühlsam: »Für Hitzewallungen sind Sie doch eigentlich noch zu jung. Oder haben Sie heute morgen nach dem Duschen das Handtuch nicht gefunden?« sagte er.

Er hat wie viele meiner Kollegen kein Verständnis dafür, daß ich mich mit dieser Erkältung ins Büro schleppe und die Gesundheit der gesamten Belegschaft gefährde. Der einzige, der meinen heldenhaften Arbeitseinsatz zu honorieren weiß, ist Konrad. Als Patriarch der alten Schule hält er es für selbstverständlich, daß man sich durch kleine Unpäßlichkeiten nicht vom Arbeiten abhalten läßt.

»Frau Petry, in solchen Situationen trennt sich die Spreu vom Weizen, da zeigt sich, wer Mumm in den Knochen hat. So eine kleine Erkältung stecken Sie doch mit links weg.«

Der Versuch, ihm zu antworten, wurde von einem ziemlich heftigen Hustenanfall zunichte gemacht. Unangenehm berührt, verpaßte Konrad mir einen aufmunternden Klapps auf den Rücken und machte, daß er aus meinem Zimmer kam. In seinem Alter muß man vorsichtig sein, da ist auf die körpereigene Abwehr ja auch nicht immer Verlaß.

Natürlich hätte es nicht geschadet, noch ein, zwei Tage im Bett zu bleiben. Aber mein Schreibtisch quillt über, und die laufenden Projekte kann ich nicht auf die lange Bank schieben. Dafür sind die Termine zu eng und Kristin Berger zu nah. Die sitzt längst in den Startlöchern und wartet darauf, daß ich aus irgendeinem Grund ausfalle. Dann könnte sie aus ihrem Mauseloch kriechen, sich als Retter in der Not aufspielen und meine Projekte an sich reißen. Und das ist bestimmt das letzte, was ich zulassen werde.

Was mich aber am meisten beschäftigt, ist Cornfeld, beziehungsweise, das, was er gestern nacht herausgefunden hat. Wir haben zwar heute morgen telefoniert, aber aus seinen nebulösen Andeutungen bin ich nicht schlau geworden. Unseren Auftrag könnten wir jetzt abschließen, hat er gesagt, aber er habe noch etwas Interessantes gefunden, was er mir unbedingt zeigen müsse. Vor heute abend kann ich ihn auf keinen Fall sehen, und auch dann muß er zu mir ins Büro kommen.

Als erstes faxe ich jetzt der Severing das Storyboard für den Kinospot und bitte sie im Anschreiben, sich langsam mal zu entscheiden, mit welchem Model gedreht werden soll. Obwohl ich ihr John so ans Herz gelegt habe, tendiert sie zu einem gutgebauten Australier, der das alte Vorurteil vom »Surfbrett mit Ohren« aufs trefflichste verkörpert. Mal sehen, vielleicht kann ich ihr den noch ausreden.

Und dann wäre da noch die Weihnachtsgala. Der gesellschaftliche Höhepunkt des Jahres. Unter dem Motto »Der Gewalt keine Chance« versammeln sich sämtliche Promis Westeuropas zu einer Benefizveranstaltung im Hotel Vier Jahreszeiten. Dieses Projekt ist das Spannendste, was ich bisher gemacht habe. Allerdings gibt es ein Haar in der Suppe. Und das ist der Kunde. Die Severing ist ja schon nicht einfach, aber mein Ansprechpartner für die »Gewalt-

Kampagne« ist das größte Rindviech, das mir je begegnet ist. Andreas Sommer, Dr. jur. Gut zehn Jahre jünger als ich, arrogant, überheblich, mit einem ausgeprägten Hang zur Selbstdarstellung. Behauptet eine Vorliebe für weibliche Mitarbeiter zu haben, weil die ja so motiviert, genügsam und belastbar sind. In Wirklichkeit begeistert ihn, daß keine dieser fleißigen Bienchen je an seinem Stuhl sägen wird.

Erschwerend kommt hinzu, daß ich ja leider nicht allein im Boot sitze. Lautenberg, mein Aufpasser, möchte über jeden Furz unterrichtet werden. Und sei er noch so nebensächlich und irrelevant. Er schlafe einfach ruhiger, hat er gesagt, wenn alle Informationen bezüglich der Gala bei ihm zusammenliefen. »Und wenn ich alle sage, Frau Petry, dann meine ich auch alle.« Die Konsequenz aus dieser ungemein motivierenden und vertrauensbildenden Zusammenarbeit ist, daß ich stündlich einen Kontaktbericht verfasse, und seit er vor zwei Tagen mit seiner Familie an den Starnberger See gefahren ist, bis zu zehn Faxe täglich an ihn rausschicke. Als ob ich nichts Besseres zu tun hätte.

»Meyer ist ermordet worden.«

Ganz in Gedanken, noch Sätze für den Bericht vor mich hin murmelnd, nichts begreifend, starre ich Schreiber an. Er steht in der Tür und wirft mir mit einer kurzen, zackigen Handbewegung die Zeitung auf den Schreibtisch.

»Meyer ist nicht an einem Herzschlag gestorben. Das hat die Obduktion zweifelsfrei ergeben.«

Ich verstehe immer noch nicht. »Was sagen Sie da?«

Schreiber kommt herein und setzt sich rücklings auf den Stuhl.

»Ich habe mir das ja gleich gedacht«, sagt er, »nachdem der Arzt die Bullen geholt hat, war doch klar, daß da was nicht stimmt.«

»Wieso?«

»Weil die doch nicht jedesmal, wenn jemanden der Schlag trifft, die Polizei rufen. Da hätten die ja viel zu tun.«

Ich nicke. Das hört sich irgendwie logisch an. »Und woran ist er dann gestorben?«

»Der Mörder hat ihm eine feine Glasnadel ins Herz gebohrt.«

Ich sitze ruhig da und versuche zu erfassen, was Schreiber da gerade gesagt hat.

»Das hätte man doch gesehen«, widerspreche ich konfus.

Schreiber schüttelt den Kopf. »Nein, die Nadel ist im Körper abgebrochen. Außer einem winzigen Blutstropfen war da wahrscheinlich gar nichts zu sehen.«

»Und dann hat das Herz aufgehört zu schlagen, und er war sofort tot?«

»Nicht ganz. Durch die Perforation einer der Herzkammern tritt Blut aus und sickert in den Herzbeutel, der das Herz wie eine zweite Haut umhüllt. Dieses Blut staut sich mit der Zeit und beeinträchtigt die Kontraktion des Herzmuskels. Irgendwann ist der Beutel so mit Blut gefüllt, daß der Muskel nicht mehr arbeiten kann. Das Herz bleibt stehen, und das war's dann.«

»Wer denkt sich denn so etwas aus? Ich meine, wer macht so etwas?« frage ich ihn.

Er lächelt und zuckt mit den Schultern. »Jemand, dem eine gewisse Kreativität nicht abzusprechen ist. Die Idee ist schon ziemlich genial. Sehr ausgefallen. Oder wären Sie darauf gekommen?«

»Nein«, sage ich. »Ich hätte ihn erschossen. Da muß man nicht so nah ran.«

Schreiber lacht. »Das ist richtig. Aber so hätten Sie auch wesentlich mehr Aufmerksamkeit erregt. Es wäre doch relativ schnell klar gewesen, wer ihn umgebracht hat. Jetzt ist es schon ein bißchen schwieriger.«

»Gibt es denn Verdächtige?«

»Alle, die auf dem Fest waren.«

»Oh«, sage ich erschrocken.

Schreiber sieht mich aufmerksam an. »Genau, Sie auch, ich, die Berger, die Heiler, alle. Außer der Müllerschön, die war ja nicht da.«

»Und außer Josy Lautenberg, die ist früher gegangen …«, wende ich ein.

»Das hat nicht unbedingt etwas zu sagen«, widerspricht er. »Sie kann ihm die Nadel ins Herz gestochen und dann das Fest verlassen haben. Gestorben ist er erst später. Man weiß noch nicht wieviel später, aber das kann je nach Größe des Lochs schon eine ganze Zeit gedauert haben.«

»Aber wenn mir jemand etwas ins Herz sticht, das merke ich doch. Das tut doch weh.«

Schreiber kratzt sich nachdenklich an der Nase. »Ich weiß nicht«, sagt er. »Vielleicht hat der Mörder ihn ja gestoßen, ist ihm auf die Füße getreten, hat ihm irgendeinen anderen Schmerz zugefügt und ihn damit abgelenkt. Dadurch hat er den Einstich in dem Trubel vielleicht gar nicht so richtig mitbekommen.«

»Interessant«, antworte ich geistesabwesend und versuche mir vorzustellen, wie mich jemand anrempelt und mir gleichzeitig eine Glasnadel ins Herz rammt. Und ich spüre das nicht. Ist schwer vorstellbar.

»Wie kommt man denn mit einer so dünnen und zerbrechlichen Nadel durch die Rippen. Über dem Herz liegen doch die Rippen, oder nicht?« frage ich ihn immer noch mißtrauisch.

»Ja, stimmt«, antwortet Schreiber. Steht auf und tastet mit der linken Hand seine Rippen ab. »Das Herz befindet sich links vom Brustbein«, doziert er im Ton eines Schullehrers, der vor seiner Klasse steht.

Ich richte mich auf, drücke den Rücken durch und versuche den Verlauf meiner Rippen zu erfühlen. Wir geben sicher ein ziemlich bizarres Bild ab, wie wir beide da stehen und jeder konzentriert seinen Brustkasten abtastet. Ganz in die Vorstellung versunken, wie die Waffe in

Meyers Körper eingedrungen sein könnte und ihm die tödliche Verletzung beigebracht hat.

»Und wie ist er durch die Rippen gekommen?« frage ich. »Da ist doch gar nicht so viel Platz?«

»Ich schätze, ungefähr ein Fingerbreit«, antwortet Schreiber. »Von oben gezählt, müßten Sie wahrscheinlich unter dem sechsten Rippenbogen durch. Dann könnte es klappen.«

Ich schüttele verständnislos den Kopf. Mir erscheint das alles völlig absurd. »Warum so kompliziert«, frage ich, »warum ausgerechnet auf diesem Fest?«

»Vielleicht wollte der Mörder, daß Meyer nicht sofort tot ist, daß er noch eine Zeitlang rumläuft und keiner etwas merkt. So ist es viel schwieriger, den Zeitpunkt des Einstichs festzustellen, und bei den vielen Menschen, die im Raum waren, ist es natürlich auch schwer, nachträglich herauszufinden, wer ihm im Laufe des Abends so nah gekommen ist, daß er ihn auf diese Art hätte töten können. Ich denke, daß so ziemlich jeder der Gäste in Frage kommt. Und bei dem Alkohol, der da konsumiert worden ist, würde ich mich auf die Zeugenaussagen unserer Kollegen lieber nicht verlassen. Wahrscheinlich weichen die so stark voneinander ab, daß Zweifel aufkommen werden, ob die Herrschaften überhaupt auf dem selben Fest gewesen sind.«

Wir sehen uns an und sehen uns doch nicht an. Jeder ist in Gedanken mit der Weihnachtsveranstaltung beschäftigt. Ich sehe Meyer vor mir, wie er mich beiseite zieht und wegen John zusammenstaucht, wie er sich bei Katja einhängt und sie mit sich fortzieht, wie er einen Witz nach dem anderen erzählt und seine Rolle als Partylöwe genießt, wie er die Reise nach Jerusalem organisiert, hilft die Stühle aufzustellen, Anweisungen gibt, um die Stuhlreihe läuft, sich plötzlich hinsetzt, mit hochrotem Kopf und aufgerissenen Augen vom Stuhl sinkt…

Wir werden von meinem Telefon unterbrochen. Mein Freund Dr. Sommer ist dran. Ich mache Schreiber ein Zeichen, daß ein Kunde am anderen Ende der Leitung ist. Er steht auf, verläßt mein Büro und schließt leise die Tür hinter sich.

Dr. Sommer hat schlechte Laune. Er möchte Lautenberg sprechen.

»Herr Lautenberg ist im Moment leider nicht im Büro.«

»Wo ist er?«

»Außer Haus, bei Kunden, er hat einen Termin«, stottere ich verlegen.

»Lügen Sie mich nicht an«, brüllt der Kerl mir da ins Ohr. »Ihre Kollegin hat mir gesagt, er sei verreist, privat. Er erhole sich am Starnberger See.«

»Oh, da weiß sie mehr als ich.« Die dumme Kuh, denke ich, kann die nicht einmal ihr verdammtes Klatschmaul halten. »Ich dachte, er sei geschäftlich unterwegs. Tut mir leid.«

»Ach, erzählen Sie mir doch nichts. Sie wissen doch genau, wo er ist.«

»Ich wußte wirklich nicht ...«

»Passen Sie mal auf«, unterbricht er mich barsch. »Sie werden ihm ausrichten, daß ich stocksauer bin. Die Gala muß vorbereitet werden, es gibt einen Haufen Arbeit und Schwierigkeiten ohne Ende, und der gute Mann macht Urlaub. Wir hatten abgesprochen, daß er sich nach dem Dilemma mit Frau Berger persönlich um das Projekt kümmert und jederzeit verfügbar ist. Wenn er meint, mit seiner Familie an den Starnberger See fahren zu müssen, dann erwarte ich, daß er sich bei mir abmeldet, beziehungsweise seine Telefonnummer hinterläßt, damit ich ihn erreichen kann.«

»Aber er ist doch nur drei Tage weg«, versuche ich ihn zu beruhigen und merke zu spät, daß ich mich gerade verplappert habe.

»Das ist mir scheißegal«, brüllt Sommer und wirft den Hörer auf die Gabel.

Verdammt! Ich weiß wirklich nicht, warum so viele Leute scharf drauf sind, in der Werbung zu arbeiten. Ich bin so wütend, daß ich den Inhalt des Telefonats gleich im Kontaktbericht für Lautenberg verewige und mich mal so richtig auskotze. Da es sich um ein internes Papier handelt, muß ich mich ausnahmsweise mal nicht an Spielregeln halten, keine Rücksicht nehmen, keine Diplomatie walten lasse. Ich ziehe so richtig vom Leder und schreibe mir von der Seele, was ich von Dr. Sommer halte. Ein inkompetenter, intriganter Schwätzer, der keine Ahnung und den IQ eines Sonderschülers hat. Ein Wichtigtuer, der allen Ernstes erwartet, daß sich der Agenturchef bei ihm abmeldet, wenn er ein paar Tage Urlaub macht. Ein Fahrradfahrer, der nach unten tritt und nach oben buckelt, ein gefährlicher Intrigant, der den Job nur hat, weil er jahrelang seinen Vorgesetzten auf dem Schoß gesessen hat und in den Hintern gekrochen ist. Zum Schluß schreibe ich, daß Lautenberg sich wirklich überlegen sollte, ob wir es nötig haben, mit solchen Idioten zusammenzuarbeiten. Dann unterschreibe ich und setze das Datum drunter. So, das war's. Jetzt fühle ich mich besser.

KAPITEL 22

Mittlerweile sehe ich so erbärmlich, so käsig, schmal und ausgelaugt aus, daß auch die hartgesottensten Kollegen soziale Anwandlungen bekommen und fast jeder, der heute abend beim Verlassen der Agentur an meinem Zimmer vorbeigeht, fragt, ob er mich nicht nach Hause fahren solle. Da Cornfeld gleich kommen wird, bleibt mir nichts anderes übrig, als all die freundlich gemeinten Hilfsangebote auszuschlagen. Als um neun Uhr das letzte Auto vom Hof fährt, atme ich erleichtert auf und gebe meinem Assistenten telefonisch grünes Licht.

Cornfeld ist in Siegerlaune. Er wirft seine prall gefüllte Aktentasche auf meinen Schreibtisch und gibt eine Art Indianergeheul von sich, als er hereinkommt. Dann umfaßt er mit beiden Händen meine Taille, hebt mich hoch und wirbelt mich im Kreis herum. Mir wird schlecht.

»Cornfeld, bitte nicht, mir geht es nicht so gut.«

Behutsam stellt er mich auf den Boden und mustert besorgt mein Gesicht.

»Mein Gott, Sie sehen ja wie eine Wasserleiche aus. Hatten Sie nicht gesagt, es ginge Ihnen schon viel besser?«

»Ja, stimmt«, sage ich leise. »Aber eigentlich gehöre ich ins Bett. Wenn nicht so viel zu tun wäre ...«

Hilflos deute ich auf meinen vollbeladenen Schreibtisch.

Cornfeld kommt mit raschen Schritten auf mich zu und nimmt mich in den Arm. Nicht so sacht und vorsichtig wie früher. Nicht so, als könne zuviel Druck auf meinen Körper etwas zum Zerspringen bringen. Er packt mich mit beiden Händen und drückt mich fest an sich. Mein Kopf sinkt an seine Schulter, ich kann den Duft seines Eau de toilette riechen, seine schmalen Finger auf meinem Rücken fühlen. Kurze Zeit lasse ich los, lasse zu, daß der Kummer, die Angst, die Anspannung, abfallen, und ich so etwas wie innere Ruhe spüre. Dann löse ich mich aus seinen Armen und suche meine Tempos.

»Entschuldigen Sie, tut mir leid«, nuschle ich in mein Taschentuch.

»Ist schon okay«, sagt er ruhig. »Was ich nicht okay finde, ist, daß Sie in diesem Zustand zur Arbeit gehen. Wem soll das was bringen? Keiner erwartet, daß Sie hier Karriere machen.«

Als ich aus meinem Taschentuch wieder auftauche und etwas sagen will, läßt er mich nicht zu Wort kommen.

»Pia, unser Auftrag ist so gut wie erledigt. Wir können Mister X geben, was er haben möchte. Wir können weitere zehntausend Mark abrechnen und Sie können hier kündigen ...«

»Kann ich nicht«, schniefe ich dazwischen. »Kann ich nicht und will ich nicht.«

Er sieht mich fragend an. »Wie meinen Sie das?«

»Cornfeld, ich verdiene hier einhundertzwanzigtausend Mark im Jahr. Ich habe Projekte, die mir unglaublich gut gefallen und richtig Spaß machen. Zum ersten Mal in meinem Leben stehe ich morgens gut gelaunt auf, freue mich auf den Tag und auf das, was er Spannendes bringen wird. Ich schrecke nachts nicht mehr aus dem Schlaf, werde nicht ständig von Existenzängsten gebeutelt, fürchte mich nicht davor, daß das Telefon nicht klingelt, der Kunde nicht zahlt, der Scheck platzt oder die Kranzlers dieser Welt vor der Tür stehen. Verstehen Sie das? Ich genieße ein sicheres, interessantes, gut bezahltes Arbeitsleben. Ich bleibe hier.«

Cornfelds Gesicht ist jetzt noch blasser als meines.

»Das meinen Sie nicht ernst. Das sagen Sie jetzt nur so?«

Ich schüttele den Kopf. »Nein, ich meine das so, wie ich es sage. Ich werde den Kinospot für Frau Severing drehen, ich werde die Weihnachtsgala organisieren, und ich werde nicht kündigen. Als nächstes werde ich mir hier eine Wohnung suchen und meine in Hamburg auflösen. Tut mir leid.«

»Und die Detektei?« fragt er tonlos.

»Können Sie haben, wenn Sie wollen.«

Er schluckt und starrt auf seine Schuhe. »Wie lange wissen Sie das schon? Seit wann ist Ihnen klar, daß Sie hier bleiben wollen?«

»Seit ein paar Tagen.«

»Haben Sie einen Kaffee für mich?« fragt er übergangslos.

»Klar.«

Ich gehe in die Kaffeeküche und hole ihm einen Becher. Als ich zurückkomme, hat er einen Stapel Papiere und eine Videokassette aus seiner Aktentasche gezogen und auf meinen Schreibtisch gelegt. Er sieht mich nicht an.

»Ich gehe jetzt mal davon aus«, sagt er leise, »daß es Ihnen heute nicht gut geht, daß Sie nicht so ganz wissen, was Sie da reden. Versprechen Sie mir etwas?«

»Ja?«

»Sie überlegen sich das noch einmal. Wenn Sie wieder gesund sind, wenn wir den Fall abgeschlossen haben. Versprochen?«

Ich nicke, aber nur, um ihm einen Gefallen zu tun, nur damit er Zeit hat, sich daran zu gewöhnen. Mein Entschluß steht fest. Da gibt es nichts mehr, worüber ich nachdenken müßte.

»Jetzt will ich aber endlich wissen, was Sie in Meyers Wohnung gefunden haben«, sage ich, bevor er nochmals auf dieses Thema zurückkommt.

»Die doppelte Rechnungsführung«, antwortet er. Besonders enthusiastisch klingt er nicht. »Meyer hatte sämtliche

Unterlagen in seiner Wohnung. Hier ist zum Beispiel ein Kostenvoranschlag für einen Fernsehspot zum Thema ›Der Gewalt keine Chance‹. Sehen Sie«, er zeigt auf den Endbetrag unter einer langen Auflistung, »dreihundertfünfzigtausend Mark. Und hier ist das Angebot, das der Kunde bekommen hat. Siebenhundertneunzigtausend Mark.«

»Netter Schnitt.«

Ich nehme ihm die Papiere aus der Hand und versuche, seine matte Stimme und sein deprimiertes Gesicht zu ignorieren.

»Ja, und so geht das weiter«, sagt er. »Rabatte zum Teil bis zu fünfzehn Prozent, die die Agentur einbehalten hat, Abrechnungen für die Gala, die dann mit fünfzig Prozent Aufschlag weitergereicht wurden, und was am interessantesten ist, Belege von Hotelrechnungen, monatliche Überweisungen und Flugkosten zwischen Deutschland und Oxford, hin und retour für eine gewisse Ina Sommer.«

»Ina Sommer? Sagt mir nichts.«

»Denken Sie doch mal nach.«

»Ich kenne nur Dr. Andreas Sommer«, antworte ich unwirsch.

»Ina ist seine kleine Schwester«, sagt Cornfeld. »Klingelt da etwas bei Ihnen?«

Völlig baff setze ich mich hin. »Sie meinen, die Agentur Konrad, Lautenberg und Partner finanziert Ina Sommers Studium in England?«

»Genau. Auf Steuerkosten, versteht sich. Aber es gibt noch mehr krumme Dinger. Sie müssen sich das alles mal in Ruhe ansehen.«

»Warum hatte Meyer das ganze Zeug denn bei sich zu Hause? Was wollte er damit?« frage ich.

Cornfeld kratzt mit seinen Fingernägeln nachdenklich über die dunklen Stoppeln seines Dreitagebarts.

»Na, was wohl? Was macht ein Mensch mit der Charaktergröße eines Torsten Meyer, wenn er solche Dokumente in die Finger bekommt?«

»Er erpreßt!«

»Exakt, und zwar Konrad und Lautenberg.«

Jetzt wird mir so einiges klar. Zum Beispiel, wieso er eine Extrastellung in der Firma hatte, wieso er mal eben sechs Wochen verreisen konnte, sich seine Projekte selbst aussuchen durfte, ohne speziellen Leistungsnachweis Partner wurde und die Arbeit immer anderen aufhalste.

»Wurde er wegen dieser Dokumente ermordet?« frage ich.

Cornfeld nippt an seinem Kaffee und sieht mich über den Tassenrand hinweg an. »Das Siegel, mit dem die Polizei die Wohnung verschlossen hat, war aufgebrochen, als ich kam. Also ist schon jemand vor mir da gewesen …«

»Und hat die Papiere gesucht!«

»Das habe ich zuerst auch gedacht. Aber was mich dann gewundert hat, war, daß Ina Sommers Reiseabrechnungen auf Meyers Schreibtisch lagen.«

»Sie meinen, der Typ hat sich nicht dafür interessiert?«

Cornfeld nickt. »Der hat etwas anderes gesucht. Vielleicht war es ja auch gar nicht der Mörder, sondern eins von Meyers Erpressungsopfern, das belastende Unterlagen beiseite schaffen wollte.«

»Ja, vielleicht«, sage ich, »vielleicht aber auch nicht. Hat er sich an dem Safe zu schaffen gemacht? Konnten Sie da etwas sehen?«

»Nein. Der Safe ist hinter dem Kleiderschrank in die Wand eingelassen. Ich mußte sämtliche Klamotten rausräumen, bis ich ihn endlich gefunden habe. Sah nicht so aus, als ob sich schon vor mir jemand die Arbeit gemacht hätte.«

Cornfeld, der seine Füße auf meinen Schreibtisch gelegt hat, betrachtet nachdenklich seine Fingernägel. »Ich frage mich nur, was Sandra mit all dem zu tun hat?«

»Weiß nicht«, antworte ich, »vielleicht hing sie in dieser Erpressung mit drin. Die Geschichte mit der Zunge läßt es zumindest vermuten. Womöglich hat Sandra etwas herausbekommen? Wollte auch ein bißchen erpressen, ein bißchen was abzocken. Kann doch sein. Sie brauchte Geld. Vielleicht haben die beiden aber auch zusammengearbeitet?«

»Oder sie sind sich in die Quere gekommen«, entgegnet Cornfeld, »und Meyer hat Sandra beseitigt und ist dann selbst beseitigt worden?«

»Oder der Mörder hat zuerst Sandra und dann Meyer umgebracht. Dann könnten wir den Junkie endgültig von der Liste streichen, der saß nämlich im Gefängnis, als Meyer starb.«

»Nun ja«, sagt Cornfeld leise, »an Alternativen fehlt es uns jedenfalls nicht.«

Mein Blick fällt auf das Videoband. »Was ist mit dem Tape?«

»Das war zusammen mit den Unterlagen in Meyers Safe.«

Ich nehme es in die Hand und betrachte es von allen Seiten. Die schwarze Plastikkassette ist unbeschriftet, die Lasche auf der hinteren Seite herausgebrochen. Also ist es wahrscheinlich das Original. Meyer wollte verhindern, daß sie aus Versehen oder absichtlich gelöscht wird. Aber weshalb hat er die Kassette in seinem Tresor aufbewahrt? Ist das ein weiteres schmutziges Beweisstück? Ist da irgendein armer Geschäftsmann drauf, der im Bett einer Geliebten oder einer Prostituierten außereheliche Befriedigung gesucht hat? Und jetzt die Rechnung in Form von monatlichen Schecks an Meyer bezahlt? Eine Rechnung, auf deren exorbitante Höhe er bestimmt nicht gefaßt war? Oder hat Meyer seine eigenen sexuellen Eskapaden aufgenommen? Ein Voyeur, der nicht genug von sich kriegen kann, der sogar im Bett noch Selbstdarsteller und Höchstleistungssportler ist? Ist ja auch egal. Gleich werden wir es wissen.

»Bevor wir uns das Video ansehen, Pia, würde ich gerne die Abrechnungen noch einmal durchkopieren. Man weiß ja nie. Wir sollten einen Satz für uns machen, bevor wir die Originale Mister X übergeben. Als Absicherung«, schlägt Cornfeld vor.

Ich zeige ihm, wo der Kopierer steht. Dann gehe ich auf die Toilette, tupfe mein schweißnasses Gesicht ab und drücke eine weitere grüne Lutschtablette aus dem silbrigen Stanniolpapier. Mein Mund- und Rachenraum fühlt sich schon völlig taub an. Die Müdigkeit, die schubweise kommt, mir regelrecht die Luft abklemmt, sämtliche Energie zerstäubt und sich in Nichts aufzulösen scheint, wird immer unerträglicher. Meine Konzentrationsfähigkeit läuft auf Reserve und setzt immer mal wieder komplett aus. Kleine Blackouts, die sich häufen. Mit wackeligen Knien komme ich ins Büro zurück. Cornfeld steht mit dem Rücken zu mir vor meinem Schreibtisch und schichtet die Kopien aufeinander. Als ich eintrete, sieht er sich hektisch um.

»Mein Gott, haben Sie mich erschreckt.«

»Das wollte ich nicht«, sage ich matt und lasse mich in den nächsten erreichbaren Stuhl fallen. »Mir geht es so beschissen, das kann sich überhaupt niemand vorstellen. Ich will nur noch heim, heim und ins Bett.«

Cornfeld geht vor mir auf die Knie und mustert mein Gesicht.

»Nur noch das Video. Ja? Dann verschwinden wir. Mit dem Taxi. Versprochen.«

Er betont jedes einzelne Wort, langsam und nachdrücklich. Wie ein Mantra, mit dem er meine letzten Reserven mobilisieren will. Ich stehe auf und stütze mich schwer auf seinen Arm.

»Wir müssen in den großen Konfi. Da gibt es ein Videogerät und eine Projektionswand«, sage ich und frage mich, wie ich den ganzen Weg den Flur runter schaffen soll, ohne daß mir die Beine wegknicken.

Schwer atmend und schon völlig benebelt sitze ich endlich im Konfi auf einem der teuren Lederstühle, die bei der kleinsten Bewegung peinliche Schmatzgeräusche von sich geben. Doktorchen schiebt das Tape ein und drückt auf Start. Er hat nicht auf den Anfang zurückgespult, das erkennen wir, als die Bilder vor unseren Augen zu flimmern beginnen. Wir merken es und sind doch beide nicht in der Lage, das Band zu stoppen und die Rewind-Taste zu drücken. Es ist, als bleibe die Zeit stehen, als weigere sich das Gehirn zu begreifen, was die Augen sehen. Cornfeld, der vor mir auf dem Boden hockt, ist zu einer Buddhafigur erstarrt, in Stein gemeißelt, aus Bronze gegossen, vom Fernseher düster angeleuchtet. Die Luft um uns herum vibriert, die Härchen an meinen Armen stehen senkrecht weg.

Sandra schreit. Man kann es nicht hören, das Band hat keine Tonspur. Aber man kann es sehen. Ihr Mund ist ein einziges großes O-förmiges Entsetzen. Sie ist nackt, zittert, hat die Hände abwehrend gegen jemanden erhoben, der nicht im Bild zu sehen ist. Ihre Augen sind weit aufgerissen, die Oberlippe rechts seitlich aufgeplatzt. Der Oberkörper wie ein Katzenbuckel gewölbt, die Beine dicht aneindergepreßt. Die Haare fallen ihr wirr in das schweißnasse Gesicht. Anscheinend ist eine Arterie getroffen. Blut spritzt pulsierend aus einer Stichwunde am Hals. Auch an den Armen und der linken Brust hat sie Schnittverletzungen. Zum Teil tief und klaffend. Aber keine blutet so gräßlich wie die Wunde oberhalb des Schlüsselbeins. Sie muß fürchterliche Schmerzen haben, aber sie scheint sie nicht zu spüren. Eigentlich dürfte sie gar nicht mehr stehen. Wieso steht sie noch, hämmert es in meinem Kopf? Wieso kann sie noch stehen, die Arme und Hände wild vor sich schwenken, als wolle sie einen angreifenden Bienenschwarm abwehren? Sie steht unter Schock. Das ist die einzige Erklärung, die mir einfällt. Es muß der Schock sein. Plötzlich kommt der Angreifer ins Bild. Unscharf, und von hinten, ist kaum mehr als ein breiter Rücken in einem dunklen Pullover und ein verschwommener Hinterkopf mit einer undefinierbaren Haarfarbe zu erkennen. Es ist ein Mann, das ist eindeutig. Er überragt Sandra um mindestens zwei Kopflängen und steht so nah vor der Kamera, daß er wie ein Vexierbild wirkt, unwirklich, nicht aus Fleisch und Blut. Sein rechter Arm stößt nach vorne, Sandra klappt zusammen, kippt seitlich weg, verschwindet hinter ihrem Peiniger. Wir können Sie nicht mehr sehen. Der Rücken füllt das Bild jetzt fast ganz aus. Er ist anscheinend ein Stück zurückgewichen. Betrachtet das Ergebnis seines Angriffs aus der Distanz. Das Bild bleibt stehen, die Ränder des grauen Pullovers, der Nacken, dunkle Haarsträhnen vibrieren, fransen aus, verzerren sich in die Horizontale. Ein hoher quietschender Klagelaut läßt mich entsetzt zusammenfahren. Da fällt es mir siedendheiß ein. Der Recorder ist defekt. Die Heiler hatte ihn nicht reparieren lassen.

Alles, was Cornfeld von dem Tape noch zu Tage fördert, ist verknautschter Bandmüll. Ein Großteil ist unentwirrbar im Gerät verheddert. Er kniet vor dem Videorecorder und sagt kein Wort. Verbissen versucht er wenigstens noch Teile des Films zu retten. Ich kann sein Gesicht nur im Halbprofil sehen, aber ich glaube, er weint. Er legt die Hände auf seine Oberschenkel und starrt auf den hellblauen Teppichboden, der als gleichschenkliges Dreieck zwischen seinen Beinen durchschimmert.

»Es hat keinen Sinn«, sagt er dumpf, »es hat überhaupt keinen Sinn.«

Mit der flachen Hand fährt er sich müde übers Gesicht.

»Immerhin wissen wir jetzt, was der Mörder in der Wohnung gesucht hat«, sagte ich leise.

Cornfeld rührt sich nicht. Ich bin mir nicht sicher, ob er mir zugehört hat.

KAPITEL 23

Von der U-Bahn ist es nicht weit bis zur Agentur. Ein Fußmarsch von vielleicht zehn Minuten. Für gewöhnlich genieße ich diesen morgendlichen Spaziergang. Erst recht, wenn die Sonne scheint und der Himmel ohne jede Wolke ist. Doch heute registriere ich das nur am Rande. Seit gestern abend verfolgen mich die Szenen aus dem Video. Ich habe die ganz Nacht davon geträumt, bin mit den Bildern im Kopf aufgewacht und trage sie seither mit mir herum. Sie lassen mich nicht los. Ich habe noch nie gesehen, wie ein Mensch einen anderen tötet. Im Film, im Kino oder im Fernsehen, da schon, aber da ist es gestellt, gespielt, geschauspielert – da ist es einfach unwahr. Sandras Ermordung aber ist echt, real. Sie steht nicht wieder auf, keiner ruft Cut, keiner bedankt sich bei ihr für die gelungene Darstellung, keiner bringt ihr einen Bademantel und wischt das Kunstblut vom Boden.

Eine junge Frau, die eilig an mir vorbeihastet, stößt hart gegen meine Schulter und rennt, ohne sich zu entschuldigen oder sich umzudrehen, einfach weiter die Straße hinunter. Kopfschüttelnd sehe ich ihr nach und hätte größte Lust, ihr irgendeine Frechheit hinterzurufen. Dann entdecke ich fünfzig Meter von mir entfernt auf der rechten Straßenseite die Apotheke und vergesse meine Rachegelüste. Unschlüssig bleibe ich vor der Tür stehen. Sämtliche naturheilkundlichen und homöopathischen Mittel haben bisher nichts gegen meine Erkältung ausrichten können.

Deshalb habe ich gestern einen Schulmediziner konsultiert und mir eine Ladung Antibiotika verschreiben lassen. Normalerweise würde ich diese allopathischen Hämmer nicht einnehmen. Aber ich muß morgen mit Lautenberg nach Bonn fliegen. Wir wollen mit Dr. Sommer und seinem Vorgesetzten die letzten Vorbereitungen für die Gala durchgehen. Die Einladungs- und Menükarten präsentieren, die Verträge mit den auftretenden Künstlern durchsprechen, Probleme bei der Beschaffung von Tombolapreisen erörtern. Und da muß ich fit sein.

Ich gebe mir einen Ruck, gehe hinein und lege das Rezept auf den Verkaufstresen. Als die Verkäuferin kommt, lasse ich mir ein Glas Wasser geben und nehme gleich hier die erste zweifarbige Kapsel. Dabei versuche ich zu verdrängen, daß jetzt nicht nur die bösen Angreifer eins auf den Deckel kriegen, sondern auch meine Abwehr eine massive Schlappe hinnehmen muß. Was soll's. Jetzt ist nur wichtig, daß das Zeug hilft, zumindest kurzfristig.

Als ich die Agentur betrete, steht die Müllerschön hinter ihrem Counter und droht mir neckisch mit dem Zeigefinger.

»Montagmorgen und Sie sind fast eine Stunde zu spät. Da wird Herr Konrad wieder einen Tanz aufführen, wenn er das hört.«

»Liebe Frau Müllerschön, ich bin krank, wie Sie ja wissen und war heute morgen schon Punkt acht Uhr beim Arzt. Und jetzt habe ich immer noch achtunddreißigfünf Fieber, immer noch einen vereiterten Hals und deliriere im Antibiotikarausch. Alles der Firma zuliebe. Also, was wollen Sie eigentlich? Mehr Engagement können Sie nun wirklich nicht erwarten.«

»Sie sind eine Heldin, ich wußte es immer schon«, geht sie auf meinen spinnerten Ton ein und reicht mir einen Zettel.

»Bitte Herrn Rebbelmeier in Hamburg anrufen«, hat sie darauf notiert. »Er sagte, es sei dringend.«

»Wird erledigt. Und all die tausend anderen Dinge auf meinem Schreibtisch werden auch erledigt. Umgehend und sofort …«

Ich winke ihr spöttisch grinsend zu, stelle mich in den Aufzug und hoffe, daß er steckenbleibt. Dann könnte ich mich hier ein bißchen zur Ruhe legen. Mir die Jacke unter den Kopf schieben, mich seitlich auf den Bauch rollen und eine Runde knacken. Der Aufzug hält, die beiden Türen gleiten zur Seite, ich bin im ersten Stock. Na gut, dann nicht. Dann gehe ich eben in mein Büro und lege meinen Kopf auf die Schreibtischplatte. Auch daraus wird nichts. Denn kaum sitze ich, klingelt das Telefon. Rebbelmeier konnte es mal wieder nicht erwarten.

»Na Frau Petry, wie geht es Ihnen?«

Scheinheilige Frage, denke ich. Ich bin sicher, daß ihn das nicht im mindesten interessiert.

»Mei, wie der Bayer zu sagen pflegt, mir geht's gar ned guad. I hob wahnsinnig viel Arbeit, an Schreibtisch, der so voll is, daß er demnächst durch'n Fußbodn durchbrecha wird, Kollegen, die mi ständig tratzn und erkält' bin i aa no.«

»Um Gottes willen, ihr Bayerisch klingt ja grauenvoll. Da können Sie froh sein, daß Sie nicht längst ausgewiesen worden sind.«

»So schlimm ist es auch wieder nicht. Ich finde mich ganz gut.«

»Ich möchte Sie nicht beleidigen, aber ihr Hochdeutsch gefällt mir besser. Ansonsten freut es mich zu hören, daß es Ihnen gut geht …«

»Wie bitte …?«

»Also, es ist folgendes. Ich bräuchte einen Rat.«

»Von mir?« frage ich ungläubig.

»Ja, von Ihnen«, antwortet er mit Nachdruck.

»Warum geht es denn?«

»Das ist schwierig zu erklären.«

Danach herrscht Ruhe. Weitere Erklärungen scheint er nicht für nötig zu halten.

»Herr Rebbelmeier, Sie müssen mir schon ein bißchen mehr erzählen. Ich kann Ihnen schlecht helfen, wenn ich nicht weiß, worum es geht.«

Wieder bekomme ich keine Antwort.

»Herr Rebbelmeier?«

»Ja, ja. Ähm, nun ja, da gibt es eine Frau ...«

Einen Moment verschlägt es mir die Sprache. Rebbelmeier wandelt auf Freiersfüßen. Mein Nachbar als verliebter Gockel. Das ist ja eine völlig neue Rolle.

»Wie kann ich Ihnen denn da behilflich sein?« frage ich vorsichtig.

»Ich weiß nicht, wie ich sie ansprechen soll! Wie man das am geschicktesten macht. Ich will keinen Fehler machen«, bricht es aus ihm heraus. Diese Eröffnung hat ihn eine Menge Überwindung gekostet.

»Laden Sie sie doch auf eine Tasse Kaffee ein«, schlage ich spontan vor.

»Das geht nicht«, antwortet er gequält.

»Wieso nicht?«

»Ich kann doch nicht die Treppe hinter ihr runterlaufen oder einfach an ihrer Tür klingeln und fragen, ob sie einen Kaffee mit mir trinken will ...«

»Sie wohnt im Haus?« frage ich und tue so, als ob ich das nicht längst wüßte.

»Ja, oben«, sagt er, »sie ist erst kürzlich eingezogen.«

»Ist sie hübsch?«

»Ja, sehr!«

»Und die möchten sie jetzt gerne kennenlernen?«

»Genau. Also, was ist? Haben Sie eine Idee?«

»Nein«, sage ich wahrheitsgemaß.

Er atmet geräuschvoll aus. Ein tiefer Seufzer, der sich seiner Brust entringt und mir verdeutlichen soll, wie enttäuscht er von mir ist. Von mir und meiner Hilfsbereitschaft. Eins ist klar, wenn ich es mir nicht auf Lebenszeit mit meinem Nachbarn verderben will, sollte mir jetzt eine Eingebung kommen.

»Passen Sie auf, Herr Rebbelmeier«, sage ich. »Ich lade die junge Dame zum Kaffee ein. So zum Kennenlernen und wegen des guten Nachbarschaftsverhältnisses. Als Frau tue ich mich da leichter.«

»Und weiter?«

»Wenn sie dann bei mir ist, klingeln Sie. Suchen Sie sich irgendeinen Vorwand. Was weiß ich, vielleicht brauchen Sie zwei Eier, oder Zucker, oder sie haben sich ausgesperrt, was auch immer Ihnen einfällt. Das ist vollkommen egal. Und weil Sie dann schon einmal da sind, stelle ich sie einander vor und bitte sie, sich doch auf eine Tasse Kaffee zu uns zu setzen.«

Ich höre nur ein Knacken in der Leitung.

»Herr Rebbelmeier, sind Sie noch da?«

»Ja, ich mußte nur einen Moment darüber nachdenken. Aber ich glaube, ich glaube, Sie haben recht. Das ist eigentlich ganz einfach.«

»Prima, dann wäre das Problem ja gelöst. Dann machen wir das so.«

»Wann?«

Gute Frage. Nur, daß ich keine befriedigende Antwort darauf weiß.

»Wenn ich wieder in Hamburg bin.«

»Wann ist das?«

»Das weiß ich noch nicht, Herr Rebbelmeier. Bitte seien Sie mir nicht böse, aber ich habe keine Ahnung, wann ich das nächste Mal raufkomme.«

»Ich zahle Ihnen die Fahrt. Kommen Sie doch gleich nächstes Wochenende«, antwortet er aufgeregt.

»Ich melde mich bei Ihnen, wenn ich es absehen kann. Ja? Mehr kann ich im Moment wirklich nicht versprechen.«

Wir werden von Nadine Müllerschön unterbrochen, die plötzlich in der Leitung ist und mir mitteilt, daß die Severing mich zu sprechen wünscht. Ich verabschiede mich von Rebbelmeier und lasse mich mit meiner Kundin verbinden.

»Hallo, Frau Severing, wie geht es Ihnen?«

»Gut. Oh, Scheiße, jetzt habe ich das Glas umgeschmissen. Warten Sie einen Moment …«

Danach höre ich weitere Flüche und das Klirren von Gläsern, die gegeneinander stoßen. Ich bin mir nicht sicher, aber ich habe den Eindruck, daß sie lallt. Als sie sich wieder am Telefon meldet, bestätigt sich mein Verdacht. Sie hat einen Schwips und heftige Artikulationsprobleme. Soweit ich sie verstehen kann, sind das Drehbuch und das Storyboard für den Kinospot in Ordnung, und sie wird mir heute nachmittag eine schriftliche Freigabe faxen. Auch das Problem mit dem Hauptdarsteller hat sich geklärt. Sie und Graboltz haben sich für den Australier entschieden. John ist raus.

»Er ist ein netter Junge«, sagt sie, »aber eben nicht ganz das, was wir brauchen. Wissen Sie, der sieht einfach nicht so aus, als ob er Tag und Nacht trainieren würde. Den könnte man sich auch mit einem Buch auf dem Sofa vorstellen. Verstehen Sie, was ich meine?«

Ich verstehe sie und sehe auch keine Möglichkeit mehr, ihr diese Entscheidung auszureden. Wenn ich ehrlich bin, dann hat sie wahrscheinlich sogar recht. Der Australier ist bei objektiver, unvoreingenommener Betrachtung wirklich die bessere Wahl.

Nachdem ich den Hörer aufgelegt habe, gehe ich in die Küche. Der Kippschalter der Kaffeemaschine leuchtet rot. In der bauchigen Glaskanne dümpelt Kaffee für maximal zwei Tassen. Die ungesund dunkelbraune Farbe legt den Verdacht nahe, daß er schon seit Stunden vor sich hin köchelt. So schmeckt er dann auch. Abgestanden und ein bißchen bitter. Mit dem Rücken gegen die hellgraue Arbeitsplatte gelehnt, bleibe ich stehen und sehe aus dem Fenster. Vor mir ist eine nebelgraue Hauswand, hinter der sich dunkle Wolken am Himmel auftürmen. Gleich wird es regnen, denke ich und schließe vorsichtshalber die gekippte Scheibe. Wieder tauchen die Bilder aus dem Video vor mir auf, wieder versuche ich, sie beiseite zu wischen, sie zu vergessen. Aber es gelingt mir nicht. Obwohl nur schwarzweiß und unscharf, sind sie wie Holzschnitte, hart, kantig und überdeutlich in meine Erinnerung eingedrungen. Und da werden sie auch bleiben. The first cut is the deepest. Was mich am meisten schockiert hat, ist die Tatsache, daß er weitergemacht hat. Daß jemand im Affekt zustößt, kann ich vielleicht noch verstehen. Aber dann, wenn die Verletzung da ist, Blut spritzt, ein Mensch vor Angst und Schmerzen schreit, spätestens dann muß doch etwas anderes einsetzen. Mitleid, Entsetzen über das, was da gerade passiert ist. Der Täter hat offensichtlich nichts davon empfunden. Es hat ihm Spaß gemacht. Er ist zurückgewichen, nur ein paar Schritte, um besser sehen zu können, um es besser genießen zu können.

Leider ist das Band fast vollständig zerstört worden. Allein die Sequenz, die wir uns angeschaut haben, ist unbeschädigt geblieben. So haben wir den Täter nur von hinten sehen und ihn nicht identifizieren können. Eins können wir aber mit Sicherheit ausschließen: Der Freund von Sandra, ein einsfünfundsiebzig großer, ausgemergelter Junkie, kommt als Täter genauso wenig in Betracht wie Meyer, dem über Nacht kaum Haare auf seiner spiegelblanken Glatze gewachsen sein dürften.

Blieb die Frage, woher Meyer dieses Video eigentlich hatte. Wir sind ziemlich schnell drauf gekommen, daß das

Band aus einer Überwachungskamera im Fotostudio stammt, und daß wahrscheinlich nach den Einbrüchen im letzten Jahr kein Bewegungsmelder, sondern eben diese Kamera installiert worden war. Und wer hat das besser gewußt als der Fotograf, als Torsten Meyer, der höchstwahrscheinlich das Tape an sich genommen und damit den Täter erpreßt hat. Wie üblich. Mit Erpressung kannte er sich ja aus. Aber diesmal ist er an den Falschen geraten, diesmal hat sich sein Opfer gewehrt. Damit hätten wir zwar ein Motiv für Meyers Ermordung, haben aber keinerlei Anhaltspunkte, warum Sandra umgebracht worden ist. Wir stehen wieder am Anfang und wissen nicht mehr, als daß der große Unbekannte männlich, relativ jung, muskulös und höchstwahrscheinlich Mitarbeiter der Agentur ist. Damit steht ein Großteil der in der Agentur beschäftigten Männer unter Verdacht. Von Lautenberg angefangen bis runter zu den Auszubildenden. Solange wir das Motiv aber nicht kennen, bringt uns diese Erkenntnis auch nicht viel weiter.

Mittlerweile hat feiner Schneeregen eingesetzt und mir wird bewußt, daß ich schon über eine Viertelstunde hier stehe und aus dem Fenster starre. Wird Zeit, daß ich mich wieder an die Arbeit mache. Ich gehe zur Spüle, schwenke meine Tasse mit lauwarmem Wasser aus und stelle sie in die Spülmaschine. Auf dem Weg zurück ins Büro geht mir durch den Kopf, daß sich Meyer doch irgendwie abgesichert haben muß. Wenn ich jemanden mit solchen Aufnahmen unter Druck setzen würde, hätte ich das dringende Bedürfnis nach Rückendeckung. Ich würde das Video einem Anwalt anvertrauen und ihn bitten, es im Fall meines vorzeitigen Ablebens der Kripo zu übergeben. Sollte Meyer genau das getan haben, müßte die Polizei in den nächsten Tagen jemanden festnehmen. Zumindest Sandras Freund müßte freigelassen werden. Vielleicht hat sich Meyer aber auch etwas Originelleres ausgedacht. Oder war er so naiv, die Geschichte ganz ohne Netz zu machen? Freischwebend sozusagen, sich ganz auf sein Glück und seine Chuzpe verlassend? Nein, denke ich, so dämlich war er bestimmt nicht. Wie auch immer, ich muß unbedingt mit Cornfeld darüber reden.

KAPITEL 24

Hilflos stehe ich vor den Bücherregalen und finde nicht, was ich suche. Im Gegensatz zu Cornfeld, der lieber stundenlang jedes einzelne Regal durchforsten würde, bevor er sich die Schmach antäte, einen Verkäufer zu fragen, gehöre ich zu den Menschen, die meistens fragen, bevor sie selbst nachsehen. Das ist zeitsparend, effizient und manchmal ziemlich peinlich. Vor allem dann, wenn das gesuchte Buch in zwanzigfacher Ausführung direkt vor meiner Nase auf einem nicht zu übersehenden Tisch liegt. Aber, wer sich selbst auf die Suche macht, verschwendet Zeit, ruiniert Nerven und vernichtet Arbeitsplätze. Davon bin ich überzeugt. Wozu werden schließlich die Verkäufer bezahlt? Auf der anderen Seite bin ich natürlich auch lernfähig. Habe ich einen guten Tag, hänge ich schon mal ein paar Minuten dran und teste, ob sich das Problem auch im Do-it-yourself-Verfahren lösen läßt. Das Ergebnis ist auch heute negativ. Das System, nach dem die Publikationen in dieser esoterischen Buchhandlung auch immer sortiert sein mögen, bleibt mir ein Mysterium.

Zielstrebig steuere ich einen jungen Mann an, der wie eine Mischung aus Rasputin und alternativem Müsli aussieht. Wirres dunkles Haar, Dreitagebart, Sweatshirt, Cordhose, Jesus-Sandalen. Sein freundlicher, verständnisvoller Blick weicht purer Ratlosigkeit, als ich meine Frage formuliere.

»Das habe ich ja noch nie gehört«, antwortet er und legt seine Denkerstirn in Querfalten. »Der Skarabäus ist ein Glücksbringer. Ein Symbol für die Wiedergeburt.«

»Ja, das weiß ich auch. Aber besteht nicht vielleicht die Möglichkeit, ihn als Unglücksbringer zu mißbrauchen?« antworte ich ungeduldig.

Rasputin schüttelt den Kopf. »Nein, wirklich nicht. So etwas habe ich noch nie gelesen.«

Er geht zu einem der Regale, greift sich das Buch »Symbolsprache der Talismane, Amulette« von Felicitas H. Nelson, schlägt es auf und liest mit dünner Stimme daraus vor: »›Skarabäus – Der heilige Mistkäfer. Schöpfer aus sich selbst. Der Skarabäus war der beliebteste Glücksbringer im Alten Ägypten.‹« Er schaut auf. »Was jetzt kommt«, sagt er, »ist uninteressant, das können wir übergehen. Aber warten Sie, hier wird es wieder spannend: ›Zum Sinnbild der Sonne, die im Weltbild des Alten Ägyptens über den Himmel läuft oder gerollt wird, wurde er, weil er meist eine Kugel aus Dreck vor sich herrollt, in der er seine Eier abgelegt hat. Wenn die Zeit reif ist, schlüpfen daraus neue Skarabäen: Neues Leben ist aus der Erde entstanden, das bedeutet Wiedergeburt.‹«

Ich nehme ihm den Band aus der Hand und blättere ihn durch. Die vorgetragene Passage ist leider alles, was dort über den Skarabäus steht.

»Gibt es nicht noch andere Veröffentlichungen?« frage ich hoffnungsvoll. Die Querfalten vertiefen sich. Er denkt. Das Ergebnis ist, daß er weitere Bücher anschleppt, in denen mal länger, mal kürzer immer das gleiche steht: Der Skarabäus ist ein Glücksbringer. Punktum.

Rasputin fängt an, das Interesse zu verlieren. Kundschaft, die Arbeit macht und kaum Umsatz in Aussicht stellt, ist lästig. Er wird unruhig. Läßt seinen Blick immer wieder durch den kleinen, unübersichtlichen Laden schweifen, auf der Suche nach einem potentiellen Kunden, der eine Frage hat oder einem Langfinger, der in einem unbeobachteten Moment Gedrucktes in seiner Jacke verschwinden läßt. Da kommt mir eine Idee.

»Sagen Sie mal, wenn ich jemandem etwas Böses wünsche, ihn quasi verhexe, dann hat das doch mit Schwarzer Magie zu tun, oder nicht?«

Der junge Mann verzieht angewidert das Gesicht und sieht aus, als habe er auf eine Zitrone gebissen.

»Also, so etwas haben wir überhaupt nicht. Die Leute, die hier manchmal reinkommen und danach fragen, sind fast immer Männer und sehen so aus, als hätten sie es nötig. Wissen Sie, damit sollte man sich nicht beschäftigen. Wir haben nur – wie soll ich sagen – positive Sachen. Beratung für alle Lebenslagen. Meditation, Yoga, Tarot-Karten und so weiter. Und da gehören Schwarze Messen, Teufelsbeschwörungen und Hexerei wirklich nicht dazu ...«

Während er so richtig in Fahrt kommt und sich über die fatale Neigung junger Menschen zu obskuren Sonnwendfeiern und zu anderen fragwürdigen Ritualen ereifert, fällt mir ein alter Mann auf, der, nur wenige Meter entfernt, ganz in ein Buch vertieft zu sein scheint. Ich habe das Gefühl, daß er uns zuhört und daß ihn unser Gespräch amüsiert. Rasputin, der endlich registriert, daß mich die geistige und sittliche Haltlosigkeit nachwachsender Generationen nur peripher interessiert, kommt widerwillig auf unser ursprüngliches Thema zurück.

»... Das einzige, was ich noch machen kann, ist, im alten Meyers Konversationslexikon nachzusehen. Das ist von 1890, vielleicht finden Sie da ja einen Hinweis.«

Das ist offensichtlich sein letzter Versuch in dieser Sache. Ich nicke, und er verschwindet durch eine schmale Tür im hinteren Teil des Ladens.

Der alte Mann steht immer noch ganz versunken da. Er ist vielleicht achtzig Jahre alt, circa einssiebzig groß, hat schütteres, weißes Haar, einen gebeugten Rücken und trägt eine schwere, altmodische Hornbrille auf der schmalen Nase, deren Gläser so dick sind, daß die Augen dahinter zu monströsen Zerrbildern verschwimmen. Er sieht kurz zu mir herüber und lächelt ein kleines, sinistres Lächeln. Ich lächle zurück und habe undeutlich das Gefühl, daß er mir etwas sagen will. Doch unsere vorsichtige Annäherung wird von Rasputin unterbrochen, der mit einem schweren, dunklen Band bewaffnet wieder vor mir steht. Er hat etwas gefunden, schlägt die Seite 1013 auf und klopft mit dem Zeigefinger auf zwei Abbildungen von Skarabäen und den daneben stehenden Text.

»Das sollten Sie lesen, vielleicht finden Sie ja etwas.«

Damit ist seine Beratung beendet. Er vollführt eine zackige Kehrtwende und verschwindet in Richtung Kasse.

Das Lexikon ist schwer, der Einband abgegriffen, der Geruch muffelnd. Die alte Schrift kann ich nur mit Mühe entziffern.

»Skarabäen (Käfersteine), Abbildungen des heiligen Käfers (scarabaeus) auf ägyptischen Gemmen, Münzen, Mumien, Obelisken und an Kunstwerken. Die Entstehung und schnelle Vermehrung dieses Käfers im Schlamm nach dem Rücktritt des Nil veranlaßte die Meinung, er entstehe ohne Fortpflanzung, daher er als Symbol der Schöpferkraft galt. In seiner fast runden Gestalt, in der glänzenden, goldschimmernden Farbe der Flügeldecken fand man Ähnlichkeit mit Gestalt und Glanz der Sonne, der nächsten sichtbaren Bildungsursache und weihte ihm eine göttliche Verehrung. Dergleichen Skarabäen wurden in Ägypten aus Steinen geschnitten. Sie sind meist der Länge nach durchbohrt, so daß man sie an einem Faden tragen konnte. Seit der Vermischung der ägyptischen, gnostischen und christlichen Lehre findet man auf diesen Gemmen auch christliche Aufschriften. Die altägyptischen Skarabäen, welche namentlich bei Mumien gefunden werden, sind in der Regel nicht länger als 1-1,5 cm und tragen häufig den

Namen eines besonders verehrten Königs, z. B. Thutmosis III., Ramses II., Amenophis III., häufiger noch einige symmetrisch angeordnete hieroglyphische Symbole. Die größeren, bis zu 5 oder 6 cm in der Länge, haben entweder religiöse oder, in selteneren Fällen, kurze historische Texte als Inschrift auf der unteren Fläche.«

Schade, daß ich das nicht vorher gewußt habe. Dann hätte ich Sandras Pfand nämlich nicht einfach ins Klo geschmissen. Schon damals, als der grüne Stein ins Wasser plumpste, beschlich mich so eine Ahnung, als ob das ein Fehler gewesen sein könnte. Es war einer, das weiß ich jetzt. Vielleicht befand sich ja eine Inschrift, ein Kürzel, eine Zahlenkombination oder ein Symbol, wie zum Beispiel ein Pentagramm auf der unteren Seite. So genau habe ich mir den Käfer leider nicht mehr angesehen. Ich wollte ihn nur noch loswerden, nachdem Katja gesagt hat, man solle Unglücksbringer sofort wegschmeißen.

Als ich von dem Lexikon aufsehe, bemerke ich, daß der alte Mann zu mir herübersieht. Unsere Blicke treffen sich. Er legt sein Buch weg und kommt auf mich zu.

»Entschuldigen Sie bitte«, spricht er mich mit leiser Stimme an, »ich habe Ihr Gespräch mit dem Verkäufer verfolgt. Ich hoffe, Sie entschuldigen das.«

»Ja, natürlich«, antworte ich verlegen.

»Was Sie über den Skarabäus gesagt haben, fand ich sehr interessant. Wahrscheinlich werden Sie nur schwerlich einen schriftlichen Nachweis für Ihre Theorie finden. Zumindest ...«, und wieder flackert dieses seltsame Lächeln auf, das eigentlich gar keins ist, »... zumindest nicht in dieser Buchhandlung. Es gibt Publikationen über Schwarze Magie und Menschen, die sich damit auskennen. Auch heute noch. Doch die trifft man nicht im Café um die Ecke, die muß man suchen. Und wenn man sie gefunden hat, wünschen sich die meisten, sie wären ihnen nie begegnet.«

Mir stellen sich die Nackenhaare auf. Der Mann hat eine Ausstrahlung, die ich körperlich spüre und die eindeutig etwas Beunruhigendes hat. Meine erste Reaktion ist, dieses Gespräch zu beenden und den Laden sofort zu verlassen. Andererseits scheint er von dem Thema einiges zu verstehen. Und letztendlich wiegt meine Neugier stärker als meine Bedenken.

»Was ist eigentlich Schwarze Magie?« frage ich ihn.

»Nun, im Mittelalter unterschied man Höhere und Niedere beziehungsweise Weiße und Schwarze Magie, je nachdem, ob der beabsichtigte Zauber durch himmlische oder teuflische Kräfte erreicht werden sollte. Also, ob gute oder böse Geister angerufen wurden.«

»Was für böse Geister sind das?«

»Der Teufel. Der Teufel und seine Dämonen. Dabei muß man allerdings beachten, daß jeder Zauber Energie freisetzt. Eine Energie, die sich kreisförmig ausbreitet. Das heißt, Sie treffen damit Ihren Feind, das ist schon richtig, die Energie kommt aber wie ein Bumerang zu Ihnen zurück. Und das müssen Sie aushalten können.«

»Sie reden darüber, als würden Sie das jeden Tag praktizieren.«

Er verzieht keine Miene und schüttelt kaum merklich den Kopf.

»Das ist nicht jedermanns Sache«, sagt er leise. »Ich kann Ihnen nur einen Rat geben. Halten Sie sich an die Weiße Magie. Die ist ungefährlich.«

Wie er das sagt, klingt es ausgesprochen herablassend. So wie man einem Kind erklärt, daß es zum Autofahren noch zu klein ist. Er rät mir nicht zur Weißen Magie, weil er sie für die bessere Alternative hält, sondern weil ich seiner Meinung nach nicht zu den Auserwählten gehöre, die es mit den dunklen Mächten aufnehmen können.

»Die weiße Energie, kommt die auch zu mir zurück?« frage ich verunsichert.

»Tue Gutes und dir wird Gutes getan«, antwortet er spöttisch. Dann wendet er sich ab. Sein Interesse an meiner Person ist erloschen. Mir bleibt ein unangenehm diffuses Gefühl, so, als ob ich versagt hätte. Er nickt mir kurz zu, murmelt »Man sieht sich« und läßt mich stehen. Als er schon gut vier Meter entfernt ist, erinnere ich mich meines ungelösten Problems.

»Was ist denn jetzt mit dem Skarabäus? Was halten Sie von meiner Unglückstheorie?« rufe ich ihm hinterher.

Der alte Mann sieht mich mit ausdruckslosem Gesicht an. »Das habe ich Ihnen doch schon gesagt. Sie müssen lernen, zuzuhören«, antwortet er gereizt, wendet sich ab und schlurft weiter Richtung Tür. Enttäuscht sehe ich seiner gebeugten Gestalt nach, die bedächtig ihren Weg durch die Buchhandlung sucht, ohne daß die Menschen im Laden Notiz von ihr nehmen. Kurz vor dem Ausgang bleibt er stehen und dreht sich zu mir um: »Die Intention ist ausschlaggebend«, sagt er, gerade so laut, daß ich ihn noch verstehen kann. »Was Glück bringt, kann auch Unglück bringen. Es kommt nur darauf an, wer Ihnen etwas aus welchem Grund gibt. Verstehen Sie das?«

»Ja«, sage ich.

»Schön«, sagt er mit einer Stimme, in der ein böser Unterton mitschwingt. Er kann auch anders, denke ich, er kann auch ganz anders. Niemand in der Buchhandlung dreht sich nach ihm um, keiner blickt auf, oder sieht in seine Richtung. Rasputin steht hinter der Kasse und beobachtet mit Argusaugen ein junges Mädchen, das schon seit gut zehn Minuten in einen Krimi vertieft ist. Eine ältere Dame, die einen weißen Zwergpudel hinter sich herzerrt, stöbert den Tisch mit den Sonderangeboten nach Kochbüchern durch. Der Alte hat die Buchhandlung verlassen. Betreten stehe ich da und sehe ihm durch das Schaufenster nach, wie er langsam die Straße hinuntergeht.

KAPITEL 25

Die Rolltreppen fördern immer neue, winterlich vermummte Gestalten aus den unterirdischen Gewölben der U- und S-Bahnhöfe ans Tageslicht. Eisige Luft läßt den Atem zu weißen Wölkchen kondensieren. Kaum einer, der unter der Wucht des eisigen Windes das Gesicht nicht schutzsuchend zur Seite dreht, sich in die Wärme wolliger Schals verkriecht, den Jackenkragen hochschlägt.

Ich stehe im Kaufhaus Beck seitlich hinter der gläsernen Eingangstür und beobachte die Menschen, die über den Marienplatz hasten. Heute gibt es keine Spaziergänger. Heute wird gerannt, werden Dinge erledigt. Noch drei Wochen bis Weihnachten. Und es weihnachtet sehr. Vor allem bei Beck. Vier große Tannen ragen wie Bergmassive zwischen vollbehängten Kleiderständern auf. Tannen, die mit glitzerndem Christbaumschmuck überladen sind. Doch die Stimmung der Menschen ist alles andere als weihnachtlich-besinnlich. Sie sind im Streß. Immer wieder rempelt mich einer an, stößt mir seine Tasche in die Nieren, knallt mir seinen Schirm auf die Zehen. Das Warten in dem warmen, überfüllten Raum, das ständige Geschubse, die schlechte Luft zerren an meinen Nerven. Gott sei Dank hat dieses Theater ein Verfallsdatum. Am fünfundzwanzigsten Dezember ist der Spuk wieder vorbei.

»Hallo Pia. Schauen Sie doch mal richtig sauer.«

Cornfeld hat sich unbemerkt angeschlichen und steht breit grinsend vor mir.

»Noch saurer geht's nicht«, antworte ich.

»Das dachte ich mir fast.«

Ich packe ihn am Ärmel und ziehe ihn hinter mir her auf die Straße.

»Cornfeld, jetzt kommen Sie schon, wir müssen uns beeilen.«

Mit weitausholenden Schritten geht er schweigend neben mir her, die schwarze Pudelmütze tief ins Gesicht gezogen, so daß sie auf den oberen Rand seiner schmalen Kunststoffbrille aufsitzt. Seine Gesichtshaut schimmert bläulich blaß, die Lippen sind schmal, fast blutleer. Er sieht nicht sonderlich glücklich aus.

»Gab's Ärger mit Mary?« frage ich.

»Nein.«

Mehr sagt er nicht. Den Kopf nach unten gebeugt, um dem Schneeregen möglichst wenig Angriffsfläche zu bieten, die Hände tief in den Taschen seiner dunklen Cordjacke vergraben, macht er keine Anstalten, das Thema wieder aufzugreifen.

»Wo ist dieses Café?« frage ich, gegen den Wind anschreiend.

»An der Theatinerstraße, da vorne rechts.«

Die Hausfassaden verschwimmen hinter Schwaden winzig weißer Flocken, die von heftigen Böen zu hauchzarten Gebilden verwirbelt, mal in die eine, mal in die andere Richtung getrieben werden. Ich bin aufgeregt und stolz und nervös und gespannt und all das, was man so ist, wenn man einen Erfolg zu vermelden hat. Wenn man sich Lob und Belohnung abholen will, von jemandem, den man nicht kennt und heute zum ersten Mal begegnen wird. Das große Geheimnis um unseren Auftraggeber wird in wenigen Minuten gelüftet werden. Ich laufe so schnell, daß Doktorchen Probleme hat, mit mir Schritt zu halten. Ich will es jetzt wissen. Will den Kerl sehen, der uns E-Mails schickt, mal eben zwanzigtausend Mark Vorschuß rüberschiebt, Informationen hat, die nur Insider kennen, im Hintergrund die Strippen zieht und immer schön im Dunkeln bleibt. Ich will ihm gegenüberstehen, ich will mit ihm reden, und ich will kassieren: seine Anerkennung, seine Bewunderung, seinen Scheck.

An der Ecke Maffei- und Theatinerstraße fährt die Straßenbahn bimmelnd vorüber, rumpelt wenig elegant durch eine S-Kurve und entschwindet Richtung Maximilianstraße. Schräg vor uns, auf der anderen Straßenseite liegt das Café. Ich kann den Schriftzug Kreutzkamm entziffern. Es ist ein altes, gediegenes Kaffeehaus mit großen, hellen Schaufenstern, in denen aufwendig verpackte Süßwaren ausgestellt sind. Ich bleibe seitlich vor einem der Fenster stehen und linse vorsichtig hinein. Dann fahre ich erschrocken zurück und versetze Cornfeld mit meinem Kopf einen Kinnhaken.

»Aua! Passen Sie doch auf«, schimpft er, sein Kinn heftig reibend. »Was ist denn?«

»Da sitzt die Müllerschön.«

»Quatsch. Da haben Sie sich verguckt.«

»Cornfeld, für was halten Sie mich«, zische ich ihn an, »ich weiß doch, wie die Müllerschön aussieht. Und die sitzt da drin. Ich sag's Ihnen.«

In meinem Hirn wirbeln Assoziationsketten wie bunte Luftschlangen auf einer Silvesterparty. Wieso ist sie hier? Hat sie mein Telefon abgehört? Will sie mich ärgern? Oder ist es einfach nur ein saublöder Zufall, daß sie genau im falschen Moment am falschen Ort auftaucht? Vielleicht ist sie mit jemandem verabredet? Womöglich mit einem Kollegen? Mir wird ganz flau. Was auch immer ich mir zusammenreime, es ist grauenvoll, paßt nicht in unsere Planung, wirft alles über den Haufen. Die Frau ist ein Störfaktor, der sofort entsorgt werden muß.

»Cornfeld, ich gehe jetzt rein und versuche, die Müllerschön unter irgendeinem Vorwand da rauszulotsen. Sie müßten dann die Übergabe mit Mister X alleine abwickeln. Kriegen Sie das hin?«

Doktorchen, der sich mittlerweile mit seinem Rücken an der Hauswand entlangwischend bis zu einem der Fenster vorgearbeitet hat, schielt vorsichtig um die Ecke und zieht sofort wieder den Kopf ein. »Scheiße«, ist alles, was er rausbringt. Dann schwingt die Tür auf und Nadine Müllerschön tritt heraus, dreht sich zu uns um, sieht uns ohne jedes Erstaunen an und lächelt. Kein bißchen überrascht, uns wie zwei ertappte Kinder vor dem Café stehend vorzufinden.

»Was machen Sie denn hier?« fragt sie.

»Ähhh«, ist die gemeinsame, wenig aufschlußreiche Antwort, zu der Doktorchen und ich noch fähig sind. Sie lacht und scheint unsere verdatterten Gesichter zu genießen.

»Jetzt kommen Sie endlich rein«, sagt sie augenzwinkernd, »bevor Sie hier noch festfrieren.«

Kurz darauf sitze ich mit Cornfeld und der Müllerschön an einem Tisch. Außer uns sind noch zwei alte Damen im Café, die direkt gegenüber der Kuchentheke sitzen und mit zierlichen Bewegungen große Stücke Sahnetorte zum Mund führen. Zehn Meter davon entfernt ist ein junger Mann selbstvergessen in die Süddeutsche Zeitung vertieft. Niemand weit und breit, der nach Mister X aussieht. Keine greifbare Erklärung für das Auftauchen von Nadine Müllerschön. Cornfelds Unterkiefer mahlt hektisch. Während ich unruhig auf meinem Stuhl hin und her rutsche, sitzt die Müllerschön da wie eine Sphinx. Ganz in Schwarz, in sich ruhend, gelassen, wissend, mustert sie uns. Und sagt kein Wort.

»Sind Sie öfter hier?« frage ich sie.

»Nein«, antwortet sie.

Cornfeld macht der Kellnerin ein Zeichen und bestellt drei Tassen Kaffee. Dann sitzen wir uns wieder stumm gegenüber. Keiner scheint den Anfang machen zu wollen. Wir hocken in zwei verfeindeten Festungen, beäugen und beobachten uns, in der Erwartung, daß die gegnerische Seite zuerst die weiße Fahne heraushängt. Die Müllerschön zückt ein Taschentuch und putzt sich die Nase, zerknüllt es und stopft es in ihre kleine, schwarze Lackhandtasche.

»Nun, was haben Sie denn jetzt für mich?«

»Was sollten wir denn für Sie haben?« fragt Doktorchen.

»Ich dachte, wir hätten uns hier verabredet, weil Sie Beweise dafür haben, daß in einer bestimmten Agentur Steuergelder veruntreut werden?«

Cornfeld und ich sehen uns kurz an.

»Heißt das, Sie haben die E-Mails geschickt, Sie sind der Auftraggeber?«

»Ganz recht«, sagt sie, schlägt die Beine übereinander, wippt lässig mit dem rechten Fuß und betrachtet ihre mit kleinen schmutziggrauen Flecken übersäten Lederstiefel. »Ich bin Mister X.«

Der naive Stolz, mit dem sie das sagt, hat etwas Rührendes und könnte fast als Beweis ihrer Ehrlichkeit gelten.

»Können Sie das belegen?« frage ich sie.

»Warum sollte ich das belegen müssen? Ich bin hier. Das reicht doch.«

»Nun, Sie könnten von dem Treffen mit Mister X erfahren haben und jetzt versuchen, die belastenden Unterlagen an sich zu bringen. Um sie zu vernichten, zum Beispiel.«

Sie lächelt mich nachsichtig an, entnimmt ihrer Tasche eine Schachtel Zigaretten und ein Feuerzeug, steckt sich den Glimmstengel zwischen die orangerot geschminkten Lippen und läßt sich von Doktorchen Feuer geben.

»Sie haben zwanzigtausend Mark von mir kassiert und bisher nichts geliefert. Ihr Assistent hatte sogar die Frechheit, noch mehr Geld zu fordern, obwohl Sie nichts aber auch gar nichts rausgekriegt haben. Und jetzt führen wir hier ein fröhliches Beruferaten auf, oder was?«

Der forsche Ton paßt nicht zu ihr. Vor Ärger flattern ihre Augendeckel, ihre linke Hand streicht unablässig über das Lacktäschchen. Sie spürt genau, daß wir ihr den Mister X nicht abnehmen. Und zwar aus einem einzigen, wenig schmeichelhaften Grund: Wir trauen ihr diese Rolle einfach nicht zu.

Die Kellnerin stellt drei dampfende Tassen vor uns auf den Tisch, die wir unbeachtet dort stehen lassen.

»Frau Müllerschön, wenn Sie tatsächlich Mister X sind, warum haben Sie uns dann diesen Auftrag erteilt?«

Ich sehe Cornfeld entschuldigend an. »Vielleicht kommen wir ja so weiter.«

Nadine Müllerschön bläst den Zigarettenrauch zur Seite und beugt sich vor. »Das ist eine lange Geschichte ...«

Angestrengt sieht sie an uns vorbei. Dann setzt sie sich gerade hin und drückt ihre Marlboro im Aschenbecher aus.

»Also, ich versuche mich kurz zu fassen. Meine Mutter ist bei meiner Geburt gestorben und mein Vater, der das nie verwunden hat, heiratete danach nicht mehr. Wenn Sie so wollen, hat mein Bruder mich großgezogen, er war meine Ersatzmutter. Eine sehr gute Ersatzmutter. Wir mochten uns sehr ...«

Sie wühlt in ihrer Tasche, findet das Taschentuch und zerknüllt es zwischen ihren Fingern.

»Er war Projektleiter bei Konrad, Lautenberg und Partner und hat mir dort den Job als Empfangsdame verschafft. Dann ist er krank geworden. Aids. Und sie haben ihn rausgeschmissen.«

»Wer hat ihn rausgeschmissen?«

»Lautenberg. Die Krankheit wurde natürlich nie direkt angesprochen. Das lief ganz hinterhältig. Da wurden Konferenzen abgehalten, von denen er erst Stunden später erfuhr, Informationen nicht weitergeleitet, Daten auf seinem PC gelöscht, Abflugzeiten falsch übermittelt, so daß er den Flug verpaßte und die Präsentation beim Kunden absagen mußte. Die haben sämtliche Register gezogen, das können Sie mir glauben. Nun«, sie schnieft und greift wieder zum Tempo, »der Rausschmiß war nicht gut für ihn. Die Arbeit hatte ihn abgelenkt, diese Untätigkeit, das ewige Zuhauserumsitzen, das Grübeln haben ihn fertig gemacht. Davon bin ich überzeugt, da bringt mich keiner von ab. Er hat für diesen Laden gelebt, er hat seine Arbeit geliebt, er war der beste Projektleiter, den die je hatten. Und dann – dann haben sie ihn einfach vor die Tür gesetzt.«

»Das dürfen die doch gar nicht, nur weil er krank ist«, wirft Cornfeld ein.

Jetzt schluchzt sie leise. Die Rolle der toughen Auftraggeberin ist vergessen, ihr Genuschel kaum noch zu verstehen.

»Natürlich dürfen sie das nicht. Das wußten die auch. Deshalb haben sie ja auch so rumgetrickst, einen Vorwand gesucht und dann auch einen gefunden. Es war so demütigend.«

Daß sie weint, erregt Aufsehen. Die Kellnerin kommt mit besorgter Miene an den Tisch und fragt, ob sie helfen könne. Ich schüttele den Kopf und bedeute ihr, uns alleine zu lassen. Enttäuscht zieht sie sich zurück.

»Wie kamen Sie denn auf die Idee, uns zu engagieren?« fragt Cornfeld.

»Mein Bruder hat mir von diesen unsauberen Abrechnungsmethoden erzählt. Aber er war viel zu loyal, auch noch nachdem sie ihn rausgeschmissen hatten, um die Geschichte publik zu machen. Als er starb, habe ich mir geschworen, daß ich ihn rächen werde, daß ich diesen ganzen verdammten Laden hochgehen lasse, diese bigotten, verlogenen Schweine. Die sind noch nicht einmal zur Beerdigung gekommen. Einen lächerlich mickrigen Kranz haben sie geschickt. Und das war's dann.«

Energisch wischt sie sich mit ihrem Taschentuch über die Augen und putzt sich ziemlich geräuschvoll die Nase.

»Aber wie sind Sie dann auf uns gekommen? Woher wußten Sie, daß ich diesen Job kriegen würde?« frage ich sie.

»Als ich gehört habe, daß sie einen Hamburger Headhunter beauftragt haben, eine neue Projektleiterin zu suchen, und erfuhr, daß Lautenberg sich darum kümmern würde, mußte ich nur noch eine Privatdetektivin finden, die seinem Typ entsprach.«

»Also waren es doch der kurze Rock und …« quatscht Cornfeld dazwischen.

»Ja«, bestätigt die Müllerschön, »völlig richtig«, und zu mir gewandt: »Als ich Sie zum ersten Mal sah, wußte ich sofort, daß Sie dem Personalberater schon vors Schienbein treten müßten, um den Job nicht zu bekommen. Sie sind absolut Lautenbergs Typ, wirklich.«

»Aber ein Risiko war es trotzdem.«

»Klar«, sagt sie und nippt an ihrem kalten Kaffee, »aber kein sehr großes.«

Die beiden alten Damen, die ihr Kaffeekränzchen beendet haben, wollen zahlen und bringen dieses Anliegen derart lautstark zum Ausdruck, daß wir unser Gespräch unterbrechen müssen.

»Woher hatten Sie die zwanzigtausend Mark?« will Cornfeld von Nadine Müllerschön wissen, nachdem die beiden Kaffeetanten ihre Rechnung endlich beglichen haben.

»Mein Bruder hat mir eine kleine Eigentumswohnung und sein ganzes Geld hinterlassen. Ich dachte, das ist das Beste, was ich mit meiner Erbschaft anfangen könnte – ihn rächen. Diesen überheblichen, asozialen Kerlen mal richtig eins auswischen.«

»Wo haben Sie mich überhaupt gesehen?« frage ich sie mit ziemlicher Verzögerung, weil mir erst jetzt einfällt, daß ich mich nicht erinnern kann, ihr vor meiner Zeit in der Agentur je begegnet zu sein.

»Ich habe alle Privatdetektive in Hamburg abgeklappert. Mit blonder Perücke und Sonnenbrille. Das war nicht schwer.«

Einen Moment muß ich überlegen, doch dann erinnere ich mich.

»Stimmt«, sage ich, »jetzt fällt es mir wieder ein, Sie wollten einen Kostenvoranschlag für die Observation ihres Ehemanns.«

»Genau.« Sie strahlt. »Wissen Sie, ich habe kein Abitur und nicht studiert, bin vielleicht nicht so schlau wie die anderen in der Firma, aber wenn ich mir etwas in den Kopf setze, fällt mir auch was ein, dann kriege ich das auch hin.«

Cornfeld mustert sie amüsiert, öffnet seine Tasche und legt die Unterlagen auf den Tisch.

»Okay«, sagt er, »dann lassen Sie uns mal anfangen.«

KAPITEL 26

Seit zwanzig Minuten stehe ich vor dem Café »Münchener Freiheit« in der Kälte. Nach den Erlebnissen der letzten Tage habe ich mich auf diese Verabredung richtig gefreut. Auf einen Abend ohne Cornfeld, ohne Kollegen, ohne die immer gleichen Gedanken und Gespräche, zu dem immer gleichen scheußlichen Thema. Ich will nur noch raus, raus aus dem Stress, aus der abgestandenen Luft, aus dem Dunstkreis all dessen, was mich den ganzen Tag umgibt. Doch jetzt sieht es so aus, als sei das keine gute Idee gewesen. Der Typ ist immer noch nicht aufgetaucht. Ich sehe auf die Uhr, habe keine Lust länger zu warten und laufe die Treppen zur U-Bahn hinunter. John direkt in die Arme.

»Wo willst du denn hin?« fragt er mich erstaunt.

»Nach Hause, ich bin versetzt worden.«

Er lacht, hält mich mit beiden Armen an den Schultern, schiebt mich ein Stück von sich und schüttelt mit gespielter Entrüstung den Kopf.

»Das wäre ja noch schöner, daß die Frau, mit der ich heute nacht schlafen will, einfach abhaut.«

Das ist ziemlich direkt und kommt so unerwartet, daß ich ihm die Antwort schuldig bleibe. Dabei ist seit dem Weihnachtsfest klar, daß ich mit ihm ins Bett gehen werde. Doch eigentlich wollte ich den Zeitpunkt selbst bestimmen.

Wir gehen ins Roxy in der Leopoldstraße, und kaum haben wir bestellt, erregt eine attraktive Blondine Johns Aufmerksamkeit. Er winkt ihr, und sie kommt an unseren Tisch. Eine Kollegin, wie sich herausstellt. Der Typ blonde Strahle-Amerikanerin, wie man sie aus Vorabendserien kennt, wo sie am Strand von Malibu Ertrinkende aus dem Wasser ziehen und ihre nur unzureichend von roten Badeanzügen verhüllten Plastikmöpse in die Kamera recken. Sie strahlt auf eine geradezu unverschämte Art Schönheit, Gesundheit und Lebensfreude aus. Ein Schlag ins Gesicht für jeden, dem schon einmal ein Pickel Depressionen verursacht hat. Der Beginn des Abends scheint programmatisch zu sein. Wir gehen italienisch essen und später noch ins Master's Home. Und überall sind wir umzingelt. Umgeben von Menschen, die mit ihrem Aussehen Geld verdienen, jeden Small-Talk hemmungslos zur Selbstinszenierung nutzen, sich für den Mittelpunkt der Welt halten. Mir schlägt soviel Selbstbewußtsein auf den Magen, und ich trinke zuviel. Um zwölf bin ich müde und verabschiede mich. John ist alarmiert. »Wir zwei haben doch noch was vor heute abend. Hast du das vergessen?« fragt er.

»Ich habe nichts mehr vor. Wenn der Abend so lausig weitergeht, wie er angefangen hat, gibt es nichts, was ich verpassen könnte.«

Ich stehe auf, nehme meine Jacke und drängle mich durch die Menge zum Ausgang. Als ich draußen vor der Tür stehe, genieße ich die frische, wenn auch ziemlich kalte Luft. Mir geht es nicht gut. Ich hab eindeutig zu viel Rotwein getrunken, fühle mich alt und deplaziert. Warum tue ich mir das bloß an?

John ist mir gefolgt und steht jetzt neben mir. »Was ist mir dir los? Warum haust du einfach ab?«

»Du brauchst mich nicht – oder? Du amüsierst dich auch ganz gut ohne mich.«

Einen Moment bin ich versucht, ihm zu erzählen, daß die Severing ihn abgelehnt hat. Doch ich lasse es bleiben. Es würde zu deutlich nach billiger Rache klingen.

John, der befürchten muß, daß aus dem Liebesabenteuer nichts wird, strengt sich jetzt richtig an und bietet seinen ganzen Charme auf. Mit einer Mischung aus Überheblichkeit und gespielter Zerknirschung lächelt er mich an, legt den Arm um mich und küßt mich auf die Wange.

»Komm«, sagt er, »wir nehmen ein Taxi.«

Er raucht. Ein weiteres Klischee, an das er sich hält. Er findet meinen Busen für mein Alter erstaunlich fest und meinen Po erotisch. Auch wenn mir insgesamt ein bißchen Sport nicht schaden könnte. Noch sei mein kleiner Spitzbauch ja wirklich süß. Nur dicker sollte er nicht werden. Mit täglich dreißig Sit-ups ließe sich das Problem aber schnell in den Griff bekommen. Er ist zufrieden. Mit sich und ein bißchen auch mit mir. Ich liege in seinem Arm auf einem Bett, das den Namen nicht verdient, in einem Zimmer, für das man stundenweise zahlt und fühle mich verrucht.

Zuerst ist mir das englische Wort für Vorspiel nicht mehr eingefallen. Und er ist nicht von selbst drauf gekommen. Der Start in unser Liebesabenteuer begann damit, daß jeder versuchte, den Kopf des anderen zur eigenen Leibesmitte hin zu dirigieren. Als ich merkte, worauf er es anlegt, habe ich kurz mein Raubtiergebiß entblößt und gefährlich klingende Knurrlaute von mir gegeben. Das schien die Situation aber nicht ausreichend zu klären. Er meinte mir seinen Wunsch verbal erläutern zu müssen.

»How about a blow-job?«

Natürlich kam ich seinem Wunsch sofort nach, legte mich auf ihn, stützte mich rechts und links mit den Händen neben seinen Schultern ab, brachte mein Gesicht direkt über seinem in Position, machte dicke Backen und blies ihm kräftig ins Gesicht.

»Do you enjoy it?«

Er lachte ein kleines, enttäuschtes Lachen. Aber immerhin nahm er es mit Humor und unterließ weitere Versuche, mir orale Sextechniken schmackhaft machen zu wollen. Der Nachteil war nur, daß ich schlecht von ihm verlangen konnte, wozu ich selbst nicht bereit gewesen war. Zumindest nicht in dieser frühen Phase unserer sexuellen Beziehung.

Aus dem Raum nebenan dringen eindeutige Geräusche. Bettfedern quietschen laut und rhythmisch, eine männliche Stimme stöhnt, eine weibliche feuert ihn mit »un po' più presto, un po' più presto« an.

»Was sagt sie da immer?« fragt John neugierig.

»Un po' più presto.«

»Was heißt das?«

»Ich glaube, sie möchte, daß er sich beeilt«, antworte ich.

Wir müssen so lachen, daß wir, aus Angst, wir könnten die beiden aus dem Konzept bringen, unter die Bettdecke flüchten. Drüben ist es plötzlich still geworden.

»Anscheinend hat er sich beeilt«, flüstert John.

Ich kuschle mich an ihn, ziehe mit den Fingerspitzen die welligen Linien seines Waschbrettbauchs nach, versenke die Kuppe meines Zeigefingers in seinem Nabel, fahre mit der flachen Hand über die straffe Haut seines Unterbauchs, wobei ich mit der Handkante ganz leicht an seinem gekräuselten, feuchten Haar entlangstreife. Er riecht gut, sieht zum Anbeißen aus und läßt rein optisch keine Wünsche offen. Ein richtiger trophy guy. Was Wunder, daß er ein miserabler Liebhaber ist. Ein Mensch mit kaum erkennbarem erotischem Gespür, der in der eigenen Schönheit ertrinkt; der andere nur als Staffage wahrnimmt, als das Pünktchen auf seinem I. Das weiß er auch, aber es stört ihn nicht. Warum auch? Wer mit ihm ins Bett geht, muß dankbar sein. Ich betrachte sein Profil, das helle Haar, das ihm in die Stirn fällt, die gebräunte, glatte Haut und spüre ein flaues Gefühl im Magen. Dieses leichte Ziehen in der

Leistengegend ist mir nur allzu vertraut und hat bisher immer nur einen Kometenschweif von Katastrophen hinter sich hergezogen. Doch ich bin felsenfest entschlossen, mich nicht zu verlieben. Ich will keine Abhängigkeit, kein Warten auf Telefonanrufe, die dann doch nicht kommen, keine Eifersucht auf Frauen, die jünger, schöner und klüger sind, keine durchheulten Nächte, wenn das Ganze mal wieder in der Sackgasse geendet hat. Das brauche ich nicht, und nach meiner siebenjährigen Beziehungskatastrophe mit Michael habe ich mir etwas Besseres verdient. Einen Mann, der mich liebt, der für mich da ist, den man vielleicht sogar heiraten kann. Und John ist der denkbar unpassende Kandidat, mit dem sich eine solch biedere Lebensplanung realisieren ließe. Heute werde ich die Konsequenzen ziehen, werde einen unkomplizierten One-Night-Stand genießen und mich keinerlei Illusionen hingeben. Ich beuge mich zur Seite, küsse John flüchtig auf die Wange und weiß jetzt, daß unsere erste gemeinsame Nacht auch unsere letzte gewesen ist.

Gegen zwei Uhr nachts verlassen wir unser Zimmer. Müde schleichen wir durch den düsteren, nur von einem dürftigen Notlicht erhellten Korridor. Die dunkelbraun lackierten Türen, die rechts und links vom Flur abgehen und mit Zimmernummern aus billiger, silberner Folie beklebt sind, sind alle geschlossen. Bis auf eine. Schon von weitem sehe ich den Lichtstreifen, der ein schmales Stück vom Flur und der gegenüberliegenden Wand erhellt. Scharniere quietschen, der Streifen erweitert sich zu einem großen Rechteck, und eine elegant gekleidete, blonde Frau tritt auf den Gang. Sie schließt die Tür hinter sich, sperrt ab und streicht sich mit einer ungeduldigen Bewegung das dichte, wellige Haar aus dem Gesicht. Als sie sich wieder aufrichtet, sieht sie kurz in unsere Richtung. In dem Moment erkenne ich sie. Und sie erkennt uns. Erschrocken wendet sie sich ab, läuft den Korridor hinunter und verschwindet um die Ecke. Wir hören nur noch das eilige Klappern ihrer Absätze auf den Treppenstufen.

»Was macht die denn hier?« fragt John.

»Ich weiß es nicht«, sage ich. »Aber ich wüßte es gern.«

KAPITEL 27

Übernächtigt sitze ich um acht Uhr früh an meinem Schreibtisch. Das Konterfei, das mein Spiegel mir heute morgen präsentierte, hätte ich gerne zu Hause gelassen. Zu deutlich sind die Spuren nächtlichen Schlafmangels. Noch nicht mal zum Duschen bin ich gekommen. Als ich in der Pension eintraf, hatte ich gerade noch genügend Zeit zum Zähneputzen und zum Kleiderwechseln. Dann mußte ich ins Büro.

Ich nippe an meinem Kaffee und konzentriere mich auf den Poststapel, der so beängstigende Ausmaße angenommen hat, daß ich mich seiner als erstes annehme. Doch schon der oberste Brief hält eine Überraschung bereit. Er stammt von der Firma Veranstaltungsservice Gruber und ist an mich persönlich adressiert. Als ich ihn öffne und kurz überfliege, bin ich sicher, daß es sich hier um ein Mißverständnis handeln muß. Doch dann dämmert mir langsam, wer mir da gerade einen Streich spielt. Seit Tagen warte ich darauf, daß Kranzler mal wieder eine seiner eindrucksvollen Showeinlagen abzieht. Daß er in eine Konferenz reinplatzt, mir auf dem Parkplatz auflauert, meine Vermieterin bedrängt, Cornfeld anspringt. Irgendetwas Absurdes inszeniert. Doch nichts passiert. Er hat sich unsichtbar gemacht.

Nochmals sehe ich mir die Rechnung an, die mir die Firma Gruber geschickt hat. Da sind hundert Mark für einen halbstündigen Nikolausauftritt, sechzig Mark für eine Stunde An- und Abfahrt sowie ein Zuschlag in Höhe von 25 Mark für Auftritte nach zweiundzwanzig Uhr aufgelistet. Das Ganze summiert sich auf nette einhundertfünfundachtzig Mark plus Mehrwertsteuer. Es ist nicht zu glauben. Der scheint doch allen Ernstes zu erwarten, daß ich auch noch die Kosten für seine schwachsinnigen Geldeintreibermethoden übernehme. Das kommt ja überhaupt nicht in Frage. Ich zerknülle den Wisch zu einer handlichen Kugel und werfe ihn mit Schwung in meinen Papierkorb. Die restlichen Briefe kann ich leider nicht so schnell entsorgen. Auch bei oberflächlichster Durchsicht ist klar, daß da noch eine Menge Arbeit auf mich wartet.

Gerade als ich meinen PC gestartet habe und die kleinen bunten Signets der Systemerweiterungen nacheinander auf der Bildschirmoberfläche auftauchen, klingelt das Telefon. Ich nehme sofort ab.

»Sag mal, sitzt du auf dem Apparat?«

»Nein Katja. Ich bin nur reaktionsschnell. Das ist alles.«

»Fein. Wie geht es denn so?«

»Gut.«

»Das freut mich.«

Sie raschelt mit Papieren, unterbricht das Gespräch kurz, um einem Kollegen eine Frage zu beantworten und ist dann wieder dran.

»Entschuldige. Also, wie geht es dir eigentlich?«

»Minimal schlechter als vor zwei Minuten.«

»Sorry, ich hatte dich schon gefragt.«

»Richtig.«

»Was macht Cornfeld denn so?«

»Ich weiß nicht. Ich glaube, er hat Liebeskummer. In der akuten Phase erzählt er mir ja nie etwas, so daß ich dazu nicht allzu viel sagen kann. Aber Sorgen mußt du dir keine machen, suizidgefährdet erscheint er mir noch nicht.«

»Wie geht es eigentlich Jürgen?« fragt sie auf einmal fast verlegen.

Meine Geduld wird heute wirklich auf eine harte Probe gestellt. »Wieso fragst du? Weißt du es nicht?«

»Nein. Seit dem Weihnachtsfest hat er mich nicht mehr angerufen. Ich dachte, vielleicht ist er krank geworden oder hatte einen Unfall ...«

»Vielleicht ist er ja auch auf einer Geschäftsreise. Oder er macht gerade Urlaub«, antworte ich boshaft.

»Ja? Ist das so?« fragt sie hoffnungsvoll.

Jetzt ärgere ich mich über meinen flapsigen Ton und den blöden Spruch. Es scheint ihr ernsthaft etwas auszumachen.

»Entschuldige Katja. Aber er war die meiste Zeit hier im Büro. Allerdings hat er im Moment sehr viel zu tun. Ab ersten Januar startet doch seine neue Firma, und da laufen die Vorbereitungen auf Hochtouren. Er ist wirklich wahnsinnig im Streß«, lüge ich sie an.

Schreiber hat eine Menge Arbeit, das ist vollkommen richtig, aber bei Gott nicht so viel, daß er keine Zeit mehr zum Telefonieren hätte. Katjas Stimme klingt dann auch sehr unsicher, als sie mich fragt, ob sie die Initiative ergreifen solle. Ich weiß wirklich nicht, was ich ihr darauf antworten soll. Männer, die nicht anrufen, liegen im allgemeinen nicht schwerverletzt in einem Straßengraben, sie sind auch nicht plötzlich an einer Stimmbandentzündung erkrankt und haben sich meistens auch nicht den rechten Zeigefinger gebrochen, so daß sie sich außerstande sähen, die Telefontastatur zu bedienen. Genauso kann eine Entführung, eine Gasexplosion oder der Zusammenbruch sämtlicher Telefonleitungen im Großraum München ausgeschlossen werden. Der einzige tatsächlich und vollkommen realistische Grund dafür, daß das gottverdammte Telefon nicht klingelt, ist, daß die entsprechende Person die entsprechende Nummer nicht wählt.

Eine Entscheidung, die Männer im Vollbesitz ihrer geistigen Kräfte und bei bester körperlicher Verfassung zu treffen pflegen. Auch wenn es den meisten Frauen schwerfällt, das zu glauben.

»Katja, ich würde ihn erst einmal nicht anrufen. Er hat so viel zu tun, der hat überhaupt keine Zeit für so etwas wie ein Privatleben. Ich bin sicher, daß er sich melden wird, sobald das Schlimmste überstanden ist.«

Katja schweigt. Ich kann mir gut vorstellen, wie sie jetzt aussieht. Traurig und enttäuscht. Sie weiß genau, was los ist. Für Illusionen sind wir beide schon zu alt.

Kaum habe ich aufgelegt, klingelt das Telefon erneut. Cornfeld ist dran.

»Pia, mir ist da etwas eingefallen.«

»Das ist ja ganz was Neues …«

»Wir haben doch darüber gesprochen, wie sich Meyer abgesichert haben könnte. Von wegen Anwalt und so«, fährt er ungerührt fort.

»Ja«, sage ich, »aber unsere Anwaltstheorie kommt nicht so ganz hin. Da Meyer vor einer Woche ermordet worden ist, müßte die Polizei das Band längst haben. Und nach allem, was in der Zeitung steht, gibt es keine neue Spur.«

»Die Polizei gibt doch nicht alle Infos an die Presse weiter«, widerspricht er, »vielleicht sind sie dem Täter ja längst auf den Fersen. Davon abgesehen, ist mir eben noch eine ganz andere Idee gekommen. Möglicherweise war Meyer gar nicht so einfallslos, wie wir das immer unterstellt haben. Was ist zum Beispiel, wenn der Anwalt das Beweisstück nicht an die Polizei, sondern an jemand ganz anderen geschickt hat?«

»Warum sollte er?«

»Um zu verhindern, daß der Mörder seiner gerechten Strafe entgeht, daß er nur fünfzehn Jahre aufgebrummt bekommt und nach der Hälfte der Zeit wegen guter Führung wieder entlassen wird.«

Einen Augenblick herrscht beredtes Schweigen. Bei näherem Hinsehen erscheint mir Cornfelds Idee gar nicht mal so schlecht.

»Sie meinen, er will, daß die Person, die das Tape bekommt, sich an dem Mörder rächt. Meinen Sie das?«

»Ja, so was in der Art.«

KAPITEL 28

Wer sich an einem Dezemberwochenende bei wolkenlos blauem Himmel und zehn Grad Celsius auf die Autobahn München – Garmisch begibt, muß ein fanatischer Skifahrer oder unzurechnungsfähig sein. Cornfeld und ich zählen eindeutig zur zweiten Kategorie. Wir haben keine Skier auf dem Dach, sind nicht in dicke Overalls verpackt und verspüren keine Vorfreude auf fünfzehn Zentimeter Neuschnee und strahlenden Sonnenschein. Uns zieht es nicht in die Berge, sondern an den Starnberger See, der zu dieser Jahreszeit auch idyllisch sein soll. Allerdings nicht so idyllisch, daß man sich deswegen zwei Stunden in den Stau stellen müßte. Wir stehen aber schon am Mittleren Ring in einer Blechlawine, die sich nur millimeterweise vorwärtsbewegt und reichlich Gelegenheit bietet, frustrierten Verkehrsteilnehmern beim Nasebohren, Telefonieren oder Streiten zuzusehen.

Schuld an allem ist Cornfeld. Er war auf die geniale Idee gekommen, Torsten Meyers Anwalt anzurufen. Die Telefonnummer hatte Nadine Müllerschön recherchiert, und der Rest blieb mal wieder an mir hängen. Ich meldete mich unter falschem Namen und behauptete, von der Deutschen Post zu sein und ein Päckchen vorliegen zu haben, dessen Adressat aufgrund von Regenspuren auf dem Umschlag leider nicht mehr zu entziffern sei. Meine Gesprächspartnerin war zwar ganz nett, aber auch ein wenig ungehalten.

»Ich bin nicht die einzige Mitarbeiterin hier, und wir verschicken so einiges. Wie soll ich wissen, was das für ein Päckchen ist?«

»Nun«, antwortete ich, »es fühlt sich so an, als wäre eine Videokassette drin.«

Der Tip half weiter. Ohne noch mal nachfragen zu müssen, nannte sie mir die Adresse. Und es sah ganz so aus, als hätte Cornfeld mal wieder recht gehabt.

Das Anwesen der Lautenbergs liegt direkt am See. Eine alte, im Seidl-Stil erbaute Villa, gelb-weiß gestrichen, mit Stuckornamenten und vergitterten Fenstern im Erdgeschoß. Hohe Hecken verwehren den Blick auf den Garten und den angrenzenden See. Die Eingangspforte ist kitschig verspielt, mit Dutzenden von kleinen Speerspitzen bewehrt und verschlossen. Der ovale, mit Blaubasalt gepflasterte Vorhof glänzt tiefschwarz in der Mittagssonne. Schräg vor dem Haus parkt Josy Lautenbergs dunkelrotes Jaguar-Cabriolet. Wir klingeln. Nichts passiert. Kein entferntes Bimmeln hallt durchs Haus. Vielleicht ist die Klingel kaputt? Wir gehen an der Hecke entlang zum See und finden kurz vor dem Ufer eine lichte Stelle im Gehölz. Cornfeld klettert als erster durch, bleibt mit seiner Jeans an einem spitzen Ast hängen und reißt sich ein Loch in den Stoff. Anstatt mir behilflich zu sein, steht er fluchend auf der anderen Seite und jammert wegen seiner Hose. Mir bleibt nichts anderes übrig, als mich ohne seine Hilfe durch die Hecke zu zwängen. Erfolglos kämpfe ich mit ein paar dünnen Zweigen, die mir trotz aller Vorsichtsmaßnahmen ins Gesicht klatschen und Striemen hinterlassen. Als wir beide endlich nebeneinander stehen, Cornfeld mit zerrissener Jeans, ich mit blutigen Kratzern auf der Stirn, überkommt mich eine vage Assoziation mit Hänsel und Gretel, die heimlich das Haus der Hexe erkunden. Ein bißchen wie im Märchen sieht es hier auch aus. Die Villa liegt mitten in einem riesigen Areal, das zum See hin leicht abfällt. Alte Obstbäume, Rosensträucher und mit Buchs eingefaßte Blumenbeete lassen eine vage Vorstellung von dem aufkommen, was dieser Park im Sommer zu bieten hat. Wir sind in einer Art Zaubergarten gelandet. Ein Anblick, der überwältigend und eine Spur unwirklich ist.

»Neid«, flüstert Doktorchen, »purer Neid. Da kommt einem doch die Galle hoch. Warum dürfen immer nur andere Leute in solchen Häusern leben?«

Eine Frage, auf die ich auch keine Antwort weiß.

»Kann man sich denn als Werbefuzzi so eine Immobilie überhaupt leisten?« fragt er nölig.

»Bei den Rechnungen, die wir schreiben, kommt schon was zusammen. Vielleicht verdankt er das Haus aber auch einer Erbschaft, oder Josy hat es mit in die Ehe gebracht. Was weiß ich? Haben Sie eigentlich so etwas wie Überwachungskameras gesehen?«

Cornfeld schüttelt den Kopf.

»Ein Hinweisschild auf bissige Hunde?«

Er schüttelt den Kopf.

»Alarmanlage?«

Erneut schüttelt er den Kopf.

»Ganz schön leichtsinnig«, sage ich und ärgere mich, daß sie es uns so leicht machen, uns so gar keinen Grund zu einem Rückzug liefern. Ich halte mich nicht gern unerlaubt auf fremden Grundstücken auf. Aber jetzt bleibt nichts anderes übrig, als zu tun, was naheliegend und scheinbar auch ganz einfach ist.

Immer schön im Windschatten der Hecke bleibend, versinken wir knöcheltief im verharschten Schnee, sondieren nervös die Umgebung, ständig darauf gefaßt, plötzlich vor jemandem zu stehen, eine laute Stimme oder gar Hundegebell zu hören. Doch alles bleibt still. Wenn das Auto nicht vor der Tür stünde, würde man annehmen, daß niemand zu Hause ist. Alle Fenster sind geschlossen, im ersten Stock sämtliche Vorhänge zugezogen.

Als wir auf der Veranda sind, nähere ich mich behutsam einem von fünf mannshohen Sprossenfenstern. Erst einmal sehe ich gar nichts. Meine Augen müssen sich an das Halbdunkel gewöhnen und brauchen Zeit, bis sie Umrisse und Konturen der Möbel und Bilder im Innern des Raums wahrnehmen können. An der Decke hängt ein riesiger Kronleuchter, die Möbel sind fast alle antik, der Teppichboden ist in einem hellen Cremeton, den sich nur leisten kann, wer Personal hat. Das Sofa ist von opulenten Ausmaßen, mit einer Unmenge dicker, beiger, in sich gemusterter Kissen und wirkt wie die gepolsterte Verkörperung von Luxus und Überfluß. Die dazugehörigen Sessel stehen schräg gegenüber, so daß ich nur deren Rückseite bewundern kann. Und dann fällt mir was auf. In einem der Sessel sitzt jemand. In Höhe des Kopfteils ragt seitlich eine blonde Haarsträhne über den Polsterrand. Der Haarfarbe nach zu urteilen, könnte es sich um Josy Lautenberg handeln. Vielleicht ist sie eingeschlafen und hat deshalb auch die Klingel nicht gehört? Als ich Cornfeld auf meine Entdeckung aufmerksam mache, wird er unruhig.

»Sind Sie sicher, daß sie nur schläft?«

Schlagartig verkrampft sich mein Magen und Cornfeld wird hektisch. Wir rennen am Haus entlang und versuchen, uns durch die anderen Fenster einen besseren Überblick zu verschaffen. Es scheint tatsächlich Josy Lautenberg zu sein, die in diesem Sessel sitzt, beziehungsweise in sich zusammengesackt hängt. Auf dem Couchtisch steht eine entkorkte Weinflasche. Was noch nicht so schlimm wäre, wenn da nicht eine Medikamentenschachtel neben dem Sessel auf dem Boden läge.

»Scheiße«, sagt Cornfeld, »wir müssen da rein und zwar sofort.«

»Wie denn? Ist doch alles zu«, blaffe ich ihn an und spüre, wie mir die Panik in die Knochen fährt. Das passiert immer, wenn ich das Gefühl habe: Jetzt geht es um Sekunden. Dann blockiert etwas mein Hirn. Cornfeld kennt solche Ladehemmungen nicht. Der reagiert in Streßsituationen cool und konzentriert. So als laufe ein hocheffizientes Notfallprogramm in seinem Kopf ab, das dafür sorgt, daß getan wird, was getan werden muß.

Er packt einen der gußeisernen, weißen Gartenstühle, die auf der Veranda stehen und schmeißt ihn mit Schwung in das von Josy am weitesten entfernte Fenster. Es gibt einen ohrenbetäubenden Knall, das Glas splittert, Sprossen knicken weg und der Stuhl kracht mit Schwung in einen Biedermeiersekretär. Josy rührt sich nicht. Das ist kein gutes Zeichen. Spätestens jetzt kann ich die Theorie vom Mittagsschlaf vergessen. Cornfeld hat sich mittlerweile den zweiten Stuhl geschnappt und schlägt die Reste des Sprossenfensters zu Kleinholz. Die Öffnung ist nun groß genug, um problemlos durchschlüpfen zu können. Theoretisch jedenfalls. Während Cornfeld unverletzt durch das Fenster hechtet, reiße ich mir an dem Rest einer vorstehenden Sprosse die Bluse und den Arm auf. Die Bluse hängt in Fetzen, ein dünnes Rinnsal hellen Blutes tropft auf den Teppichboden. Auch das noch. Mit zusammengebissenen Zähnen und wachsendem Erstaunen beobachte ich Doktorchens hingebungsvolle Versuche, Josy ins Leben zurückzuholen. Zuerst dreht er sie in die stabile Seitenlage, vergewissert sich, daß sie nicht an ihrer eigenen Zunge erstickt und rollt sie dann wieder vorsichtig auf den Rücken zurück. Wieso er allerdings eine Mund-zu-Mund-Beatmung für notwendig erachtet, ist mir schleierhaft. Ich sehe mir die Arzneimittelpackung an und versuche, ihn von einer anderen Vorgehensweise zu überzeugen.

»Doktorchen, wenn Sie so weitermachen, stirbt die Frau an einer Sauerstoffvergiftung. Bei Medikamentenmißbrauch wäre es vielleicht einfacher, sie aufs Klo zu schleppen und ihr den Finger in den Hals zu stecken.«

Cornfeld stutzt einen Moment und läßt kurz von seinen Bemühungen ab.

»Dafür ist ihre Atmung viel zu flach. Rufen Sie lieber den Notarzt. Danach können Sie sich ja meinetwegen auf die Suche nach dem Klo machen.«

Erneut beugt er sich über Josys Körper, der, nur noch unzureichend in einen weißen Flauschbademantel gehüllt, zwischen den beiden Sesseln am Boden liegt. Nervös fummele ich mein Handy aus der Tasche, telefoniere und mache mich dann auf die Suche nach dem Badezimmer. Nachdem ich es gefunden habe und Josys Kreislauf sich ein bißchen stabilisiert hat, schleppen wir sie mit vereinten Kräften dorthin. Doch als sie zu Bewußtsein kommt und wahrnimmt, was um sie herum vorgeht, kratzt, beißt und tritt sie um sich, als ginge es um ihr Leben. Darum geht es natürlich auch. Nur, daß wir es retten wollen, während sie es loswerden will. Bei dem Versuch, sie zum Erbrechen zu bringen, beißt sie Cornfeld fast den Finger ab. Der jault auf und wird ganz blaß vor Schmerz. Josy duldet keine Einmischung in ihre privatesten Angelegenheiten und denkt gar nicht daran, sich von uns die Tour vermasseln zu lassen. »Haut ab«, ist noch der freundlichste Kommentar, den wir zu hören bekommen. »Laß mich sofort los, du Schwein«, faucht sie Cornfeld an, als er sie am Verlassen des Bades hindert.

Ein bißchen verstehen kann ich sie ja. Da will man allem ein Ende bereiten, hat sich vielleicht schon auf rosa Wolken, Engelsheerscharen und einen freundlichen älteren Herrn vor einem güldenen Tor eingestellt, und dann findet man sich plötzlich halbnackt, auf den Knien rutschend, mit verschmiertem Make-up, wirrem Haar und dem Kopf über der Kloschüssel wieder. Dieser Selbstmordversuch war ganz offensichtlich kein Pennälerscherz, kein hysterischer

Ruf nach Aufmerksamkeit, keine Rette-mich-es-geht-mir-so-schlecht-Aktion. Sie wollte sterben, und sie arbeitet immer noch daran. Cornfeld hat keine Chance, seinen Finger noch einmal in ihren Mund zu kriegen. Josy denkt gar nicht daran, die Tabletten wieder herauszurücken.

Unsere Bemühungen werden durch einen erneuten Zusammenbruch zunichte gemacht. Ihr Zustand verschlechtert sich rapide. Sie beginnt zu delirieren und lallt etwas von »wie sein Vater« und »zahl ich ihm heim«. Wobei unklar bleibt, wen und was sie damit meint. Dann schlägt sie wieder um sich, rutscht uns fast aus den Händen, stößt hart mit dem Kinn auf der Klobrille auf und verliert das Bewußtsein.

Während Cornfeld sich erneut mit Mund-zu-Mund-Beatmung abmüht, eile ich in die Küche und hole ein Glas Leitungswasser, in dem ich zwei Teelöffel Salz verrühre. Um es ihr einzuflößen, greifen wir auf einen ziemlich brutalen Trick zurück. Cornfeld hält ihr die Nase zu, und als sie nach Luft schnappt, kippe ich ihr das Salzwasser in den Mund. Das alte Hausrezept meiner Großmutter führt endlich zum gewünschten Erfolg. Josy übergibt sich.

Als der Arzt eintrifft, hat sie die dritte Ladung Mittagessen, Rotwein und Tabletten im Klo versenkt. Ihre Haare kleben klatschnaß am Kopf, sie ist schweißbedeckt, zittert am ganzen Körper und sieht aus, als hätten wir sie gerade aus dem See gefischt. Cornfeld und ich sind mächtig stolz auf unsere Wiederbelebungsversuche. Die Selbstmordkandidatin macht zwar einen etwas mitgenommenen Eindruck, ist aber ansprechbar.

Während wir mit stolzgeschwellter Brust berichten, wie wir die Patientin aufgefunden und was wir dann alles zu deren Rettung unternommen haben, verfinstert sich das Gesicht des Arztes zusehends.

»Die Beatmung war ja soweit okay«, sagt er, »aber tun Sie mir bitte einen Gefallen, falls Sie es mal wieder mit einer Vergiftung zu tun haben, dann benutzen Sie bei der

Mund-zu-Mund-Beatmung ein Taschentuch. Sie wissen nie, was Sie da unter Umständen einatmen. Und die Geschichte mit dem Brechmittel war äußerst riskant. Da muß jemand schon voll bei Bewußtsein sein, sonst riskieren Sie, daß er an seinem eigenen Erbrochenen erstickt.«

Mir verschlägt es die Sprache. Nicht, daß ich einen Orden erwartet hätte, das bestimmt nicht. Aber auf eine Standpauke war ich nun auch nicht gefaßt. Und es kommt noch besser.

»Wissen Sie, am besten ist, man macht in einem solchen Fall erst einmal gar nichts. Und überläßt das den Profis. Dann geht auch nichts schief.«

Jetzt rührt sich in Cornfeld doch noch so etwas wie Widerstand. »Sie tun ja gerade so, als hätten wir sie umgebracht«, sagt er beleidigt. »Sie lebt, und ihr Kreislauf hat sich sogar stabilisiert.«

Doch das interessiert den Onkel Doktor schon nicht mehr. Er kniet neben Josy Lautenberg, spricht beruhigend auf sie ein und kontrolliert ihren Puls. Dann wird die Patientin von den Sanitätern auf eine Trage gehoben und rausgetragen.

»Kommt sie durch?« frage ich ängstlich.

»Sieht so aus«, ist die lapidare Antwort des Arztes, dessen Blick durch den Raum wandert und kurz an dem kaputten Fenster hängenbleibt. Sofort habe ich das Gefühl, ihm etwas erklären zu müssen.

»Wir waren verabredet, und sie hat nicht aufgemacht …«

»Ja, ja«, wiegelt er ab. Die Details interessieren ihn nicht. Dann stellt Cornfeld die Frage, die mir auch schon die ganze Zeit im Magen liegt: »Müssen Sie jetzt die Polizei informieren?«

»Nein, das mache ich nur bei ungeklärten Todesfällen«, antwortet er, während er die Instrumente in seiner Tasche verstaut.

»Was ist mit Verwandten, können Sie denen Bescheid geben?« will er wissen, als er seine Jacke anzieht.

»Ja, klar, wo kommt sie denn jetzt hin?«

»Ins Starnberger Krankenhaus.«

Damit sind wir wieder allein. Die Gardinen bewegen sich in der eisigen Luft, die durch das zerschlagene Fenster hereinweht. Ein Sessel liegt umgekippt am Boden, die Rotweinflasche befindet sich mittlerweile nicht mehr auf dem Tisch, sondern auf dem Teppich und hat dort dunkelrote Flecken hinterlassen. Es ist kalt geworden.

»Warum hat sie das gemacht?«

Eine Frage, die Cornfeld weder mir noch sich selbst zu stellen scheint. Eine Frage, die völlig losgelöst im Raum hängt, sich wie ein Tinnitusgeräusch festsetzt. Warum hat sie das gemacht? Warum? Warum? Warum? Und warum war es ihr so ernst damit? Sie hat erst aufgehört, sich gegen unsere Wiederbelebungsversuche zur Wehr zu setzen, als der Arzt eintraf. Da hat sie resigniert, vorläufig jedenfalls. Ich bin mir nicht sicher, ob sie es nicht noch einmal versuchen wird.

»Wir müssen das Video finden, Cornfeld. Meyers Anwalt hat es Josy geschickt. Also muß es hier sein …«

»Sie weiß, wer der Mörder ist«, sagt Cornfeld leise, »sie hat das Band gesehen. Wieso versucht sie sich dann umzubringen. Das kapier ich nicht.«

»Ich auch nicht. Deshalb müssen wir dieses Tape ja suchen, Doktorchen. Hey, jetzt kommen Sie schon. Lassen Sie uns anfangen, ja?«

Ich berühre ihn zaghaft am Arm. Nicht nur ihm schlägt die seltsame Stimmung aufs Gemüt.

»Mich friert's«, sagt Cornfeld nur.

»Ja, klar, mir ist auch kalt. Wir suchen nachher etwas, womit wir das Fenster vernageln können. Aber zuerst müssen wir das Video finden, und ich muß Schreiber anrufen. Vielleicht weiß der, wo Lautenberg steckt.«

Cornfeld steht immer noch regungslos da, ganz in Gedanken versunken. »Da ist etwas, was wir übersehen haben. Es gibt einen Grund. Ich verstehe nicht, wieso wir nicht darauf kommen.«

»Wir haben nichts übersehen, Cornfeld. Hören Sie endlich auf. Ich finde es hier auch nicht komisch. Je schneller wir das Band haben, um so schneller können wir wieder verschwinden.«

Er nickt. »Ja, okay. Ich suche hier unten, Sie gehen rauf.«

Seine Stimme klingt seltsam belegt. Josys Selbstmordversuch ist ihm ziemlich nahe gegangen. Ein Gefühl, das ich nicht teile. Vielleicht ist seine Betroffenheit auch normal und meine Reaktion ist die eigentlich befremdliche. Vorhin, als wir uns um Josy bemüht haben, als es um Leben und Tod ging, war ich anfangs zwar panisch, dann aber völlig ruhig. Ich hatte nie wirklich Angst um sie, ihr Schicksal hat mich nicht wirklich berührt. Vielleicht hat es etwas mit mangelnder Sympathie zu tun. Ich mag die Frau nicht besonders. Ich kann nicht einmal Mitleid empfinden. Vielleicht verdränge ich aber auch nur, was mich zu sehr mitnehmen könnte?

Auf der Treppe, die zum ersten Stock führt, liegt ein Gegenstand am Boden. Als ich mich danach bücke, sehe ich, daß es ein Spielzeugauto ist. Ich muß lächeln. Das Kind hatte ich ja ganz vergessen, den kleinen Max. Ich setze mich auf die Stufe und besehe mir den kleinen Wagen aus der Nähe. Es ist ein rotes Feuerwehrauto. Die Türen lassen sich öffnen, auf dem Fahrersitz liegt eine Figur, und wenn man auf einen Knopf am Armaturenbrett drückt, ertönt eine schrille Sirene. Ich klappe die Türen ein paar Mal auf und zu, die Scharniere knirschen schon, versuche das Püppchen herauszuziehen, das zwischen Lenkrad und Sitzbank eingeklemmt ist, was mir aber nicht gelingt und betätige mehrmals die Hupe.

Dann stehe ich wieder auf, gehe immer noch lächelnd die restlichen Stufen nach oben und stehe vor einem langen, schmalen Gang, der im dämmrigen Halbdunkel vor mir liegt. Auch hier sind Spielsachen am Boden verstreut. Ein Ball in bunten Regenbogenfarben, ein Go-Cart, jede Menge Legosteine und weiter hinten ein kleiner Kinderschuh. Es sieht aus, als hätte bis vor kurzem hier noch ein Kind gespielt, ein Kind gespielt, ein Kind gespielt… Der Gedanke macht sich selbständig, und ich renne los, renne den Gang runter, brülle »MAX«, brülle immer wieder »MAX« und kann den Blick nicht von diesem Kinderschuh lassen, diesem Kinderschuh, der in hundertfacher Vergrößerung auf mich zuzurasen scheint, dieser gottverdammte Kinderschuh, der auf der Schwelle zum Kinderzimmer liegt…

KAPITEL 29

Cornfeld stürzt ins Zimmer und reißt mich zurück, bevor ich das Kissen auch nur berühren kann. Er zerrt mich auf den Flur und schreit: »Lassen Sie das, lassen Sie es einfach. Sie wissen doch genau, was los ist. Sie wissen doch genau, daß es zu spät ist.«

Ich schreie auch. Laut und hysterisch. Reiße mich los und renne zurück ins Kinderzimmer. Diesmal bin ich schneller. Bevor er mich am Arm packen kann, fliegt das Kissen auf den Boden. Ich weiß nicht, was ich erwartet habe. Etwas Entsetzliches auf jeden Fall, etwas, auf das ich mich vorbereiten, gegen das ich mich wappnen muß. Doch das, was ich dann sehe, ist von geradezu beunruhigender Normalität. Max liegt sehr blaß, mit geschlossenen Augen und leicht geöffnetem Mund in seinem Bettchen. So, als würde er schlafen. Nur, daß sich sein Brustkorb nicht bewegt und ich, als ich den Handrücken vor seinen Mund halte, keinen Atem spüre. Als Cornfeld erneut versucht mich wegzuziehen, stoße ich ihn so heftig zurück, daß er stolpert und fast hinfällt. Danach läßt er mich in Ruhe. Und während ich meine Hände behutsam unter den Körper des Jungen schiebe und ihn vorsichtig hochhebe, sehe ich aus den Augenwinkeln, wie Cornfeld leise fluchend auf die Tasten seines Handys einhämmert.

KAPITEL 30

Das Band muß im Videorecorder gewesen sein!

Ich stehe vor meinem Schreibtisch, gerade im Begriff zum Fotokopierer zu gehen, als mir dieser Gedanke durch den Kopf schießt und ich erschrocken mitten in der Bewegung innehalte. Wieso fällt mir das jetzt erst ein? Natürlich war das Band in dem Abspielgerät. Wo sollte es sonst gewesen sein? Wieso bin ich davon ausgegangen, daß Josy es versteckt hat? Warum sollte sie? Sie hat das Päckchen bekommen, es geöffnet und dann das Video …

Die Tür meines Büros geht einen Spalt auf, und Schreibers Kopf taucht auf. Schmal und blaß sieht er aus.

»Störe ich?« fragt er.

»Nein, natürlich nicht, kommen Sie rein, setzen Sie sich. Wie geht es Ihnen?«

»Viel Arbeit«, antwortet er ausweichend.

»An der Arbeit allein wird es wohl kaum liegen«, sage ich leichthin, in der Hoffnung, ihm eine ehrlichere Aussage entlocken zu können. Für kurze Zeit habe ich den Eindruck, er überlegt, ob er erzählen soll, was ihn bedrückt. Doch so weit würde er wohl nie gehen.

»Pia, ich soll Ihnen von der Heiler ausrichten, daß Konrad um vierzehn Uhr ein Meeting angesetzt hat«, sagt er.

»Ein Meeting?«

»Ja, wegen der Gewaltkampagne.«

»Schön«, antworte ich und mache mir eine entsprechende Notiz in meinem Kalender.

»Da ist noch etwas. Die Heiler meinte, es würde Sie vielleicht interessieren, daß die Berger auch dabei sein wird.«

Und ob mich das interessiert. Die hat bei einer Besprechnung, bei der es um eins meiner Projekte geht, absolut nichts verloren. Sofort greife ich nach dem Telefonhörer.

»Frau Heiler, was soll das heißen, daß die Berger bei dem Meeting heute nachmittag dabei ist?« frage ich barsch.

»Das weiß ich doch nicht. Ich dachte nur, Sie sollten es erfahren.«

»Allerdings. Kommt Herr Lautenberg heute noch rein?«

»Nein, heute nicht und in den nächsten Tagen auch nicht«, sagt sie brüsk.

Ihre Stimme klingt kühl, mein forscher Auftritt paßt ihr nicht. Ich versuche es mit etwas mehr Freundlichkeit und mit einem verbindlicheren Ton.

»Frau Heiler, Sie wissen doch Bescheid. Das gibt es doch gar nicht, daß etwas im Haus passiert, wovon Sie keine Kenntnis haben«, schmeichle ich ihr.

»Heute morgen hat Herr Konrad mit Dr. Sommer telefoniert, Frau Petry. Danach war Land unter, wie man bei Ihnen im Norden wohl sagen würde. Mehr weiß ich auch nicht.«

Das war's. Sie hat aufgelegt.

»Die weiß ganz genau, was los ist«, knurre ich und schmeiße den Hörer auf die Gabel.

Schreiber schüttelt nur den Kopf. »Natürlich weiß sie, was los ist. Aber wenn Sie die arme Frau anschnauzen, anstatt ihr Zucker in den Hintern zu blasen, erzählt sie Ihnen natürlich gar nichts. Verständlicherweise. Es würde nichts schaden, wenn Sie mal ein bißchen diplomatischer wären.« Er steht auf, geht zur Tür und bleibt dort stehen. »Da ist was im Busch. Und an Ihrer Stelle würde ich ganz schnell rauskriegen, was es ist, bevor es mich unvorbereitet erwischt. Im Moment liegen bei den Leuten hier die Nerven blank. Da würde ich nichts riskieren.«

Den ganzen Vormittag bin ich damit beschäftigt, das Projekt zu überprüfen. Nirgends kann ich ein Leck entdecken. Alles ist gut vorbereitet, nichts hakt oder hinkt hinterher. Ich bin just in time. Und trotzdem scheint etwas schief gelaufen sein. Aber ich komme nicht dahinter, was es sein könnte. Na ja, Konrad wird's mir nachher schon erzählen.

Bis dahin habe ich noch eine Stunde Zeit. Zeit genug, meinem derzeitigen Lieblingssport zu frönen, der da heißt: Cornfeld verzweifelt gesucht. Zum wiederholten Mal versuche ich meinen Assistenten zu erreichen. Auch jetzt lasse ich es ewig klingeln und will schon auflegen, als ich seine Stimme endlich höre. Er meldet sich weder mit seinem Namen, noch sagt er Hallo oder Hi oder Ähnliches. Er sagt, ohne sich vergewissert zu haben, wer am anderen Ende der Leitung ist, einen einzigen Satz: »Max ist übern Berg.«

Ich lasse mich erleichtert in meinen Bürostuhl zurücksinken. »Gott sei Dank.«

Eine Zeitlang schweigen wir und hängen unseren Gedanken nach.

»Sie hatten recht«, sagt Cornfeld nach einer Ewigkeit.

»Ausnahmsweise«, antworte ich und verkneife mir, etwas zu äußern, was nach Genugtuung klingen könnte.

»Wird er irgendwelche Schäden zurückbehalten?« frage ich.

»Sie haben eine Menge Tests gemacht. Und, wie sich der Arzt ausdrückte, alle intensivmedizinischen Parameter kontrolliert.«

»Und was ist das?«

»Die EEG-Ströme, Sauerstoffsättigung des Blutes, Blutwerte und so weiter.«

»Und?«

»Alles okay. Der kleine Mann bleibt noch einen Tag zur Beobachtung und kann dann wahrscheinlich heim. Rein körperlich wird er wahrscheinlich nichts zurückbehalten.«

»Aber seelisch«, sage ich.

»Ja«, antwortet Cornfeld, »davon muß man ausgehen.«

»Werden sie Josy das Sorgerecht entziehen?«

»Das ist anzunehmen. Sie haben sie jetzt erst einmal in die Psychiatrie nach Haar gebracht. Und da wird sie auch noch eine ganze Weile bleiben.«

Wir schweigen. Im Zimmer ist es völlig still. Das einzige, was zu hören ist, sind die Schritte eines Kollegen, der draußen den Gang entlangläuft.

»Warum hat sie das bloß gemacht?« frage ich.

»Aus Verzweiflung«, sagt Cornfeld, »aus purer Verzweiflung.«

Ich schüttele den Kopf. »Das glaube ich nicht.«

»Wieso?«

»Josy hat doch was gesagt, als sie überm Klo hing. Können Sie sich noch daran erinnern?«

»Ja«, sagt Cornfeld, »warten Sie mal, ich komme gleich drauf. Irgendetwas wie ›zahl ich ihm heim‹ und dann noch ›wie sein Vater‹ oder so ähnlich.«

»Na bitte«, sage ich triumphierend, »›zahl ich ihm heim‹, das klingt nicht nach Verzweiflung, das klingt eindeutig nach Rache.«

»Eine Mutter tötet ihr Kind nicht aus Rache«, widerspricht Cornfeld.

»Wer sagt das?«

»Das weiß doch jeder«, antwortet er. Und ich belasse es dabei.

Als ich um vierzehn Uhr das Büro von Karin Heiler betrete, sieht sie nur kurz auf.

»Sie können gleich durchgehen«, ist alles, was sie sagt. Wenn ich gehofft hatte, sie würde mir noch einen Tip mit auf den Weg geben, habe ich mich getäuscht.

»Wieso kommen Sie erst jetzt?« pflaumt Konrad mich an, als ich vor ihm stehe. Er und die Berger sitzen einträchtig nebeneinander am Besprechungstisch.

»Aber Frau Heiler hat mir gesagt, das Meeting sei um vierzehn Uhr ...«, stottere ich überrascht.

»Quatsch«, faucht Konrad, »um dreizehn Uhr.«

»Aber warum hat Frau Heiler dann nicht ...«

»Das interessiert doch jetzt gar nicht«, fährt die Berger dazwischen, »Herr Konrad und ich hatten ohnehin noch einiges zu besprechen.«

Na klasse, denke ich, die Unterhaltung läuft mir jetzt schon aus dem Ruder.

»Herr Dr. Sommer hat heute morgen angerufen.«

Konrad sieht mich an, als wolle er mich mit seinen Blicken sezieren. »Wir haben ein Problem ...«

»Also, die Vorbereitungen für die Gala laufen auf Hochtouren«, unterbreche ich ihn, »alles ist im grünen Bereich ...«

Mein Versuch, Zuversicht zu verbreiten, wird sofort abgeblockt. »Nichts ist im grünen Bereich, Frau Petry«, brüllt Konrad, während sich die Lippen von Kristin Berger zu einem dünnen Strich verdichten. Nur mit Mühe kann sie ein Lächeln unterdrücken.

»Wir sind den Kunden los, verstehen Sie. Dr. Sommer hat mir heute vormittag mitgeteilt, daß er darauf besteht, daß Frau Berger die Gala wieder übernimmt. Nach Abschluß des Projekts ist für ihn die Zusammenarbeit mit uns beendet.«

Ich schlucke. So heftig habe ich den Sturm nicht erwartet. Doch es ist kein Sturm, sondern ein Tornado, der seine volle Wucht noch gar nicht entfaltet hat.

»Wo ist Ihr Kontaktbericht vom 5. Dezember?«

Diese Frage trifft mich vollkommen unvorbereitet. Mit offenem Mund sitze ich da, wie die betrogene Ehefrau – am heftigsten betroffen und völlig ahnungslos. Jeder weiß, wovon hier die Rede ist, wahrscheinlich weiß es die ganze Agentur, wahrscheinlich wußte es Schreiber schon heute morgen, als er bei mir im Büro war. Nur ich glaube noch an den Weihnachtsmann.

»In meinem Büro«, antworte ich mechanisch.

»Dann bringen Sie ihn mir doch bitte einmal her.«

Ich gehe in mein Zimmer, ziehe den entsprechenden Aktenordner aus dem Regal und schlage ihn auf. Der Kontaktbericht vom 5. müßte als letztes ganz oben auf liegen. Das tut er nicht. Panisch blättere ich sämtliche Protokolle durch. Vielleicht habe ich ihn ja falsch abgelegt. Er ist nicht da. Auch auf meinem Schreibtisch werde ich nicht fündig. Ich versuche mich an den Inhalt zu erinnern. Und dann dämmert es mir. Den Bericht habe ich nach diesem äußerst unerfreulichen Gespräch mit Dr. Sommer verfaßt und die Gelegenheit genutzt, so richtig Dampf abzulassen. Soweit ich mich erinnere, habe ich ihn als Idioten, als inkompetenten und intriganten Schwätzer mit dem IQ eines Sonderschülers und als vieles mehr bezeichnet. Daß dieser Kontaktbericht, den ich nach Starnberg gefaxt habe, nicht da ist, irritiert mich jetzt doch gewaltig.

Als ich mit leeren Händen in Konrads Büro zurückkomme, scheint das niemanden zu erstaunen.

»Sorry, aber meine Ablage ist nicht auf dem aktuellen Stand. Ich kann im Moment nichts finden. Wenn Sie möchten, drucke ich den Bericht schnell für Sie aus.«

Konrad schüttelt den Kopf.

»Das ist nicht nötig, Frau Petry. Ich weiß, was drin steht. Dr. Sommer hat ihn mir heute morgen vorgelesen.«

Jetzt muß ich mich setzen. »Wie bitte?«

»Als Sie das letzte Mal bei ihm waren, haben Sie ein Handout dagelassen. Erinnern Sie sich?«

Ich nicke.

»Was war da drin?«

»Verträge mit Artisten, die im Rahmenprogramm auftreten, Vorschläge für zwei Menüänderungen, Angebote für einen Videobeamer …«

»Zwischen all diesen Unterlagen, Frau Petry, lag der Kontaktbericht, ein agenturinternes Protokoll, in dem Sie sich auf das unflätigste über unseren größten und lukrativsten Kunden ausgelassen haben. Und dieses Papier lassen Sie ausgerechnet bei genau diesem Kunden auf dem Schreibtisch liegen. Wollen Sie uns eigentlich ruinieren? Haben Sie etwas gegen unsere Firma?«

Konrads Stimme ist so schrill und hoch, daß ich um die Gläser auf dem Tisch fürchte. Die Berger schafft es nicht mehr, ihre Gesichtszüge unter Kontrolle zu halten. Sie grinst so breit, daß sie sich fast in die Ohrläppchen beißt. Und ich habe das deutliche Gefühl, daß meine Karriere als Projektleiterin gerade zu Ende gegangen ist.

KAPITEL 31

Konrad hat nicht lange gefackelt. Einen Tag später liegt meine Kündigung auf meinem Tisch. Ich bin raus. Die Nachricht hat sich innerhalb kürzester Zeit im ganzen Haus verbreitet, und die Reaktion läßt nicht lange auf sich warten. Die Kollegen schleichen um mich herum, wie die Katzen um einen flügellahmen Vogel. Sie wittern Beute. Zwei Kolleginnen waren schon da, um sich mein Büro anzusehen. Sie taten so, als wollten sie mir ein wenig Trost spenden, schienen in Gedanken aber schon mein Zimmer neu einzurichten. Mein Computer, der Schreibtischstuhl, die Tizio-Lampe und mein Laptop stehen hoch im Kurs. Wie viele Megabytes mein Mac hat, bin ich schon dreimal, ob sich schon jemand für meinen Lederstuhl mit Armlehnen interessiere, zweimal, ob die Tischlampe der Agentur oder mir privat gehöre, einmal und wer meinen Laptop bekomme, viermal gefragt worden. Es ist die reinste Leichenfledderei. Nur, daß die Leiche noch lebt, und sie sich daher ein Minimum an Zurückhaltung auferlegen. Dieses Minimum schrumpft während der Mittagspause auf Null zusammen. Als ich in mein Büro zurückkomme, ist die Tizio-Lampe weg. Ich setze mich auf meinen Stuhl, der Gott sei Dank noch vorhanden ist, und kämpfe gegen aufsteigende Tränen. Das ist nicht fair. Als Schreiber reinkommt, bin ich gerade dabei, mir das zweite Mal die Nase zu putzen.

»Wie geht es Ihnen?«

»Sieht man das nicht?« frage ich ihn schniefend.

»Tja«, sagt er, »das tut mir wirklich leid. Aber ich habe Ihnen von Anfang an gesagt, daß die Werbung eine Mörderbranche ist. Zu viel Glamour, zu viel Glitter, zu viele Exhibitionisten, die sich über ihren schicken Job definieren. Ich würde mich an Ihrer Stelle nach einer kleineren Agentur umsehen. Da ist das Betriebsklima manchmal noch ganz gut.«

Ich nicke. Obwohl ich seinen überheblichen Ton nicht ganz angebracht finde.

»Bleiben Sie in München?«

»Nein.«

»Schade.«

»Aber Katja bleibt in München«, rutscht es mir da raus und sofort bereue ich es.

Schreiber zieht die Augenbrauen hoch. »Sagen Sie ihr doch einen schönen Gruß von mir, wenn Sie sie sehen.«

»Mache ich«, antworte ich, wohl wissend, daß ich es nicht tun werde.

»Was halten Sie davon, wenn wir noch mal was zusammen trinken gehen? So zum Abschied«, schlägt er vor.

»Sie schrecken wohl vor gar nichts zurück«, antworte ich, während ich das zerknüllte Taschentuch umständlich in meine Hosentasche stopfe.

»Nun ja«, sagt er, »wenigstens ein Kollege muß doch nett zu Ihnen sein.«

Er geht zur Tür, bleibt dort stehen und dreht sich noch einmal zu mir um. »Ich rufe Sie an«, sagt er und ist kurz drauf verschwunden.

Zwei Stunden später, nachdem ich meine Sachen in einem braunen Umzugskarton verstaut habe, drehe ich meine Ehrenrunde und verabschiede mich von den Kollegen, denen mein Abgang tatsächlich leid tut, oder die so gut schauspielern können, daß sie mir diesen Eindruck glaubhaft vermitteln. Die einzige, die ich weiträumig umschiffe, ist die Berger. Eine Prügelei zwischen zwei kreischenden Weibern möchte ich mir und den Kollegen dann doch ersparen. Und die Gefahr, daß es zu einer Prügelei kommt, ist groß. Denn ich werde das Gefühl nicht los, daß die Berger etwas mit dem Irrlauf meines Kontaktberichts zu tun hat. Sie hätte problemlos in der Mittagspause oder abends nach Büroschluß in mein Zimmer gehen können, um dort das interne Protokoll zwischen die Kundenunterlagen zu schmuggeln. Soviel intrigante Energie traue ich ihr ohne weiteres zu. Aber beweisen kann ich es ihr natürlich nicht.

Nachdem ich über eine Viertelstunde im ganzen Haus nach Nadine Müllerschön gesucht habe, finde ich sie endlich im Keller. Im Lager für Bürobedarf, für den nur sie einen Schlüssel hat. Ich verabschiede mich von ihr, und aus einer plötzlichen sentimentalen Gefühlsregung heraus nimmt sie mich in die Arme und drückt mich an sich.

»Ich werde Sie vermissen«, sagt sie leise.

»Ich Sie auch«, sage ich, löse mich aus ihrer Umarmung und schiebe sie ein Stück von mir weg.

»Wissen Sie was, Sie sind die seltsamste Auftraggeberin, die ich je hatte.«

Umgehend bekommt sie einen roten Kopf und zupft nervös am Kragen ihrer Bluse. »Wie meinen Sie das?«

»Sie legen ein Haufen Geld auf den Tisch, um Papiere zu bekommen, mit denen Sie eine ganze Firma ruinieren können. Und jetzt haben Sie die Unterlagen seit knapp einer Woche und nichts passiert. Hat Sie der Mut verlassen, oder warum sind die Wirtschaftsteile der Zeitungen nicht längst voll mit den Details dieser geschmacklosen Steuergeldabzockerei?«

»Das konnte ich doch nicht machen. Jetzt wo das mit Max passiert ist«, antwortet sie verlegen.

»Werden Sie es denn noch machen?« frage ich und weiß schon, was sie mir antworten wird.

»Ich glaube nicht. Da hängen so viele Arbeitsplätze dran. Und wenn die Agentur pleite geht… Also, das möchte ich eigentlich nicht verantworten.«

»Und was ist mit Ihrer Rache. Sie wollten doch Ihren Bruder rächen. Auge um Auge, Zahn um Zahn«, insistiere ich.

»Sicher. Aber wissen Sie, das mit der Vergeltung ist so eine Sache. Ich denke, der liebe Gott erledigt so etwas viel besser…«

»Meinen Sie Lautenberg damit?« unterbreche ich sie.

Nadine Müllerschön nickt. »Die Vorstellung, was Max durchgemacht hat – also ich meine, diese Todesangst, die er gehabt haben muß, dieser immense Vertrauensbruch, den die eigene Mutter begangen hat – damit wird das Kind den Rest seines Lebens zu kämpfen haben. Und das weiß Lautenberg und das wird er Josy nie verzeihen. Dazu liebt er Max viel zu sehr.«

»Und Josy?« frage ich.

»Die hat Sandra vergöttert, aber Max?«

Sie hat meine Frage falsch verstanden. Ich wiederhole sie, formuliere sie aber neu. »Hat Lautenberg denn seine Frau nicht geliebt?«

»Am Anfang schon, und sie hat es geduldet, geduldet und ausgenutzt, würde ich sagen. Dann aber hatte ich irgendwann den Eindruck, daß er enttäuscht war, oder resigniert hatte. Aber es ist ja immer sehr schwierig, so etwas als Außenstehender zu beurteilen.

»Sie meinen, er hat nicht viel von ihr zurückbekommen?«

»Nicht das, was er wollte.«

Wir umarmen uns ein letztes Mal und versprechen, miteinander in Kontakt zu bleiben.

Als ich kurz darauf Frau Heiler aufsuche, bleibe ich wie angewurzelt in der Tür stehen. Ich glaube, ich sehe nicht richtig. Auf ihrem Schreibtisch steht meine Tizio-Lampe.

Sie hat es nicht für nötig gehalten, ihre Beute zumindest so lange wie ich noch im Haus bin zu verstecken. Vielleicht hat sie auch nicht mehr mit meinem Besuch gerechnet. Doch daran scheint es nicht zu liegen. Als ich ihr vorhalte, daß es vielleicht besser gewesen wäre, mich erst einmal zu fragen, bevor sie die Lampe einfach an sich nimmt, reagiert sie eisig.

»Warum hätte ich das tun sollen? Das haben Sie doch ohnehin nicht zu entscheiden. Ach, und bevor ich es vergesse, denken Sie bitte daran, Ihren Schlüssel bei mir abzugeben, bevor Sie das Haus verlassen. Ich habe keine Lust, deswegen hinter Ihnen her zu telefonieren.«

KAPITEL 32

In den letzten Tagen hat es ununterbrochen geschneit. Ganz München ist in Watte gepackt. Erst gegen Mittag klart es auf, die Wolkendecke zerreißt, läßt zuerst ein Fitzelchen und dann immer größere Flecken blauen Himmels sehen. Für die Jahreszeit hat die Sonne erstaunlich viel Kraft, was die Damen der besseren Gesellschaft nicht daran hindert, ihre Pelzmäntel spazieren zu führen. Der Englische Garten ist voller Menschen: Sonnenanbeter, Hundehalter, Jogger, hin und wieder ein versprengter Reiter, Verliebte und die, die es gerne wären, Menschen mit und ohne festen Wohnsitz, letztere vor allem am Monopteros. Die Stimmung ist friedlich entspannt.

Schreiber und ich sitzen an einem langen, schmalen Biertisch am Kleinhesseloher See. Ich halte den heißen Grogbecher mit beiden Händen umfaßt, wärme meine kalten Finger, betrachte die helle, klare Flüssigkeit, die so harmlos aussieht und so hochprozentig riecht.

»Gemein, dieses Wetter«, sagt Schreiber, »erleichtert den Abschied nicht gerade.«

Blaß und ein wenig mürrisch sitzt er vor mir, die übermüdeten Augen hinter verspiegelten Sonnenbrillengläsern verborgen, den Schal dreimal um den Hals geschlungen, die Hände in den Jackentaschen vergraben.

»Ist heute Föhn?« frage ich.

Er deutet auf die weißen Kumuluswölkchen, die aussehen, als habe Herr Lüftel sie höchstpersönlich an den Himmel gemalt und nickt. Das ist alles, was ich ihm als Kommentar dazu entlocken kann.

»Na, dann kann ich mir ja aussuchen, wer für meine Kopfschmerzen verantwortlich ist. Der Alkohol oder das Wetter.«

»Wenn Sie sich da nicht so sicher sind, würde ich keinen Grog trinken«, antwortet er humorlos.

»Mei san Sie heut wieder charmant.«

Jetzt grinst er, immerhin.

»Wie läuft es denn mit Ihrer Firma?« mache ich einen Versuch, das Gespräch in Gang zu bringen.

»Ganz gut«, ist die einsilbige Antwort.

Wieder sitzen wir uns stumm gegenüber, und ich bedauere schon, mich auf diese Verabredung eingelassen zu haben, als er doch noch eine Frage stellt.

»Und, was machen Sie, wenn Sie wieder in Hamburg sind?«

»Liegestützen«, antworte ich genervt.

Er grinst. »Okay«, sagt er, »war die falsche Frage.«

Ich nicke. »Jürgen, was ist mit Ihnen los?«

»Nichts.«

Er hält seinen Blick gesenkt und fährt mit dem Finger die Holzmaserungen der Tischplatte nach. Ich betrachte seinen gebeugten Kopf, das dichte dunkle Haar, in dem erste graue Strähnen sichtbar werden und überlege, worüber ich mit ihm reden könnte. Seit fünf Jahren ist er bei Lautenberg, Konrad und Partner. Seit fünf Jahren kennt er den Laden, die Strukturen, die Menschen, die dort arbeiten und die Beziehungen, die sie miteinander verbinden. Er ist der perfekte Informant. Wird Zeit, daß ich das nutze.

»Wissen Sie, was mich die ganze Zeit schon beschäftigt?« frage ich ihn.

»Nein«, antwortet er, nimmt die Brille ab und massiert die Druckstelle auf seinem Nasenrücken.

»Warum hat Josy das gemacht?«

Er zuckt mit den Schultern.

»Sie kannten sie doch besser als ich. Haben Sie denn gar keine Vermutung?«

»Vermutungen gibt es wie Sand am Meer …«, antwortet er gelangweilt, nippt an seinem Weißbier und beobachtet eine Gruppe halbwüchsiger Eishockeyspieler, die sich auf dem zugefrorenen See um die Pucks prügeln. Dann setzt er seine Brille wieder auf und sieht mich an. »Wahrscheinlich hat sie Sandras Tod nicht verkraftet.«

»Aber das ist doch kein Grund, Max umzubringen.«

»Wissen Sie«, sagt er, »die Tötung eines Kindes durch seine Mutter ist oft nur ihr verlängerter Selbstmord. Ich denke, sie hat keinen Ausweg mehr gesehen. Ihr ist alles über den Kopf gewachsen. Sie kam mit Sandras Tod nicht klar, hat den Schmerz nicht mehr ertragen, die Situation micht mehr ausgehalten – irgendetwas in der Art. Sie wollte Schluß machen, und das Kind sollte nicht alleine zurückbleiben …«

»Da gibt es ja auch noch einen Vater, oder«, unterbreche ich ihn.

»Jetzt lassen sie den da mal raus«, antwortet er unwillig. Für meinen Geschmack etwas zu unwillig.

»War Josy ihrem Mann eigentlich treu?« frage ich und muß wieder an die Szene in diesem Stundenhotel denken, als Josy fluchtartig den Korridor hinunterstürmte, nachdem sie mich und John gesehen hatte.

»Wie kommen Sie denn auf die Frage?« sagt er scharf.

»Sie ist jung, sie ist schön, sie hat Langeweile …«

»Nein«, sagt er, »die geht nicht fremd. Dafür ist sie nicht der Typ.«

»Die Ehe von Josy und Lautenberg soll aber nicht mehr so toll gewesen sein, nach allem, was ich gehört habe.«

»Welche Ehe ist das schon«, wiegelt er ab.

Doch ich bin sicher, daß er viel mehr weiß, als er mir erzählt. Schließlich kennt er die Lautenbergs schon seit Jahren. Vielleicht sollte ich ihn mit irgendetwas provozieren oder irritieren, um ihn zu einer unüberlegten Bemerkung zu veranlassen.

»Was wäre denn, wenn es Rache gewesen ist?«

»Rache?« fragt er und sieht mich ungläubig an.

»Josy wollte Max töten, um sich an dem Mörder von Sandra zu rächen.«

Schreiber richtet sich auf und nimmt die Brille ab. »Dann müßte Josy wissen, wer Sandra umgebracht hat.«

»Ja«, sage ich vorsichtig.

»Und Sandras Mörder müßte eine enge Beziehung zu Max haben. Weil Josys Rache sonst ja ins Leere laufen würde. Sie will ihn ja mit dem Tod des Kindes treffen. So haben Sie das doch gemeint?«

Ich mache eine vage Handbewegung und äußere mich nicht weiter dazu.

»Pia, Sie meinen den Vater von Max, Sie meinen Lautenberg. Nicht wahr? Sie meinen doch Lautenberg.«

Er kapiert schneller, als mir lieb ist.

»Wie kommen Sie darauf, Pia? Das sind doch nicht nur Spekulationen? Sie wissen doch irgendetwas?« fragt er, und seine Stimme vibriert vor Anspannung.

»Nein, nein, wirklich nicht, ich phantasiere einfach ein bißchen. Ich bin ein begeisterter Krimileser, wissen Sie. Mir macht das Spaß ...«

»Sie sollten verdammt vorsichtig sein. Sie bringen da mal eben Lautenberg als Mörder ins Spiel. Ohne Beweise, Anhaltspunkte oder Indizien.« Seine Stimme klingt hart. »Haben Sie das der Polizei erzählt?«

»Nein, das sind doch nur Phantastereien. Das ist nicht ernst gemeint«, versuche ich ihn zu beruhigen.

Daß ich Lautenberg verdächtige, paßt ihm ganz und gar nicht. Schließlich finanziert der Mann seine Firma, und ein Finanzier, der im Knast sitzt, kann ihm nicht mehr allzu viel nützen. Ärgerlich schiebe ich meinen leeren Grogbecher von mir weg auf die Mitte des Tisches. Ich habe mich ziemlich weit aus dem Fenster gelehnt und nichts weiter in Erfahrung gebracht, als daß Schreiber Angst hat, seine Firma zu verlieren.

»Glauben Sie, daß es eine Verbindung zwischen Meyer und Sandra gibt?« frage ich ihn.

»Erstens«, sagt er, »wäre es mehr als ungewöhnlich, wenn es keine gäbe und zweitens stellen Sie verdammt viele Fragen. Finden Sie nicht?«

Schreiber klopft die letzte Zigarette aus der hellblauen Packung und steckt sie sich zwischen die Lippen.

»Sie haben angefangen«, sage ich beleidigt.

»Nein«, sagt er, »Sie haben angefangen.« Er zündet sich seine Gauloises an und steckt das Feuerzeug wieder in die Jackentasche. »Ich verstehe ja, daß Sie das alles interessiert. Aber Sie haben doch nichts mehr damit zu tun. Sie fliegen bald wieder nach Hamburg und lassen das alles hinter sich. Also, was soll's.«

Ich nicke, obwohl ich nicht seiner Meinung bin, stütze den Kopf in der rechten Handfläche auf, lasse den Blick über den Biergarten schweifen, beobachte die jungen Liebespaare, die engumschlungen beieinandersitzen, die Kinder, die laut tobend durch die Bankreihen jagen, eine alte Frau, die eine Gehhilfe vor sich herschiebend, den Weg entlangschlurft. Und dann sehe ich ihn. Zwei Tische weiter. So feist und bräsig, wie eh und je. Das fettige Haar sorgfältig über den runden Schädel gekämmt, die Spießerkrawatte gelockert, den Hut neben sich auf dem Tisch, die Maß Bier in der Hand, prostet er mir zu.

Bitte lieber Gott mach, daß es eine Fata Morgana ist, eine vom Föhn erzeugte Luftspiegelung, eine vom Grog ausgelöste Wahrnehmungstrübung. Ich sehe auf den See, schließe die Augen, schicke ein Stoßgebet in den blauen Himmel und blicke noch einmal in Kranzlers Richtung. Aber es ist kein Trugbild. Es ist Realität. Unumstößlich und nicht zu übersehen. Da sitzt er in gewohnter Pracht und Herrlichkeit, erfreut sich am Münchner Kaiserwetter, am Bier, den hübschen Mädchen, die am See entlang promenieren und an mir und meinem mit Sicherheit ziemlich dämlichen Gesichtsausdruck.

»Jürgen, seien Sie mir nicht böse, aber ich glaube, wir sollten jetzt gehen. Ich muß eh noch kurz bei einer Freundin vorbei ...«

Schreiber läßt sich nicht lange bitten, legt sein Portemonnaie auf den Tisch und winkt der Kellnerin. Die ruft »Kimm glei« und verschwindet dann mit einem Tablett voll schmutzigen Geschirrs im Seehaus.

»Ich muß mal schnell wohin«, sagt Schreiber und steht auf. Ich nicke und bete, daß Kranzler auf seinem dicken Hintern hocken bleibt und nicht an meinen Tisch stürzt, sobald er Schreiber in Richtung Restaurant verschwinden sieht. Erstaunlicherweise bleibt Kranzler, wo er ist, winkt freundlich in meine Richtung, rührt sich ansonsten aber nicht von der Stelle.

Als die Kellnerin mit der Rechnung kommt, ist Schreiber noch nicht zurück. Ohne zu zögern, zücke ich mein Geld und zahle für uns beide. Nachdem sie weg ist, fällt mir auf, daß Schreibers Geldbeutel geradezu provozierend einladend auf dem Tisch liegt. Bevor er geklaut wird, bringe ich ihn lieber in Sicherheit. Als ich das Portemonnaie hochhebe, klappt es auseinander, und ich sehe seitlich in einer Klarsichthülle ein Foto. Neugierig betrachte ich das Bild. Es zeigt ein Ehepaar mit drei Kindern vor einem heruntergekommenen, grauen Haus, mit dunkelblau gestrichenen Fensterläden, an denen die Farbe bröckelt. Die Frau trägt ein orange-grün-blau-gestreiftes Minikleid, das heftig über der Hüfte spannt, die Haare sind zu einer Hochsteckfrisur toupiert, der Mund in einem silbrigen Rosé geschminkt. Sie preßt die Lippen aufeinander und kneift die Augen zusammen. Der mißlungene Versuch eines Lächelns. Der Mann läßt sich auf derlei Frohsinn gar nicht erst ein. Sein mürrisches Gesicht zeigt deutlich, was er von der Fotoaktion hält. Der braune Anzug mit den breiten Revers, das Hemd mit dem wuchtigem Kragen und die viel zu breite, gestreifte Krawatte, die er wahrscheinlich seiner Frau oder dem Fotografen zuliebe umgebunden hat, hängen an ihm wie ein ungewohnter Sonntagsstaat. Die Kinder, die vor ihren Eltern aufgereiht stehen, lächeln so krampfig, daß man glaubt, den Fotografen zu hören, der ihnen »sagt doch mal cheese« zuruft. Es sind zwei Jungs und ein Mädchen. Die Buben tragen dunkelblaue Hosen und weiße Hemden. Das circa zwölfjährige Mädchen, hoch aufgeschossen, mit langen, staksigen Beinen und knochigen Knien steckt in einem unvorteilhaften, blauweiß geblümten Trägerkleid. Während der größere Bub sehr ernst und selbstbewußt in die Kamera sieht, hält sich der kleinere, etwa vier Jahre alte Junge verschämt mit dem rechten Händchen am mütterlichen Minikleid fest. Er hat blondes, lockiges Haar, eine lustige Stupsnase und zieht vor Aufregung die Oberlippe nach innen.

Schlagartig wird mir heiß, und mich durchzuckt der Gedanke, daß ich diesen, für ein Kind eher untypischen Gesichtsausdruck schon einmal gesehen habe. Und zwar bei Max. Der läßt die Oberlippe auch so verschwinden, wenn er nervös oder müde ist.

Ich klappe die Plastikhülle um. Auf der Rückseite des Fotos steht in einer altmodisch spitzen Schrift »Schreiber 1968«. Mein vom Föhn geplagtes Hirn braucht eine Zeit. Eine Zeit zu lang. Als ich endlich begreife, daß Jürgen Schreiber im Alter von vier Jahren fast genauso ausgesehen hat wie heute Max, kommt Schreiber zurück, geradewegs auf mich zu. Und ich habe den Geldbeutel immer noch in der Hand. Sofort klappe ich ihn zu, lege ihn auf den Tisch zurück und hoffe, daß er auf die Entfernung nicht erkannt hat, was ich mir da gerade angesehen habe.

Schreiber bleibt vor mir stehen und blickt mit gerunzelter Stirn auf mich herab. Durch die verspiegelten Gläser seiner Brille kann ich seine Augen nicht sehen und nicht einschätzen, ob er etwas bemerkt hat. Seine Stimme klingt wie immer, als er fragt, ob ich schon bezahlt hätte. Ich nicke und ringe mir ein Lächeln ab, von dem ich hoffe, daß es nicht zu verkrampft und verlogen wirkt. Vielleicht hat er den Geldbeutel in meiner Hand nicht registriert, vielleicht habe ich Glück gehabt. Doch als er mir seine Börse aus der Hand nimmt, sie öffnet und den Inhalt zu inspizieren scheint, bin ich mir nicht mehr so sicher. Er schließt sie langsam und sieht mich nachdenklich an.

»Na, dann lassen Sie uns mal gehen.«

Hektisch springe ich auf, suche meine Handtasche, die Mütze, die Handschuhe und den Schal zusammen und versuche, einen klaren Gedanken zu fassen.

»Jürgen, gehen Sie doch ruhig schon. Ich muß auch noch auf die Toilette.«

Beherzt packe ich ihn mit den Händen an den Schultern und küsse ihn links und rechts auf die Wange.

»Ich wollte mich noch einmal bei Ihnen bedanken. Sie haben mir sehr geholfen. Ohne Sie wäre mein Münchner Intermezzo wahrscheinlich sehr viel kürzer ausgefallen. Ich würde mich freuen, wenn wir in Kontakt blieben. Melden Sie sich doch, wenn Sie mal in Hamburg sind.« Meine Stimme klingt aufgeregt, unangemessen aufgeregt, wie ich finde.

»Nice to meet you.« Das ist alles, was er sagt. Er bleibt vor mir stehen, sieht mich unverwandt an und macht keine Anstalten zu gehen.

»Ja dann. Tschüß«, sage ich, drehe mich um, laufe mit weit ausholenden Schritten zum Seehaus und muß mich zwingen, nicht einfach loszurennen. Kranzler sitzt noch immer auf seinem Platz und wischt sich gerade mit der Handkante den Bierschaum vom Mund. Kurz überlege ich, ob ich zu ihm gehen und mich neben ihn setzen soll. Doch dann entscheide ich mich dagegen. Der Typ ist mir einfach zu unsympathisch. Ich werde Cornfeld anrufen und bitten, herzukommen.

Kaum bin ich in der Damentoilette, stellt sich heraus, daß ich gerade einen Fehler gemacht habe. Mein Handy bekommt kein Netz. Jetzt kann ich weder Cornfeld, noch die Polizei erreichen. Unschlüssig bleibe ich in dem bräunlich gekachelten Raum stehen, öffne die Tür einen Spalt und spähe hinaus. Auf der gegenüberliegenden Seite entdecke ich eine Glastür, durch die Tageslicht dringt. Ich habe Glück. Sie ist offen und führt über eine steile Treppe hinauf auf den Parkplatz. Vielleicht finde ich hier jemanden, der mich in die Stadt mitnehmen kann. Doch kaum stehe ich im Freien, spüre ich eine Hand auf meiner Schulter. Erschrocken fahre ich herum und starre in zwei schwarz glänzende Brillengläser, in denen sich das Entsetzen in meinen Augen deutlich spiegelt.

»So schreckhaft, heute«, sagt Schreiber leise und tritt einen Schritt zurück. »Ich dachte mir, wir könnten zusammen zur U-Bahn gehen. Mein Auto springt leider nicht an.«

Das glaube ich nicht. Das ist eine Lüge. Warum sollte seine verdammte Karre nicht anspringen? Der Audi ist nagelneu.

»Na, was ist los? Was überlegen Sie?« fragt er.

Mir fällt keine Ausrede ein, mit der ich plausibel erklären könnte, warum ich nicht mit ihm zusammen zur U-Bahn gehen kann. Und so lasse ich zu, daß er sich bei mir einhakt. Gemütlich schlendert er mit mir am See entlang und kickt mit geradezu provozierender Lässigkeit immer mal wieder einen kleinen Stein zur Seite oder ins Gebüsch. Die Spaziergänger, die uns entgegen kommen, halten uns wahrscheinlich für ein Pärchen, dem im langjährigen Beisammensein die Gesprächsthemen ausgegangen sind. Ein nettes, unauffälliges Ehepaar, das einträchtig und stumm den schönen Wintertag genießt, froh den lieben Kinderchen zu Hause für eine halbe Stunde entkommen zu sein.

Während der ganzen Zeit spiele ich mit dem Gedanken, einfach wegzurennen. Aber wahrscheinlich käme er hinter mir her und sicher wäre er schneller als ich. Und ich wüßte nicht, wie ich mein seltsames Benehmen erklären sollte. Vor allem, da dieser Verdacht, der mich im Biergarten, beim Betrachten dieses Familienfotos plötzlich angesprungen hat, eben nur ein Verdacht ist. Ein unsicheres Gefühl, ein flimmerndes Etwas, das ständig Form und Größe variiert, sich nicht festlegen oder festhalten läßt, kontinuierlich Umfang und Umriß ändert, sich zu keinem eindeutigen Ergebnis verdichtet.

Mittlerweile sind wir an einer schmalen Asphaltstraße angekommen, die quer durch den Englischen Garten führt, für den normalen Straßenverkehr gesperrt ist und nur von städtischen Bussen befahren werden darf. Das Motorengeräusch verrät den Bus, bevor er um die Ecke biegt. Und plötzlich habe ich das Gefühl zu fallen, mich ganz, ganz langsam aus Schreibers Umklammerung zu lösen, das Gleichgewicht zu verlieren und auf die Straße zu stolpern. Als stünde ich neben mir, beobachte ich mich selbst, wie ich, auf allen Vieren hockend, den Bus aus der Froschperspektive auf mich zurasen sehe. Spüre den kalten Asphalt unter meinen Händen, registriere das schrille Quietschen der Bremsen, die schreckgeweiteten Augen des Busfahrers. Ein Film läuft vor meinem inneren Auge ab, in dem ich die Hauptrolle spiele, ohne wirklich involviert zu sein. Ich bin nicht in der Lage, mich zu bewegen. Reglos verharre ich auf der Straße, schließe die Augen und warte auf den Aufprall, auf den Knall, auf die Dunkelheit, auf das schwarze Loch, in dem ich gleich verschwinden werde. Doch nichts passiert. Als ich die Augen wieder öffne, rast das Fahrzeug gerade an uns vorbei und ist im nächsten Augenblick um die Ecke verschwunden. Schreiber steht immer noch neben mir, und langsam wird mir bewußt, daß ich die ganze Zeit hier gestanden und die Straße nie betreten habe. Hat mir die Angst einen Streich gespielt? Sehe ich etwa schon Dinge, die gar nicht stattfinden, von denen ich aber befürchte, sie könnten stattfinden?

»Mein Gott Pia«, sagt Schreiber und seine Stimme klingt besorgt.

»Wieso?« frage ich unsicher. »Was ist denn?«

»Sie haben geschrien.«

»Ich habe was?« frage ich fassungslos.

»Geschrien, und zwar ziemlich laut. Was ist denn los mit Ihnen?«

»Ich weiß nicht«, sage ich, immer noch völlig geschockt, »ich dachte, ich falle.«

Schreiber mustert mich mit besorgter Miene, greift nach meinem Arm und hakt sich erneut bei mir unter.

»Kann es sein, daß das alles ein bißchen viel für Sie ist?« fragte er und streicht mir über die Wange.

»Möglich«, sage ich und versuche zu begreifen, was gerade passiert ist.

Während ich noch um Fassung ringe, und mich fühle, als hätte ich zwanzig Achterbahnfahrten in Folge absolviert, versucht Schreiber mich abzulenken und aufzumuntern. Er ist von geradezu besorgniserregender Fürsorglichkeit, drückt mich an sich, macht mich auf ein Eichhörnchen, etwas später auf ein Entenpaar aufmerksam, warnt vor einem dicken Ast, der am Wegesrand liegt. Sein Griff ist fest, um einiges fester als zuvor. Wahrscheinlich meint er, mich stützen zu müssen. Immerhin habe ich zwei Becher Grog getrunken und bilde mir wohl Dinge ein, die es gar nicht gibt. In Wirklichkeit ist alles ganz harmlos. So harmlos wie es den Anschein hat.

Doch das ungute Gefühl bleibt. Da ist dieser Verdacht. Ein Verdacht, der sich wie eine Zecke festgesetzt hat, als ich mir das Foto angesehen habe. Der kleine Junge. Jürgen Schreiber im Alter von vier Jahren. Dieser süße Bengel mit den blonden Locken und der eigenwilligen Marotte. Ich bin immer wie selbstverständlich davon ausgegangen, daß Lautenberg der Vater von Max ist. Er ist so blond wie Max, er ist mit seiner Mutter verheiratet, er benimmt sich, wie sich gute Väter eben benehmen. Doch blonde Kinder bleiben nicht immer blond, oft dunkeln die Haare im Laufe der Kindheit nach. Viel früher hätte mir auffallen können, daß zwischen Lautenberg und Max keine wirkliche Ähnlichkeit besteht. Der Kleine hat seinen Daddy nachgeahmt, wie das wahrscheinlich alle Kinder tun. Bewegungen und Gesten imitiert. Aber das war auch schon alles. Erst durch das Foto habe ich begriffen, wer tatsächlich der Erzeuger von Max ist. Der Mann, an dem sich Josy hatte rächen wollen, der Mann, der die Oberlippe genauso einzieht wie sein Sohn, der die gleichen …?

»Haben Sie eigentlich Locken?« frage ich Schreiber unvermittelt.

»Ja, wenn meine Haare länger sind.«

»Sie Glückspilz. Das erinnert mich an meine Oma, die sagte früher immer: Mädchen, mach dir Locken, sonst bleibst du hocken, bleibst du dennoch hocken, dann lag's wohl an den Locken.«

Ich lache und meine Stimme klingt so hysterisch, daß es mir peinlich ist. Schreiber verzieht keine Miene.

»Nicht komisch?« frage ich.

»Doch, doch. Ich frage mich nur, wie Sie darauf kommen.«

»Auf die Locken?«

Er nickt.

»Ach nur so.«

»Hat Ihnen das Foto denn gefallen?«

»Welches Foto?«

»Das in meinem Geldbeutel, das Sie sich so interessiert angeschaut haben.«

Also hat er es doch bemerkt.

»Sie meinen dieses Familienfoto. Da habe ich nur ganz kurz draufgekuckt.«

»Tatsächlich. Wie kommen Sie dann auf die Locken?«

»War mir nur so aufgefallen«, antworte ich ausweichend.

Wir setzen unseren Spaziergang schweigend fort. Er hat mittlerweile den Arm um mich gelegt, und ich fühle mich wie ein Pottwal im Klammergriff einer Riesenkrake.

»Liebe Frau Petry, da fällt mir ein, es gibt etwas, was ich Sie die ganze Zeit schon fragen wollte.«

»Ja?«

»Sie haben mich doch kürzlich angerufen, und wollten wissen, wo Lautenberg steckt.«

Ich nicke und bin auf der Hut. Seine Stimme klingt so bewußt beiläufig, so bewußt nebensächlich.

»Da waren Sie in Starnberg, nicht?«

»Wie?« sage ich und tue so, als hätte ich ihn nicht richtig verstanden.

»Sie hätten nicht von Josys Telefon aus anrufen dürfen. Heutzutage sieht man die Nummer auf dem Display, Pia.«

»Ach ja«, sage ich und ärgere mich über meinen saudummen Fehler.

Er sieht mich fragend an. Ich weiche seinem Blick aus und sehe starr geradeaus.

»Also«, sagt er, »jetzt erzählen Sie schon. Was hatten Sie in Starnberg zu suchen? Wieso waren Sie in Lautenbergs Haus und wieso ausgerechnet an dem Tag, an dem Josy mit einer Tablettenvergiftung ins Krankenhaus eingeliefert worden ist?«

»Ich wollte sie besuchen«, sage ich lahm und bin mir bewußt, wie idiotisch das klingt.

»Pia, ich kann sehr wohl eins und eins zusammenzählen. Oder trauen Sie mir das nicht zu?«

»Doch, doch.«

Er bleibt stehen, nimmt seine Brille ab und sieht mich an. »Wer hat sie beauftragt?«

»Bitte?« frage ich völlig überrumpelt.

»Wer hat Sie beauftragt?« wiederholt er, und sein Ton wird schärfer.

»Wie meinen Sie, beauftragt?«

»Ach, Pia, jetzt spielen Sie doch nicht Katz und Maus mit mir. Sie sind doch eine Privatschnüfflerin, oder nicht?«

Ich beiße die Zähne zusammen und verkneife mir jeden Kommentar. Lieber nichts als was Falsches sagen.

»Wissen Sie, was passiert ist, nachdem Sie mich angerufen haben?« fragt er. »Was glauben Sie? Was habe ich danach gemacht?«

Ich zucke mit den Schultern. »Keine Ahnung.«

»Ich bin nach Starnberg gefahren und habe die Kassette gesucht.«

Mir wird übel. Er fängt an, mir die Geschichte zu erzählen. Er liefert Informationen, die ihn den Hals kosten können. In seinen Augen weile ich schon nicht mehr unter den Lebenden.

»Was für eine Kassette?« frage ich.

»Sie war im Videorecorder. Haben Sie sie eigentlich nicht gesucht, oder sind Sie nicht auf die Idee gekommen, dort nachzusehen?«

Ich lächele blöd. »Ich weiß nicht, wovon Sie reden.«

Dann versuche ich mich aus seiner Umarmung zu befreien. Doch er hängt an mir wie ein Schraubstock.

»Wann wollten Sie Ihre Freundin eigentlich treffen?«

»So in einer halben Stunde.«

»Oh, da müssen wir uns aber beeilen«, sagt er munter und beschleunigt seinen Schritt. Will er mich laufenlassen? Kann er das überhaupt? Oder ist das einer von seinen miesen Tricks, will er mich in Sicherheit wiegen und dann, wenn ich nicht mehr damit rechne …

»Sie meinen, meine Verabredung spielt noch eine Rolle? Bei all dem, was ich weiß?« frage ich.

»Nun ja, soviel wissen Sie auch wieder nicht. Außerdem können Sie nichts beweisen. Sie haben kein Videoband, Sie haben kein Foto, Sie kennen das Motiv nicht.«

Ich werde mich hüten, ihm zu widersprechen, was ich problemlos könnte. Schließlich gibt es eine Kopie des Videos, die zwar stark beschädigt, für einen Fachmann aber vielleicht noch brauchbar ist. Und um nachzuweisen, daß Schreiber der Vater von Max ist, benötige ich kein Foto, da reicht ein Bluttest.

»Wie wollen Sie es machen? Das würde mich wirklich interessieren«, frage ich ihn.

»Was machen?«

»Mich beseitigen.«

Er schnalzt mit der Zunge und wendet mir sein Gesicht zu.

»Leider nicht so, wie ich möchte. Ich nehme mir gern Zeit. Ich liebe es, wenn es ein wenig dauert, verstehen Sie. Wie bei Meyer. Das war optimal. Der Mann stirbt eine Stunde lang und merkt es nicht. Aber ich, ich weiß es und kann ihm die ganze Zeit in Ruhe dabei zusehen.«

»Hat es bei Sandra auch so viel Spaß gemacht?«

»Nein, es ging mir zu schnell. Außerdem war es eine Riesensauerei. Das ganze Blut, ihre dämliche Schreierei, das hat genervt.«

»Sie Dreckschwein.«

Ich versuche mich aus seinem Griff zu befreien. Doch er drückt meinen Arm gegen seine Rippen und läßt nicht einen Millimeter Spielraum.

»Wir wollen doch nicht gleich so persönlich werden. Wo sind denn Ihre guten Manieren geblieben, Pia? Vielleicht erzähle ich Ihnen bloß Blödsinn, um Sie ein bißchen zu ärgern. Haben Sie darüber schon einmal nachgedacht?«

Mittlerweile stehen wir in der Leopoldstraße vor der Rolltreppe, die zur U-Bahn-Station Giselastraße hinunterführt.

»Pia, ist Ihnen eigentlich aufgefallen, daß auf dem Foto zwei Jungs zu sehen sind?«

Er packt mich an den Schultern und dreht mich zu sich herum. »Und habe ich Ihnen schon einmal erzählt, daß meine Mutter mit Mädchennamen Lautenberg hieß?«

Jetzt hat er es geschafft. Ich verstehe überhaupt nichts mehr.

KAPITEL 33

Die U-Bahn-Station Giselastraße ist fast menschenleer. Ein älterer Herr, der mit einem betagten Rauhhaardackel den Bahnsteig entlangschlendert und zwei Teenager, mit Plateauschuhen, schwarzen Stretchhosen und dunkelgrauen Daunenjacken, die verlegen an ihren Zigaretten ziehen, sind außer uns die einzigen Fahrgäste.

Schreiber, der auf einem der Metallstühlchen neben mir sitzt, hat sich weit nach vorne gebeugt und stützt sich mit beiden Armen auf seinen Oberschenkeln ab. Seine linke Hand berührt mein Knie. Er sagt nichts. Das sehe ich mir fünf Minuten an, dann ergreife ich die Initiative, obwohl ich mir fest vorgenommen hatte, genau das nicht zu tun.

»Könnten Sie mir vielleicht mal erklären, was das alles soll?« frage ich aggressiv.

»Was meinen Sie?«

»Erst gebärden Sie sich wie ein Serienkiller auf Hafturlaub …«

»Zwei Morde sind noch keine Serie …«, unterbricht er mich pedantisch.

»… ängstigen mich fast zu Tode und behaupten dann, Sie hätten mich nur ein bißchen verarschen wollen. Bekommt Ihnen die Sonne nicht, oder was?«

Er lacht. »Doch, doch, die bekommt mir ganz gut. Aber was soll ich machen? Ich kann es nun mal nicht leiden, wenn jemand in meinem Geldbeutel herumschnüffelt …«

»Ach, und da haben Sie mir eine kleine Lektion erteilt, ja? Der Alten einen vom Pferd erzählt, mal gucken, ob sie drauf reinfällt.«

»Ja, so könnte man sagen. Hat doch auch geklappt«, antwortet er selbstzufrieden.

»Ich glaub, ich spinne«, schreie ich ihn da an. »Das, was Sie eben über Sandras und Meyers Ermordung gesagt haben, war das Geschmackloseste, was ich je gehört habe. Über so was macht man keine Witze, das ist widerwärtig ...«

»Jetzt regen Sie sich mal nicht so künstlich auf«, unterbricht er mich, »Sie haben das doch geradezu provoziert. Sie hätten mal Ihr Gesicht sehen sollen, eben auf dem Parkplatz. Als stände ein Alien vor Ihnen. Als wäre ich ein sabberndes, schleimiges Ungeheuer, das sich jeden Moment auf Sie stürzen und Sie ins nächste Gebüsch zerren würde. Das war ja unglaublich. Wissen Sie, es ist nicht besonders komisch, wenn Sie merken, daß Ihre nette Ex-Kollegin eine Privatdetektivin ist, die Zusammenhänge und Verbindungen herstellt, wo es keine gibt, die zu Schlußfolgerungen kommt, die nicht nur hirnrissig, sondern auch noch gefährlich sind, und die womöglich als nächstes zur Polizei rennt ...«

»Das heißt aber noch lange nicht, daß Sie die Rolle des Mörders übernehmen und mir eine Heidenangst einjagen müssen.«

»Rache muß sein«, sagt er grinsend und tätschelt mein Knie.

»Wissen Sie was, Herr Schreiber, ich glaube Ihnen kein Wort. Daß das Videoband im Recorder war, kann nur derjenige wissen, der es gefunden hat. Also erzählen Sie mir nicht, Sie hätten sich das alles ausgedacht, um mich aufs Glatteis zu führen.«

Er schnalzt mit der Zunge. »Stimmt. Aber ich habe es wirklich nicht gefunden. Ich habe es gesucht, das ist richtig. Aber es war nicht mehr da.«

»Wie kommen Sie dann auf den Recorder ...«

»Weil es das Nächstliegende ist, Pia, ganz einfach. Haben Sie denn dort nicht nachgesehen?«

»Nein, das war mir zu nächstliegend«, antworte ich patzig.

Schreiber fummelt sein Feuerzeug und die Zigarettenpackung umständlich aus seiner Hemdtasche und zündet sich eine weitere Gauloises an.

»Woher wußten Sie von dem Band, und warum haben Sie es gesucht?« frage ich ihn.

»Zwei wichtige Fragen.« Er lächelt. »Lassen Sie mich mit der zweiten beginnen. Ich wollte nicht, daß das Band der Polizei in die Hände fällt...«

»Weil Sie drauf sind«, unterbreche ich ihn.

»Nein, weil mein Bruder drauf ist.«

»Ihr Bruder!«

»Um es genau zu sagen: mein Halbbruder. Moritz Lautenberg.«

»Sie sind tatsächlich verwandt?«

»Ja.«

»Warum weiß das niemand?«

»Weil ich es nicht wollte. Man hätte mich in der Agentur doch sofort für einen Protegé gehalten, der womöglich alles, was er in Erfahrung bringt, nach oben weiterreicht. Für jemanden, der seine beruflichen Erfolge seinen Beziehungen verdankt. Das wäre keine gute Ausgangsbasis – fand ich.«

»Und jetzt versuchen Sie, Beweismittel verschwinden zu lassen, um Ihren Bruder, der zwei Menschen getötet hat, zu schützen?«

Darauf erwidert er nichts.

»Warum?« frage ich ihn aufgebracht.

Er schnippt seine Zigarettenkippe weg, lehnt sich zurück und vergräbt seine Hände in den Jackentaschen.

»Ich kann mir nicht leisten, daß Moritz in den Knast wandert. Er finanziert meine Firma. Das haben Sie schon ganz richtig erkannt.«

»Aber Sie gefährden Josy damit«, schreie ich ihn an. »Wer sagt Ihnen, daß Lautenberg nicht versuchen wird, ihr etwas anzutun. Immerhin hat sie seinen Sohn fast umgebracht.«

Der Rauhhaardackelbesitzer sieht interessiert zu uns herüber.

»Seien Sie bitte so nett und brüllen Sie hier nicht rum. Josy ist in Haar und steht wegen latenter Selbstmordgefahr vierundzwanzig Stunden am Tag unter Bewachung. An die kommt niemand so schnell ran.«

»Sehen Sie das nicht ein bißchen zu locker?«

»Nein, bei Josy sehe ich gar nichts locker«, fährt er mich an.

»Was heißt das?«

Er antwortet nicht.

Auf den Anzeigetafeln wird der nächste Zug angekündigt. Es ist die U3 »Olympiazentrum«. Meine Richtung. Doch ich bleibe erst einmal sitzen.

»Jürgen, ist Max Ihr Sohn?«

»Nein. Natürlich nicht. Wie kommen Sie darauf?«

»Durch das Foto. Der jüngere von den beiden Buben hat große Ähnlichkeit mit Max.«

»Das stimmt. Der jüngere ist ja auch Moritz.«

Er bringt mich völlig aus dem Konzept.

»Sie müssen zur Polizei gehen, Jürgen.«

»Mein Gott«, fährt er mich da an, »wie stellen Sie sich das vor? Er ist mein Halbbruder. Ich habe mitansehen müssen, wie er von meinem Vater verprügelt worden ist, wie meine Mutter, die immerhin auch seine war, tatenlos zugesehen hat. Verstehen Sie doch …«

Zum ersten Mal erlebe ich Schreiber emotional.

»Moritz hat es immer viel schwerer gehabt. Nachdem mein Vater sich tot gesoffen hatte, wurde meine Mutter nicht mehr mit Moritz fertig. Er kam ins Heim, und das hat noch keinem Kind gut getan.«

Schreiber nimmt die Brille ab und wischt sich mit der Hand über die Augen, dann setzt er sie wieder auf.

»Ich hatte immer ein schlechtes Gewissen. Mir und Doro ging es so viel besser als ihm. Ich habe versucht, ihn zu unterstützen, ihm zu helfen, wo ich nur konnte. Und als er Josy kennenlernte, dachten wir alle, so, jetzt hat er es geschafft. Eine Frau, die ihn liebt und die so viel Kohle geerbt hatte, daß er sich als Geschäftsführer in diese Agentur einkaufen konnte. Aber jetzt... Ich weiß es doch auch nicht.«

Er starrt auf seine Hände, auf das Feuerzeug, das er ununterbrochen an- und ausknipst. Verlegen sehe ich ihn von der Seite an und weiß nicht, was ich dazu sagen soll.

»Verstehen Sie nicht«, sagt er zu mir, »verstehen Sie nicht, daß es mir schwerfällt, einfach zur Polizei zu gehen und meinen Bruder anzuzeigen. Verstehen Sie das nicht?«

»Ja, doch«, antworte ich.

Wir sitzen da und schweigen. Jeder hängt seinen Gedanken nach.

»Was hat in Ihnen den Verdacht geweckt, daß Ihr Bruder Sandra umgebracht haben könnte?« frage ich ihn nach einer Weile.

»Er war ein geschundenes Kind. Und geschundene Kinder schinden als Erwachsene manchmal andere Menschen. Er ist mit Gewalt großgeworden, das ist die einzige Art der Konfliktbewältigung, die er kennt. Und er und Josy ...«

Er bricht mitten im Satz ab und reibt sich mit der Hand über den Nasenrücken.

»Was ist mit Josy?«

»Nun, ja, die hat ab und zu mal eins von ihm auf die Nase gekriegt.«

Das würde zu der Geschichte mit dem Drummer passen, der sie angeblich verprügelt hat. Doch so ganz glaube ich Schreiber immer noch nicht.

»Sie hat einen Abschiedsbrief hinterlassen. Wußten Sie das?« sage ich und bin gespannt, wie er auf diese Lüge reagieren wird.

Sein Kopf dreht sich ruckartig zu mir herum, und er rutscht bis an die vordere Sitzkante vor.

»Anscheinend steckte sie in einer Beziehung, aus der sie raus wollte, aber nicht raus kam.«

Sein Gesicht entspannt sich wieder. »Klar«, sagt er, »Moritz hätte sich nie scheiden lassen. Schon wegen Max. Das wäre überhaupt nicht in Frage gekommen.«

Der Mann mit dem Dackel läuft an uns vorbei. Der Hund zerrt sein Herrchen hinter sich her, beschnüffelt jede Ecke ausgiebig und markiert sie dann mit einem Urinspritzer.

»Wissen Sie, warum Lautenberg Sandra das angetan hat?« frage ich Schreiber.

»Ich denke schon«, antwortet er. »Sie wollte Geld, für diesen Junkie. Und Moritz hat seit einem halben Jahr eine Affäre mit einer Angestellten. In der Agentur weiß das so ziemlich jeder. Außer Josy natürlich. Ich nehme an, daß Sandra davon wußte und es ihrer Mutter erzählen wollte, beziehungsweise damit drohte. Wenn Josy sich von Moritz hätte scheiden lassen, hätte das katastrophale finanzielle Folgen für ihn gehabt.«

»Wer ist es?« frage ich neugierig.

»Sie wissen es nicht?« sagt er und spielt den Überraschten.

»Nein, tue ich nicht.«

»Die Berger.«

»Wie bitte? Die doch nicht.«

Er grinst breit. »Aber klar doch. Lautenberg steht auf toughe Weiber.«

»Müßten Sie nicht trotzdem zur Polizei gehen?«

»Warum denn, die haben das Videoband. Wenn Moritz drauf ist, was ich ja auch nur vermute, werden sie ihn schon festnehmen.«

Seine Stimme klingt so gereizt, daß ich lieber nicht weiter nachfrage. Dafür bin ich an etwas anderem brennend interessiert. Eigentlich ist das nicht der richtige Augenblick, um diese Frage zu stellen. Aber wenn nicht jetzt, wann dann?

»Hatten Sie mal was mit Josy?«

Meine Frage geht im Lärm der sich nähernden U-Bahn unter. Zu sehen ist sie nicht, aber immer deutlicher zu hören. Schreiber läßt mich stehen und geht in die Richtung, aus der der Zug einfahren wird. Die Teenager und der alte Mann bleiben in der Mitte des Bahnsteigs zurück. Ich laufe hinter Schreiber her. Sauer, daß er mir meine Frage nicht beantwortet hat, nicht sicher, ob er sie nicht doch verstanden hat. Kurz vor dem Tunnel bleibt er dicht an der Bahnsteigkante stehen. Ich folge ihm, stelle mich neben ihn und brülle ihm meine Frage nochmals ins Ohr. Das Licht der Scheinwerfer schimmert aus der Tunnelröhre, meine Haare fliegen mir ins Gesicht, das Brausen wird immer lauter, meine Stimme vom Fahrtwind weggerissen.

Schreiber hat mich wieder nicht gehört. Er steht stumm, mit konzentriertem Gesichtsausdruck neben mir und scheint mich nicht mehr wahrzunehmen. Da tauchen die Umrisse der U-Bahn auf, und plötzlich spüre ich fünf Finger auf meinem Rücken. Ganz deutlich mit jeder Muskelfaser fühle ich diese Hand, die Fingerkuppen, die Handballen, das Handgelenk. Das ist wieder eine Halluzination, sage ich mir sofort. Das bildest du dir ein. Doch ich stehe nicht neben mir wie im Englischen Garten. Ich beobachte mich nicht selbst, und ich sehe mich auch nicht langsam fallen, das Gleichgewicht verlieren und auf die Gleise stürzen. Ich spüre nur diese geballte Energie in meinem Rükken, und obwohl ich weiß, was passieren wird, bin ich zu keiner Gegenwehr fähig, hoffe nur noch auf ein Wunder. Nichts ist in Sicht, was mich retten, den Fall bremsen, die Bahn aufhalten könnte. Pötzlich registriere ich eine Bewegung hinter mir, etwas krallt sich in meinen Mantel, und ich werde mit Wucht zurückgerissen, fühle den Windzug des an mir vorbeirasenden Zuges und lande mit beiden Armen wild um mich schlagend im hohen Bogen auf meinem Po. Unfähig den Schwung abzubremsen, knalle ich mit den Hinterkopf auf den Boden. Dann wird es dunkel.

»Frau Petry! Hallo, Frau Petry! Können Sie mich hören?«

Jemand schlägt mir ins Gesicht. Jemand, der nicht sonderlich zartfühlend oder gar rücksichtsvoll ist.

»Frau Petry, hallo, ich bin's, hören Sie mich?«

Und schon wieder klatscht mir eine Hand ins Gesicht. Ich kenne die Stimme und versuche, die Augen zu öffnen, doch ich schaffe es nicht. Ununterbrochen prasseln kurze heftige Schläge auf mich herab, und langsam werde ich sauer. Es reicht jetzt. In einem verzweifelten Gewaltakt reiße ich die Augen auf und versuche, das verschwommene Gesicht über mir scharfzustellen. Ich bereue es sofort.

»Hören Sie auf der Stelle damit auf«, flüstere ich, obwohl es eigentlich als Brüllen gedacht war. Aber zur vollen Lautstärke reicht es noch nicht.

»Das hat man jetzt davon«, sagt Kranzler in einem zutiefst beleidigten Ton, »da rette ich Ihnen das Leben und wüste Beschimpfungen sind der Dank.«

Das ist zu viel. Ich versuche aufzustehen, schlage Kranzlers Hand beiseite, die er mir hilfreich entgegenstreckt, komme erfolgreich in die Hocke und versuche, von dort in eine stehende Position zu gelangen. Auf halber Höhe versagt mein Kreislauf. Mir wird schwummrig und ich falle, sehe Kranzler, der auf mich zuspringt, aber nur meinen Jackenärmel erwischt, der ihm prompt aus der Hand rutscht. Und dann umgibt mich wieder gnädiges Dunkel wie eine mondlose Nacht.

KAPITEL 34

Da Kapitän Kujau gleich nach dem Start einen Looping fliegen wird, dürfen wir Sie bitten, sich anzuschnallen und die Rückenlehnen senkrecht zu stellen.«

Die Stimme der Stewardeß hallt, von der Lautsprecheranlage mehr verzerrt als verstärkt, durch das vollbesetzte Flugzeug. Geschäftsleute, die oft mit British Airways unterwegs sind, kennen die kleinen Scherze des Flugpersonals und reagieren nicht mehr darauf. Passagiere aber, die selten oder gar zum ersten Mal mit dieser Airline fliegen, blicken mit dem Gefühl, sich verhört zu haben, erstaunt von ihrer Zeitung auf. Kranzler gehört nicht zu den Vielfliegern. Er haut mir mit seinem kleinen Patschhändchen auf den Oberschenkel und wiehert vor Vergnügen.

»Na, ist das nicht komisch. Zu essen gibt's nix, aber lustige Sprüche kloppen die hier.«

»Da wir keine Lust haben, Sie in Hamburg mühsam loszuknoten, üben Sie das Öffnen und Schließen des Sicherheitsgurts jetzt bitte an sich selbst oder an Ihrem Sitznachbarn.«

Kranzler lacht schallend und rammt mir seinen Ellenbogen in die Rippen.

»Mensch, die sind ja richtig witzig. Das liebe ich so an den Engländern. Dieser trockene Humor. Apropos trocken …«

Er wirft sich zur Seite, begräbt Cornfeld, der rechts neben ihm sitzt, kurzzeitig unter sich und packt die Stewardeß derb am Rock.

»Hallo, Fräulein, bringen Sie mir doch einen Rotwein.«

»Es dauert noch einen kleinen Moment«, antwortet sie höflich, »die Kollegin holt gerade Nachschub aus dem Keller.«

Kranzler quiekt vor Begeisterung. Malträtiert mein armes Bein und pfeffert diesmal Doktorchen den Ellenbogen in die Seite.

Kranzler sitzt zwischen uns. Das hatte er sich ausbedungen. »Ja, ich weiß doch, was sich gehört«, hatte er getönt, »die Dame hat selbstverständlich Vortritt.« Damit hatte er mich auf den Fensterplatz geschubst, sich daneben gequetscht und Cornfeld den Gangplatz offeriert. Den Platz, den ich eigentlich gern gehabt hätte.

»Meine Damen und Herren, da wir bei diesem Tempo frühestens in einer Woche in Hamburg wären, haben wir uns jetzt doch zum Fliegen entschlossen.«

Die Stimmung an Bord ist gut bis ausgelassen. Die lockere Art des Personals und die Sprüche zeigen Wirkung. Die einzigen, die das nicht so recht aufheitern kann, sind Cornfeld und ich. Doktorchen steht immer noch unter Schock. Er war nicht bei mir, als es eng wurde. Nicht er, sondern Kranzler hat mir das Leben gerettet. Und das macht ihm zu schaffen. Während der zwei Tage, die ich wegen meiner Gehirnerschütterung im Krankenhaus verbringen mußte, saß er die meiste Zeit neben meinem Bett und hielt Händchen. Er verließ das Zimmer nur, wenn einer der Ärzte hereinkam oder mir wieder mal ein Kripobeamter einen Besuch abstattete. Die Jungs von der Polizei waren fleißig und und hatten den Fall nach wenigen Tagen aufgeklärt. Nach und nach konnten wir die Puzzleteilchen zusammenfügen, bis sich endlich ein komplettes Bild ergab. Was wir nicht wußten, beziehungsweise von den Beamten nicht erfuhren, konnten wir in der Tagespresse nachlesen, die den Fall tagelang auf den Titelseiten ausschlachtete.

Wie sich herausstellte, war so ziemlich alles, was Schreiber mir damals in der U-Bahnstation erzählt hatte, gelogen. Noch im nachhinein ist es mir peinlich, daß es eine Zeit gegeben hat, eine zugegebenermaßen nur ganz kurze Zeit, in der ich ihm geglaubt habe. Schon die Geschichte, daß Lautenberg angeblich eine Affäre mit der Berger hat, hätte mich stutzig machen müssen. Natürlich ist Schreiber nicht mit Moritz Lautenberg verwandt, und der kleine Junge auf dem Foto, auf dem Schreibers Familie so einträchtig beieinandersteht, ist nicht Lautenberg, sondern er selbst. So wie ich es von Anfang vermutet hatte …

»Na, Mädchen, was sinnieren Sie?« reißt Kranzler mich aus meinen Gedanken. »Worüber grübeln Sie nach?«

Er lächelt mich liebevoll an. Die Rolle des Lebensretters gefällt ihm ausnehmend gut. Er suhlt sich darin wie ein Schwein in der Pfütze. Seit einer Woche behandelt er mich mit einer geringschätzigen Liebenswürdigkeit, die mich rasend macht. Natürlich erwartet er lebenslange Dankbarkeit. Wahrscheinlich muß ich ihn für den Rest meines Lebens jeden Sonntag zum Kaffee einladen, ihm selbstgebackenen Kuchen auftischen, vor ihm auf die Knie sinken und das hohe Lied auf seine Ruhmestat singen.

Er tätschelt meinen Arm und nimmt einen Schluck aus der kleinen Rotweinflasche, die mittlerweile vor ihm auf dem Klapptisch steht.

»Sie brauchen Freunde bei der Polizei, Schätzchen. Wenn Sie in Hamburg sind, sollten Sie gleich mal Kontakte zur Kripo aufnehmen. Ich kann Ihnen da behilflich sein, wenn Sie wollen.«

»Ach, haben Sie mal so ein armes Schwein von der Kripo gepfändet? Oder woher stammen Ihre Verbindungen?« frage ich grob.

Er lacht schallend. »Mädchen, Sie sind aber ganz schön naiv. Haben Sie sich nie überlegt, wieso ich im richtigen Moment am richtigen Platz war? He?«

Ich sehe ihn mit grunzelter Stirn an. »Sie haben mich observiert und deshalb ...«

»Ne, Sie sind wirklich zu süß. Ich bin da ganz zufällig vorbeigekommen? Ja? Ich habe Ihnen ganz zufällig das Leben gerettet? Mensch Mädchen, ich bin Privatdetektiv. Und zwar ein Profi und nicht so ein Amateur wie Sie. Ich mach doch nicht nur die Inkassogeschichten, was glauben Sie denn.«

Jetzt bleibt mir der Mund offen stehen und auch Cornfeld, der die letzten Sätze von Kranzler mitangehört hat, starrt ihn mit großen Augen an.

»Was habt ihr denn gedacht?« sagt er kopfschüttelnd. »Als Sie«, und dabei deutet er mit seinem Zeigefinger auf mich, »als Sie nachts vor der Agentur herumstanden, damals als das Mädchen ermordet wurde, da saß ich maximal zehn Meter von Ihnen entfernt in einem Auto. Allerdings war mir wärmer, ich hatte eine Standheizung im Wagen.«

»Was hatten Sie da zu suchen?« frage ich ärgerlich.

»Als mir Ihr netter Nachbar erzählt hat, daß Sie in München sind, war mir natürlich ziemlich schnell klar, daß Sie da keinen Urlaub machen. Also hab ich mir gedacht, wenn ich Sie eh schon observieren muß, kann ich ja gleichzeitig mal gucken, an was für einem Fall Sie da arbeiten ...«

»Ach ne«, unterbreche ich ihn sofort, »dann können Sie mir doch bestimmt auch sagen, wer mich damals im Büro von der Berger eingesperrt hat.«

»Das war ich«, sagt er stolz, »allerdings habe ich zwei Stunden danach auch wieder aufgesperrt. Aber da lagen sie wahrscheinlich schon schnarchend unter dem Schreibtisch.«

»Nein«, sage ich, »ich saß zitternd im Kleiderschrank ...«

»Warum haben Sie sie überhaupt eingesperrt?« meldet sich Cornfeld jetzt zu Wort.

»Weil dieses verdammte Schwein noch im Haus war«, sagt er leise. Und zum ersten Mal seit der Flieger in der

Luft ist, macht Kranzler einen ernsten, beinahe betroffenen Eindruck.

»Wußten Sie damals schon, wer's war?«

»Nein.« Er schüttelt den Kopf. »Das habe ich erst später gemerkt.«

»Wann?«

»Auf dem Fest. Als ich gerade gehen wollte, da sah ich Schreiber, draußen im Gang, wie er sämtliche Mäntel durchsuchte ...«

»Aber er hat Meyers Schlüssel nicht gefunden«, sage ich stolz, »ich war schneller.«

Kranzler nickt. »Da haben Sie sich zum ersten Mal wie eine richtige Privatdetektivin benommen.«

»Oh danke, und das aus Ihrem Mund. Das bedeutet mir wirklich viel ...«

Cornfeld unterbricht mich. »Dann wissen Sie doch auch, wer in der Mordnacht auf dem Parkplatz war, Herr Kranzler?«

»Klar, das war Meyer.«

»Also doch ...«, sage ich.

»Ja, ja«, sagt Kranzler bestätigend, »aber ich glaube, der war tatsächlich zufällig da ...«

»Und hat das Schlechteste draus gemacht«, sagt Cornfeld.

»Und dafür bezahlt«, antworte ich und gebe der Stewardeß, die gerade durch den Gang läuft, ein Zeichen, mir eine kleine Flasche Wein zu bringen.

»Herr Kranzler, wissen Sie, wie Josy in diese Geschichte reingerutscht ist?«

Die Frage mußte ja kommen. Mißbilligend sehe ich Cornfeld von der Seite an.

»Sehen Sie«, sagt Kranzler, »das ist genau der Punkt. Das habe ich eben mit den Kontakten zur Polizei gemeint. Josy hat schon mal den Drummer einer Band wegen Körperverletzung angezeigt. Wußten Sie das?«

»Ja!« sagen Cornfeld und ich gleichzeitig.

Das wiederum versetzt Kranzler in Erstaunen. »Woher?«

»Ist doch jetzt egal. Was war mit dieser Anzeige?«

»Also, ich habe rausgekriegt, daß Josy die Anzeige zurückgezogen hat, weil es einfach zu offensichtlich war, daß es der Musiker nicht gewesen sein konnte. Die Polizei vermutete schon damals, daß ihr Freund sie verprügelt hat.«

»Ihr Freund?«

Kranzler schmunzelt und macht eine seiner spannungssteigernden Pausen. »Ein gewisser Jürgen Schreiber«, sagt er dann und sieht uns triumphierend an.

»Dann hat sie damals schon ein Verhältnis mit ihm gehabt«, sagt Cornfeld.

»Ja, sicher, die haben sich in Mailand kennengelernt. Sie hat da gemodelt und er war ...«

»Ja, ja«, sage ich unwirsch, »das wissen wir«, und ärgere mich, daß mir dieser Zusammenhang nicht selbst aufgefallen ist.

»Aber als sie Lautenberg kennenlernte«, doziert Kranzler selbstgefällig weiter, »hat sie mit ihm Schluß gemacht. Allerdings nicht lange. Nach Sandras Geburt ging das Spiel wieder von vorne los.«

Immerhin hatte ich im Englischen Garten auch schon den Verdacht, daß Max der Sohn von Josy und Schreiber sein könnte. Worauf ich leider nicht gekommen bin, ist, daß Sandra das auch gewußt und Schreiber damit erpreßt hat. Sie brauchte Geld für ihren Freund, und Schreiber hatte sich immer als netter, spendabler Onkel, als Freund der Familie gegeben. Er schien das ideale Opfer für so einen kleinen Erpressungsversuch zu sein. Eine katastrophale Fehleinschätzung. Schreiber hätte nie zugelassen, daß Lautenberg erfährt, wer tatsächlich der Vater von Max ist. Denn dann wäre er die längste Zeit Geschäftsführer der BtL GmbH gewesen.

Kranzler stemmt sich mit beiden Händen auf den Armlehnen hoch und beugt sich zu Cornfeld herüber. »Könnten Sie mich bitte mal rauslassen?«

Als er die Toilettentür hinter sich schließt, dreht sich Cornfeld zu mir:

»Wissen Sie«, sagt er, »das mit Max kapier ich immer noch nicht so ganz.«

»Meinen Sie wegen Josy?« frage ich.

Cornfeld nickt, nimmt seine Brille von der Nase, haucht gegen die Gläser, bis sie beschlagen und beginnt sie mit einem Hemdzipfel, den er aus dem Hosenbund gezogen hat, sauber zu reiben. Ich beobachte ihn dabei und überlege, was ich ihm antworten soll.

»Ich bin nach wie vor davon überzeugt, daß es ihr um Rache ging«, sage ich, »sie hat sich über Jahre hinweg von Schreiber tyrannisieren, ausnutzen und verprügeln lassen. Sie hat zugelassen, daß der Kerl sich in ihre Familie einschlich, Geschenke an die Kinder verteilte, ihren Mann immer stärker in geschäftliche Beziehungen verwickelte. Der Typ ist ein richtiger Parasit, der nicht nur sie, sondern die ganze Familie angezapft hat.«

»Aber das ist doch kein Grund, das Kind umzubringen.«

»Für Josy wahrscheinlich schon. Schreiber ist zu weit gegangen. Und er hat sie unterschätzt. Sie ist immer schon labil, hysterisch und wahrscheinlich auch alkoholabhängig gewesen. Doch nach Sandras Tod hat sich ihr Zustand rapide verschlechtert. Und natürlich hat Schreiber nicht damit gerechnet, daß sie das Videoband in die Finger kriegen würde, und schon gar nicht damit, daß sie den Spieß umdrehen und auf Max losgehen würde ...«

»Das ist doch völlig krank«, sagt Cornfeld.

»Die ganze Beziehung zwischen den beiden war völlig krank ...«, sage ich und breche ab, als ich Kranzler zurückkommen sehe. Der scheucht Cornfeld hoch, läßt sich wieder auf seinen Platz fallen und nimmt mit größter Selbstverständlichkeit beide Armlehnen in Beschlag.

»Na Mädchen, Sie sind ja schon wieder ganz blaß. Lassen Sie sich doch nicht ins Bockshorn jagen«, sagt er und sieht mich aufmunternd an. Er hat meinen Gesichtsausdruck falsch interpretiert und spielt auf etwas an, was ich bisher erfolgreich verdrängt habe.

»Sie haben gut reden«, sage ich.

»Ich weiß gar nicht, was Sie wollen. Spätestens in zwei Tagen haben sie ihn. Glauben Sie mir. Der hat keine Chance.«

»Sind Sie wirklich sicher, daß Sie ihn vor die U-Bahn gestoßen haben?« frage ich Kranzler zum bestimmt hundertsten Mal.

»Nein, Pia, ich habe ihn nicht gestoßen, das habe ich Ihnen doch schon gesagt.«

Dieser väterlich-herablassende Ton ist wirklich schwer zu ertragen.

»Ich habe Sie zurückgerissen und bin dabei wohl gegen ihn gestoßen.«

»Aber Sie sind sicher, daß Schreiber auf die Schienen gefallen ist?«

»Ja, ganz sicher!«

»Wieso hat man ihn dann nicht gefunden?«

»Weil es neben den Schienen eine Mulde gibt, sozusagen für Lebensmüde, die es sich noch einmal anders überlegen. Und dahin muß er es noch irgendwie geschafft haben.«

»Wenn Sie bisher noch keine Gelegenheit gehabt haben, sich mit Ihrem Sitznachbarn anzufreunden, müssen Sie sich beeilen. Wir löschen jetzt nämlich das Hauptkabinenlicht und beginnen mit der Landung.«

Das Licht geht aus und nur noch die kleinen Lämpchen über den Sitzreihen und einige Notlichter brennen. Unser Flugzeug sinkt langsam in die geschlossene Wolkendecke und vor den Fenstern verdichtet sich grieseliger Nebel zu einer undurchdringlichen Wand.

Kranzler hat mir damals auf dem Bahnsteig so lange Backpfeifen verpaßt, bis ich wieder zu mir gekommen bin. In der Zwischenzeit war die U-Bahn-Station gesperrt worden. Dutzende von Feuerwehrleuten und Polizisten haben die Gleise abgesucht. Ohne Ergebnis. Nie werde ich den Moment vergessen, als ein junger Bursche sich vor Kranzler aufbaute und sagte: »Wir können ihn nicht finden. Wirklich, da ist niemand.«

Das einzige, was sie entdeckt haben, ist ein verwischter Handabdruck in dieser besagten Mulde gewesen. Das ist alles, was Schreiber hinterlassen hat.

Das Flugzeug kommt hart auf der Landebahn auf. Die Bremsen quietschen und durch die einsetzende Schubumkehr werden die Passagiere in ihre Sitze gedrückt. Dann flammt das Kabinenlicht auf, erleichterte Gesichter sind zu sehen, vereinzeltes Klatschen ist zu hören.

»Bleiben Sie noch so lange angeschnallt, bis der Pilot eine Parklücke gefunden und ein Parkticket gezogen hat. Der Pilot, der Kopilot und der Autopilot möchten sich jetzt von Ihnen verabschieden.«

Hoffentlich ist das für heute der letzte Joke gewesen.

KAPITEL 35

Rebbelmeier eilt mir mit ausgestreckten Armen entgegen und begrüßt mich so lautstark und überschwenglich, daß seine Stimme durchs ganze Treppenhaus dröhnt. Offensichtlich hat er meine Ankunft vom Fenster aus beobachtet und verliert keine Zeit. Ungebeten reißt er mir mein Gepäck aus der Hand und schleppt es ächzend die restlichen Stufen hinauf.

»Frau Petry, bin ich froh, daß Sie endlich da sind.«

Die freudige Erregung und die unverhohlene Erwartungshaltung, die da mitschwingen, verursachen mir Magenbeschwerden.

»Herr Rebbelmeier, ich komme gerade aus München, habe einen anstrengenden Flug hinter mir, bin hundekaputt und absolut nicht in der Stimmung, fremde Frauen anzuquatschen und Einladungen zum Kaffeeklatsch auszusprechen. Lassen Sie uns das bitte morgen erledigen.«

Er stellt den Koffer vor meiner Tür auf dem Fußabtreter ab und greift nach meinen Händen.

»Bitte, bitte«, sagt er flehentlich wie ein kleines Kind, das befürchtet, man könne ihm seinen größten Wunsch abschlagen.

Doch heute bin ich stur und durch nichts zu erweichen. »Herr Rebbelmeier, es ist doch völlig egal, ob ich die Frau heute abend oder morgen früh zum Kaffee einlade. Davon abgesehen, macht es auch keinen so wahnsinnig guten Eindruck, wenn ich um diese Uhrzeit noch bei ihr klingele.«

Meine Argumentation verfängt. Rebbelmeier denkt darüber nach und nickt zustimmend. »Da könnten Sie recht haben. Wir wollen sie ja nicht verärgern?«

»Genau«, antworte ich und sperre meine Wohnungstür auf. Rebbelmeier hebt kurz die Hand. »Wir sehen uns dann morgen, Frau Petry«, sagt er und verschwindet in seiner Wohnung.

Schade, denke ich, eigentlich hatte ich gehofft, er würde mir den schweren Koffer noch in die Wohnung tragen. So wuchte ich ihn selbst über die Schwelle und lasse ihn erst einmal im Flur stehen. Auspacken kann ich später noch. Als ich gerade in meinem Arbeitszimmer den Anrufbeantworter abhöre, klingelt es an der Tür.

Oh nein, denke ich, nicht schon wieder Rebbelmeier.

Doch vor der Tür steht nicht mein Nachbar, sondern eine groß gewachsene, elegante Frau, die mir verlegen lächelnd ein kleines Päckchen hinhält.

»Karla Linke. Ich wohne über Ihnen«, sagt sie mit einer erstaunlich tiefen Stimme. »Das ist heute nachmittag für Sie abgegeben worden.«

Verstohlen mustere ich die dunkelhaarige Frau, die mich um mindestens eine Kopflänge überragt. So also sieht Rebbelmeiers großer Schwarm aus.

»Danke«, antworte ich und nehme die Sendung entgegen. »Wollen Sie nicht kurz hereinkommen?«

»Nein, nein«, ruft sie mit einer Stimme, die mir jetzt viel zu hoch und zu schrill erscheint. Sie macht einen Schritt zurück, so als habe sie Angst, ich könnte sie doch noch in die Wohnung zerren, und bleibt direkt unter der Deckenlampe im Flur stehen. Das harte Licht, das plötzlich von oben in ihr stark geschminktes Gesicht fällt, macht offensichtlich, was mich schon die ganze Zeit irritiert hat. Und ich bin zu müde und zu ausgelaugt, um so zu tun, als wäre nichts. Als wäre ich nicht zutiefst irritiert, um nicht zu sagen erschüttert. Allerdings mehr aus Angst vor Rebbelmeier, dem ich diese Hiobsbotschaft nun überbringen muß. Karla oder Karl oder wie auch immer guckt jetzt eisig, dreht sich grußlos um und läuft die Treppe nach oben.

Mein Gott, denke ich, wenn ich Rebbelmeier erzähle, daß er sich in eine Drag Queen verknallt hat, bringt er sich um – oder mich, je nach dem. Den DIN-A5-großen, braunen, wattierten Umschlag in der Hand wiegend, gehe ich kopfschüttelnd in meine Wohnung zurück. Jetzt habe ich den Dreck im Schachterl, wie die Ametsbichler wohl sagen würde.

Doch das nächste Problem läßt nicht lange auf sich warten. Durch das braune Papier des Päckchens hindurch kann ich ein kleines quadratisches Kästchen ertasten. Das wird doch hoffentlich kein Geschenk von Michael sein, schießt es mir durch den Kopf. Das hätte gerade noch gefehlt. Ich schneide den Umschlag mit einem scharfen Messer auf und schütte den Inhalt vorsichtig auf den Küchentisch. Vor mir liegt ein mit dunkelblauer Seide bezogenes Schmuckkästchen und daneben ein zweimal gefaltetes, weißes Blatt Papier.

Arglos nehme ich das Kästchen in die Hand. Klappe den leicht gewölbten Deckel hoch und lasse es im nächsten Augenblick erschrocken fallen. Als die Schachtel auf dem Boden aufschlägt, rollt ein kleiner, grüner Skarabäus heraus, der über die Holzdielen kugelt und unter dem Küchentisch auf dem Rücken liegen bleibt. Mir bricht der kalte Schweiß aus und mit zittrigen Fingern greife ich nach dem Papier und falte es auseinander. Mit dunkelgrüner Tinte und in einer eckigen Schrift stehen vier Zeilen darauf:

Mein Reisegut ist eingeschifft. Leb wohl,
Und, Schwester, wenn die Winde günstig sind
Und Schiffsgeleit sich findet, schlaf nicht,
Sei sicher, von mir du bald hören wirst.

Ich setze mich und versuche ruhig und gleichmäßg zu atmen, versuche einen klaren Gedanken zu fassen. Ich muß telefonieren, denke ich, unbedingt, ich muß telefonieren. Jetzt muß mir jemand helfen. Und ich weiß auch schon wer.